Hanna Cygler
TYLKO KOCHANKA

DOM WYDAWNICZY REBIS

Copyright © for the Polish edition by REBIS Publishing House Ltd.,
Poznań 2017

Redakcja
Małgorzata Chwałek
Adam Wolański

Projekt i opracowanie graficzne okładki
Katarzyna Borkowska

Fotografia na okładce
© mirela bk / Shuttterstock

prawolubni

Wydanie I
Poznań 2017

ISBN 978-83-8062-138-1

Dom Wydawniczy REBIS Sp. z o.o.
ul. Żmigrodzka 41/49, 60-171 Poznań
tel. 61-867-47-08, 61-867-81-40; fax 61-867-37-74
e-mail: rebis@rebis.com.pl
www.rebis.com.pl

TYLKO
KOCHANKA

TEJ AUTORKI POLECAMY

Krystynie V.
z podziękowaniami za inspirację

Rozdział I

Zamykał już ostatnią aktówkę, kiedy otworzyły się drzwi. Bez pukania.

– Najmocniej przepraszam – odezwał się lekko łysiejący blondyn – ale... – Zaczerwienił się.

Pewnie myślał, że Jakub zdążył już się wynieść, a pokój, na który tak długo czekał, stał się przedsionkiem jego własnego zawodowego raju.

– Cześć, Mike, trochę mi to zajęło, ale wkrótce się zbieram.

– Nie, nie o to chodzi – powiedział Mike już pewnym siebie tonem. – Paul cię szuka.

Jakub spojrzał na zegarek. Minęła trzynasta? Po raz pierwszy od dawna pogubił się w czasie, ale przecież to tyle lat... Cóż więc znaczy jedna godzina.

– Tak, tak, pamiętam. Już idę.

– Nie musisz tego dzisiaj zabierać. – Mike stał przy jego biurku mimo wszystko zakłopotany, choć ciekawskim wzrokiem wwiercał się w bogatą zawartość stojących dokoła kartonów. Nie mógł w żaden sposób dojrzeć tego najważniejszego, bo te sprawy znajdowały się między innymi w MacBooku, właśnie zabieranym z biurka przez Jakuba.

– Ale chyba będziesz nas odwiedzał? – Mike próbował być miły. Mimo wszystko.

– Jeszcze się zobaczymy. I to nie raz! – rzucił na pożegnanie Jakub z lekko drwiącym uśmieszkiem.

Podejrzewał, że Mike wychodzi ze swojej grubej skóry, żeby dowiedzieć się czegoś więcej na temat jego zniknięcia z firmy. Nie zamierzał niczego ułatwiać. Kiedy sobie wyobraził, że człowiek, którego nie darzy ani zaufaniem, ani sympatią, będzie wycierał dupskiem ten wygodny skórzany fotel, że na co dzień mają mu towarzyszyć obrazy Fangora kupione przez niego dla firmy, że stanie przed oknem i będzie się gapił tymi lekko wyłupiastymi oczami na park – i gdy o tym wszystkim pomyślał, to trafiał go zwyczajny szlag. Jeśli od paru tygodni żałował swojej decyzji, to teraz żal zmieniał się w bulgoczącą wściekłość. Musiał ją poskromić. Ostatnie wrażenie jest równie ważne, jak pierwsze. Poprawny do końca.

– Wiedziałem, że zajmie ci to wieki! – W drzwiach pojawił się Paul Hines. Wymownie popukał palcem w zegarek. Swój ulubiony patek philippe.

– Chyba zrobiłem się sentymentalny – mruknął Jakub i wrzucił do kartonu ostatnią aktówkę.

– Po co tyle folii bąbelkowej? – Kolejny ciekawski nos w cudzych sprawach.

– Do wynoszenia zwłok prawników – odpowiedział bez wahania Jakub.

– No, nie wiem, co my bez ciebie zrobimy. – W głosie Paula słychać było nutę czułości. – Tylko nie zabierz nam całej firmy.

– Ciesz się, że nie ty płacisz za zamówienie dodatkowego kontenera na śmieci! – Coś w tym było. Właściciel kilku pokaźnych londyńskich nieruchomości i francuskiego château lubił oszczędzać na drobiazgach. Jakub sięgnął po jeden z kartonów. – Poczekasz jeszcze parę minut?

– Zostaw to. Chłopcy z administracji załatwią to w try miga. Idźmy już. Nie byłem na lunchu i konam z głodu.

– Będziesz jadł? – Jakub się zaśmiał. – A nie topił po mnie smutki w scotchu? Czyli knajpa ta sama co zawsze.

– Masz jakieś wątpliwości?

Od początku było jasne, że wylądują w The Ship Tavern, jednym z najstarszych pubów w Holborn. Paul był jego najwierniejszym fanem. Te szesnastowieczne wnętrza wypełnione mahoniowymi meblami, starymi obrazami, księgami i innymi świadectwami dawnych czasów były jego prawdziwym domem. Tu umawiał się z klientami, jak również z kolegami z pracy. Hines uwielbiał atmosferę tego miejsca, jednoznacznie nawiązującą do książek jego ulubionego pisarza, Charlesa Dickensa. Przecież właśnie w ich prawniczej okolicy, w Lincoln's Fields Inn, rozgrywała się jedna z dramatycznych scen *Samotni*.

Jakub zawsze uważał, że bezgraniczna miłość Paula do starej Anglii musi mieć psychologiczne uzasadnienie. Z pewnością wiele jej nie zaznał w dzieciństwie. Wychował się w portowej dzielnicy Liverpoolu i wszystko wskazywało na to, że tam zostanie na zawsze – w towarzystwie swoich kumpli z ulicy, których aspiracje nie sięgały nawet zwykłego ogólniaka. Tymczasem Hines dostał się do liceum, i to w dodatku do prywatnej szkoły z internatem. Miał tę niezwykłą inteligencję i talent do zjednywania sobie ludzi, które otwierały mu wszystkie drzwi. I upór. I to jaki! Obecnie nawet jego akcent w żaden sposób nie zdradzał miejsca urodzenia.

Jakubowi – mimo iż prawdopodobnie pracował nad swoją wymową z równym uporem – nigdy się to nie udało. Pod koniec nawet najkrótszej konwersacji i tak każdy orientował się, że ma do czynienia z cudzoziemcem. Takie drobiazgi, ale to przecież one zadecydowały o rozwoju jego kariery i w zasadzie całym życiu. Nie mógł jednak narzekać na brak pracy.

Kiedy w pierwszej dekadzie nowego wieku w Londynie pojawiły się tysiące jego rodaków, był chyba najbardziej zapracowanym prawnikiem w kancelarii Hughes & Wilde.

– Wiosna przyszła – zauważył Paul, kiedy mijali skwer.

Na trawniku leżeli ci, którym upał dał się zbyt solidnie we znaki.

– Jest już maj. Miała prawo przyjść.

– Ha. Tak jakbym nie wiedział. Jestem przecież z Paddock Wood. I wiem, że tam też już zawitała. Tylko że ja, mimo iż mieszkam w wiejskiej rezydencji, nie mam nawet czasu, żeby spojrzeć przez okno. O wyjściu przed chałupę nawet nie wspomnę!

– Hmm – mruknął Jakub. Był wiele razy w domu Paula, przebudowanego z suszarni chmielu, i najbardziej zazdrościł mu widoków i okolicy.

– I jestem na to wszystko wkurzony. Ale jeszcze kilka lat. Tak obiecałem Cathy. Inaczej się wyprowadzi z domu. Zagroziła mi. A jest konsekwentna.

O tak, Jakub cenił pełną humoru żonę przyjaciela.

– A wiesz, co jeszcze bardziej mnie wkurza? – ciągnął Hines, kiedy już weszli do pubu i wdrapali się na pierwsze piętro, do części restauracyjnej. Obsługa, znająca ich od lat, od razu pokazała im wolny stolik.

Jakuba wkurzał krawat. Po wyjściu z kancelarii miał ochotę natychmiast go ściągnąć, gdyż po raz pierwszy od wielu lat zaczął go dusić. Tak jakby miał własny rozum i wiedział, że jego czas dobiegł końca.

– Mnie wkurza tak wiele rzeczy, że już nie liczę.

– I to jest dowód na to, że wciąż jesteś młody – triumfalnie oznajmił Hines.

– Młody? Podobno jesteś dobry z matematyki.

– Czterdzieści cztery lata? To dużo? I właśnie to mnie wnerwia. Że jesteś ode mnie młodszy o osiem lat i możesz wszystko zacząć od nowa.

– Paul, daj spokój, przecież to nie jest mój wybór. Jestem tym wszystkim przerażony.

– Zupełnie w to nie wierzę. Przestań się przede mną zgrywać. Jakby ci to nie pasowało, załatwiłbyś sprawy zupełnie inaczej. Wykorzystałeś sytuację, żeby się od nas wyrwać.

– Tak, po prostu marzyłem o tym. – Jakub nie dawał za wygraną. – Misterny plan, żeby rozwalić sobie całą karierę po... dwudziestu latach.

– O mój Boże, to my ile czasu się znamy? – Hines poprawił okulary i zaczął się wczytywać w menu podane przez kelnerkę. – Osiemnaście, prawda? Przyszedłeś do nas jako praktykant.

To prawda! Jak to przeleciało? Odpowiedź była prosta. Głównie na słuchaniu dramatycznych historii, bieganiu po sądach i urzędach i waleniu w klawiaturę komputera. Przeciekło przez palce, zadumał się Jakub. Ocknął się dopiero, kiedy stanęła przed nimi skośnooka kelnerka. Zamówił to samo co Paul. Nie chciało mu się jeść. Chyba jednak przeżywał to wszystko mocniej, niż przypuszczał.

– Mam nadzieję, że to nie koniec naszej przyjaźni – powiedział Jakub i zabrzmiało to bardzo sentymentalnie.

Hines spojrzał na niego podejrzliwie.

– Aaa, ktoś ci coś mówił?

– O czym? – zdziwił się Jakub.

– O tym, że chcę cię o coś poprosić?

– Poprosić?

– Wiem, dobrze wiem, że już za chwilę będziesz miał na głowie swoje sprawy. Ale to jest taka szczególna historia. I szczególna przysługa. Ten człowiek zgłosił się do mnie parę dni temu. I powiem ci, że od samego początku myślałem, że to jest sprawa dla ciebie. Nie, niczego mu nie obiecywałem – szybko dodał Hines, widząc popłoch w oczach Jakuba. – Ale myślę, że jak się dowiesz, o co chodzi, to sam się tym zainteresujesz. Poza tym nadajesz się do tego idealnie. Jak nikt inny.

– Paul, nie kokietuj. Znamy się, jak sam mówisz, już bardzo długo. Bez tych twoich kwiecistych wstępów. Mów, o co chodzi, i nie kręć. Obaj jesteśmy prawnikami.

– Ojoj, jaki spryciarz – zauważył Hines i zaczął streszczać sprawę.

Po dłużej chwili Jakub przerwał monolog:

– Ale ja się na tym nie znam. Zajmowałem się przecież imigrantami. I w ogóle się do tego nie nadaję...

Ale Paul nie reagował na jego protesty, tylko kontynuował opowieść, której Jakub już nie przerywał, słuchając z rosnącym zainteresowaniem.

– Chyba zdurniałem, prawda? – poskarżył się Jakub swemu odbiciu w lustrze.

Odpowiedź nie padła, ale przecież ją znał. To nie była kwestia asertywności. Chciał się zgodzić, bo to oznaczało dalszy związek zawodowy z kancelarią. Nieostateczne zerwanie. Widać nie był jeszcze gotów na ostateczność. Złapał więc desperacko tych parę nitek, żeby szybko spleść je w linę ratunkową. Po prostu się bał, co go czeka. W zamian wolał się zająć tą dziwną sprawą, która o parę tygodni odwlecze moment rozstania ze starym życiem.

Wciąż stojąc przed lustrem, zdjął jedwabny krawat od Hermesa i zmierzwił włosy.

– I nawet siwy włos nie ustrzeże przed głupotą – wymyślił sentencję, której głębia prawdopodobnie była wynikiem trzech szklaneczek scotcha wypitych w towarzystwie Hinesa. Ale może powinno ich być więcej?

Odwrócił się od lustra i wyszedł z łazienki. Barek znajdował się pod biurkiem. Pośród różnych papierzysk i innych gratów. Od kiedy podjął decyzję o wyjeździe, postanowił nie korzystać z usług sprzątaczki. Po co, skoro zamierzał się pakować? Ale teraz otaczało go pobojowisko brudnych kubków po kawie, przeczytanych tygodników, a nawet, jak zauważył, bielizny. Wszystko to rozpanoszyło się podstępnie aż na stu metrach kwadratowych. Za chwilę zaatakuje, przytłoczy i wchłonie. Trzeba się stąd jak najszybciej zbierać.

A może Paul Hines doskonale wiedział, że Jakub robi dobrą minę do złej gry, że w środku czuje się sparaliżowany na myśl o wyprowadzce? Tak, to chyba było to, pomyślał i sięgnął po single malt. Ten jego nagły entuzjazm, rzekoma zazdrość. Paul nawet nigdy nie lubił nadmiernego ryzyka. Ileż to spraw przeszło mu koło nosa! Ten świat, do którego się wdarł, używając łokci i pięści, był dla niego zbyt dużą wartością, by go bezmyślnie trwonić. Bo jak inaczej wyjaśnić ten jego gest pod koniec wspólnie spędzanego wieczoru?

– Będziemy się jeszcze spotykać wiele razy – oznajmił, kiedy dopijali kawę. – Ale jak już mówiłem, zaczynasz nowy etap. Chciałem ci coś podarować. Miałem nawet parę koncepcji, ale tak naprawdę były zbyt banalne. Tylko się nie obraź. – Paul chrząknął i zdjął swój ukochany zegarek. Patrzył na Jakuba w napięciu i z powagą.

Parę godzin później Jakub przyglądał się podarunkowi przyjaciela na swoim nadgarstku.

– Mam nadzieję, że będzie nam się dobrze razem żyło – powiedział, stwierdzając, że patek philippe może być ciekawszym rozmówcą niż jego własne odbicie w lustrze. Nie rozwinął jednak tematu, gdyż zadzwonił telefon.

Stało się coś złego, pomyślał, zobaczywszy, kto dzwoni. Sięgnął po kawałek folii bąbelkowej leżącej na stoliku.

– Wszystko w porządku?

Jednak nic nie wskazywało na kolejną katastrofę. Mimo to przebił pierwszy pęcherzyk folii. Już samo ciche pyknięcie potrafiło sprawić mu ulgę.

– Kiedy przyjedziesz? – padło pytanie. Od miesiąca dokonał się postęp i zaczęła do niego regularnie dzwonić.

– Będę za dwa tygodnie. W połowie czerwca. Właśnie się pakuję. Mam nadzieję, że ci to pasuje.

– Pasuje? – żachnęła się. – Co mi ma nie pasować? Przecież jestem teraz całkowicie od ciebie uzależniona. Nie mam wyboru.

Jakub zacisnął lewą pięść i przebił trzy bąbelki naraz. Szantażystka emocjonalna. Nienawidziła go od pierwszej chwili. Że sztywny, mało spontaniczny, że ma za małe albo za duże mieszkanie, że prowadzi samochód po lewej stronie, że nienawidzi jej bigosu. I tak można jeszcze długo...

– To kiedy mam być, żeby ci pasowało? – zadał w końcu pytanie, na które nie mogło być odpowiedzi.

Wywinęła się, rozpoczynając pokrętną opowieść o stanie polskiej służby zdrowia, o kolejkach do lekarza i paskudnym jedzeniu podawanym w szpitalach. Czy ona mu chciała dać coś do zrozumienia?

– No cóż. Przyjedziesz, kiedy będziesz mógł, prawda?

– Oczywiście.

Mówiła jeszcze przez parę minut o rzeczach zupełnie go nieinteresujących. Nauczył się już jednak, że najlepiej nie zadawać żadnych pytań, bo i tak niczego sensownego się nie dowie. Alicja Regulska była specjalistką od robienia z igły wideł i już niejednokrotnie napędziła mu porządnego stracha.

– Wiesz, ona jest artystką – tłumaczyła mu zawsze Zyta, ale nie przyjmował takich tłumaczeń.

Bo co to oznaczało? Że jak jest się słynną malarką, to nie

trzeba mieć oleju w głowie? Przykład Alicji okazał się dla niego tak odstraszający, że Jakub od czasu spotkania z nią unikał wszelkich twórców jak zarazy. Czuł, że nie znajdzie z nimi wspólnego języka.

Po kwadransie skończyli rozmowę, on zużył długi kawałek folii, lecz niczego się nie dowiedział. Z przyjemnością wychylił połowę szklaneczki z single maltem. Reszta później, obiecał sobie, stwierdzając, że jest dopiero siódma wieczór i powinien jeszcze coś sensownego zrobić. Na przykład zarezerwować bilet na samolot do Gdańska. Czy do Warszawy? Nie, z Gdańska jest bliżej, stwierdził i postanowił najpierw zajrzeć do aktówki, którą pod koniec kolacji wręczył mu Hines.

Chwilę wertował papiery, a potem wsadził sobie w usta koniec ołówka, który, w jego wyobrażeniu, miał imitować papierosa.

– Jak Humphrey Bogart? – odezwał się znowu do lustra.

Nigdy się nie spodziewał, że taki będzie finał jego kariery w Hughes & Wilde. Miał zostać prywatnym detektywem! Tylko że to wszystko go przygnębiało. Przebił ostatni bąbelek z folii.

Rozdział II

Jasnowłosa dziewczynka wyciągnęła do mnie ręce, a ja złapałam ją w ramiona i zakręciłam dokoła. Obie śmiałyśmy się tak głośno, że mnie to obudziło. I *bach*! – nastał nowy dzień. Otworzyłam szeroko oczy i uśmiechnęłam się na jego powitanie. Jaka ja jestem nieskomplikowana! Wiem, idiotka skowronek, ale działo się tak, od kiedy pamiętam. Poranek przynosił jedynie dobre rzeczy i same obietnice; lęki i obawy przychodziły wraz z zachodem słońca. Zrywałam się na równe nogi, by niecierpliwie rzucić się do pierwszego rogu i zacząć sprawdzać, czy szczęście jest tuż-tuż. Po latach nauczyłam się trochę panować nad tym entuzjazmem, który – szczególnie teraz – był mało uzasadniony. Zmusiłam się do wypicia kawy w łóżku. Starałam się nie myśleć, co mnie czeka. Po co psuć ten dobry humor. Wstałam więc z łóżka. A potem... potem dzień potoczył się zwykłym trybem. Do czasu.

– Jak leci, sąsiadko? – przywitał mnie miejscowy menel pod piekarnią.

Chyba mu się pomyliły sklepy, zazwyczaj wyczekiwał mnie zupełnie gdzie indziej.

– Wspaniale. Jak dzisiaj pięknie. Zanosi się na upalne lato. – Uśmiechnęłam się tak szeroko, że zabolały mnie mięśnie twarzy.

– Goście jadą?

Pokiwałam głową i teatralnie westchnęłam.

– Tyle pracy, panie Krzysiu, sam pan rozumie.

– Zawsze mogę pomóc!

Aha, już raz się nabrałam. Jak rozpalił ognisko w moim ogrodzie, żeby spalić zgrabione liście, trzeba było wezwać straż pożarną.

– Oczywiście, pamiętam – powiedziałam i zakończyłam kwestię wetknięciem dwuzłotówki we wdzięczne dłonie pana Krzysia.

Weszłam do piekarni. Na mój widok wszyscy stojący w kolejce się odwrócili, by mnie obrzucić ciekawskimi spojrzeniami.

– Dzień dobry, pani Ma... Leno.

Pozwoliłam im się dobrze napatrzeć na siebie. Przecież to im poświęciłam niemal pół godziny mego cennego życia. Podkreślająca figurę bluzeczka bez rękawów w kolorze ultramaryny. Do tego obcisłe dżinsy – to dla tych, którzy w tym mieście uważają, że po czterdziestce nie należy ich nosić – i poranny makijaż, subtelny i elegancki. Powinni też zobaczyć, że dzięki odżywce, którą dostałam od Ilony, imponująco urosły mi rzęsy. Na wszelki wypadek jednak wymownie nimi zatrzepotałam.

– A dzień dobry państwu. Jak dzisiaj pięknie! – Ciekawe, ile razy jeszcze to powtórzę?

Pomruczeli coś w odpowiedzi. Byli tacy brzydcy z tymi swoimi ponurymi minami i wymuszoną grzecznością. Och, jak bardzo brakowało mi radosnych południowców!

– Poproszę mój chlebek – powiedziałam po dojściu do lady.

– Ten z nasionkami? – spytała biuściata Klamannowa. Ta młodsza.

– Tak, z nasionkami.

Kupowałam ten cholerny chleb codziennie i jeśli jeszcze usłyszę...

– Nasionka dobre na zdrówko. Pani to wie, jak się odżywiać, żeby tak wyglądać.

Czułam, jak jeży mi się skóra na karku.

– Tylko jeden chlebek?

– Tak, dzisiaj tylko jeden.

– To turyści nie dopisali. – I tak mi gada babsko przed całą kolejką.

– Dopisali, dopisali. Tylko, wie pani, oni są bezglutenowi i na specjalnej diecie. Sama dla nich piekę. Tak jest jeszcze zdrowiej – oświadczyłam i obróciwszy się na pięcie, opuściłam ciasne pomieszczenie.

Po tym drobnym występie aktorskim poczułam się znacznie lepiej, mimo iż wiedziałam, że wkrótce całe miasto się dowie, że kupiłam tylko jeden bochenek. I nic więcej. Zawsze to doskonały temat zastępczy, jeśli Nowakowi nie uda się sprać swojej żony lub też Kaczucha nie zbluzga kolejnej osoby. W związku z tym na większe zakupy starałam się jeździć do Tczewa albo Nowego, a nawet Trójmiasta, ale teraz ze względu na kryzys, tak to nazwijmy, cenna była każda kropla benzyny. Powinnam sprzedać moje ukochane volvo, tylko że nie byłam już jego właścicielką.

I jak tu nie zwariować i wytrzymać bez alkoholu, którego duże ilości jakoś tajemniczo wyparowały. W dodatku znów rzuciłam palenie, pomyślałam z żalem, ale ten stan trwał bardzo krótko, gdyż ponownie, idiotka skowronek, zachwyciłam się promieniami słonecznymi. Też jednak na krótko, bo adrenalina wywołana teatralnym popisem w piekarni zaczęła szybko opadać.

Chciałam się dalej oszałamiać piękną pogodą, na przykład podczas spaceru nad Wisłę, ale nie mogłam sobie na to pozwolić. Bynajmniej nie dlatego, że planowałam piec chleb dla bezglutenowców, ci oczywiście byli zmyśleni, jak większość mojego życia, lecz musiałam pozałatwiać inne palące sprawy.

– Dzień dobry, pani Leno.

Już myślałam, że uda mi się wrócić do domu i nikogo więcej nie spotkać, gdy ten pojawił się nie wiadomo skąd. Mój były ogrodnik.

– Dobrze, że pana widzę, panie Januszu. Miałam dzwonić wczoraj do pana. Będę mogła panu zapłacić, ale dopiero za dwa tygodnie. – Widziałam, jak smutnieje mu twarz. On nie należał do tych, którzy krzyczeli i się awanturowali o swoje. – Wie pan, jak to jest.

Pokiwał głową z rezygnacją, a ja, tknięta wyrzutami sumienia, sięgnęłam do torebki, żeby z niej wyciągnąć ostatnią stówę.

– Proszę. To może akonto?

– Pani już tak kolejny raz. To może ja coś podpiszę? – Widać było, że nawet taka kwota wiele dla niego znaczy.

– Nie musi pan. To będzie dodatkowo, za pana cierpliwość – oświadczyłam z uśmiechem, który sobie o poranku przylepiłam do twarzy, i weszłam do domu, mając pełną świadomość, że oprócz uśmiechu zostało mi do końca tygodnia dwadzieścia złotych.

Trzeba było działać bardziej zdecydowanie, stwierdziłam i otworzyłam zeszyt, w którym parę tygodni temu, zupełnie przyparta do muru, spisałam listę osobistych dłużników. Ze zdumieniem zauważyłam, że jest dość długa. Na jej czele znajdowało się nazwisko mojego brata. Niegdyś nie mogłam się go pozbyć z domu, teraz coraz rzadziej odbierał moje telefony. „Źle słyszę". Znalazł sobie doskonałą wymówkę.

Tym razem udało mi się go zażyć.

– Przyjedziesz do mnie – mówiłam, nie dając mu dojść do słowa – bo musimy pogadać. Chcę wyjechać za parę tygodni i dobrze byłoby, gdybyś dopilnował biznesu.

– Wyjeżdżasz?

– Tak! – Zaśmiałam się perliście. – A myślałeś, że tu uschnę na wieki?

Byłam przekonana, że zjawi się dość szybko. Nie było sensu zabierać się do długo odkładanych porządków czy innych spraw. Poprawiłam jedynie stojące na komódce zdjęcia i uśmiechnęłam się do fotografii mamy. „Królowa" wyglądała na nim wyjątkowo pięknie i jak zwykle, od najwcześniejszej młodości, dostojnie. Jednak najwspanialszą cechą jej charakteru była tolerancja. Westchnęłam, myśląc o swoim życiu, którego nigdy przecież nie krytykowała. Była też jedyną osobą, która mnie bezwarunkowo akceptowała. Reszta... reszta to byli reformatorzy z powołania.

Zastanowiłam się przez chwilę, po czym postawiłam przy zdjęciu mamy widokówkę z Hiszpanii. Taaa, była w tym miejscu bardzo widoczna.

Nie minął kwadrans, gdy usłyszałam na korytarzu kroki brata. Emeryt rencista z bożej łaski. Silny jak tur, ale rzeczywiście na głowę niedomagał. I to od dziecka.

– Ty to, Magda, chciałabyś, żeby cały świat się wokół ciebie kręcił – zaczął od progu Marian. – Nie wiesz, że ludzie mają pracę?

Ucałowałam mojego głupawego brata w policzek. Nie było sensu pytać go o tę robotę. Z pewnością został do czegoś zagnany przez bratową. Wciąż pracowała jako pielęgniarka w przychodni, minęła się jednak z powołaniem. Zdecydowanie zrobiłaby większą karierę jako domina w jakimś klubie dla masochistów. Może też byłaby z życia bardziej zadowolona, kto wie.

– Napijesz się kawy?

Nie odpowiedział od razu. Pewnie szybko kalkulował, co jest lepsze. Śmierć z powodu nadciśnienia czy wypicie kawy, na którą w domu miał szlaban.

– A, jakąś małą może...

Musiałam przynajmniej spróbować go urobić, choć wątpiłam w ostateczny wynik. Poszłam do kuchni i nastawiłam mój szaleńczo drogi ekspres. Nie zdążył nawet zasyczeć...

– Magda!

Udałam, że nie słyszę.

– Lena!

Tym razem się obróciłam. Brat stał przy drzwiach, trzymając kartkę.

– A to do ciebie? – spytałam kąśliwie.

– Przepraszam, ale zobaczyłem znajomy widok. To od Carla, prawda?

Skinęłam głową i zrobiłam tajemniczą minę.

– Tak, od niego.

– I co?

– Jak to co?

– Przestań. Sama wiesz co.

No niby wiedziałam.

– Zaprasza mnie na wakacje.

– Dokąd?

– Tam, gdzie będę chciała. Sam rozumiesz, że mogę wybierać.

Pokiwał głową, która musiała aż huczeć od kłębiącego się w niej chaosu myśli. Postanowiłam mu więc ulżyć.

– Domyślasz się, że muszę jechać, ale ktoś musi się zająć domem.

Podałam mu filiżankę z kawą.

Najbardziej obawiałam się tego, że oni wszystko rozdrapią, kiedy wyjadę. Nie mam akurat na myśli brata i jego dominy, ale tych innych, o których nie chce mi się wspominać. Moi krewniacy jedynie wszystkiemu się przyjrzą. Bardzo dokładnie przyjrzą, a potem pomacają. Mówię, bo tego nieraz doświadczyłam.

– A ktoś tu przyjedzie? – zaniepokoił się Marian.

– Jak chcesz, to możesz przyjmować gości. Cała kasa dla ciebie. Aha, potrzebuję dwóch tysięcy na podróż – zaatakowałam niespodziewanie.

Brat milczał. Widocznie aluzja była zbyt subtelna.

– Pożyczycie mi?

Nienawidziłam tych słów, ale ostatnio musiałam się ich nauczyć. Pewnie do tej pory życie mnie rozpieszczało.

– Ale Magda!

– Lena! – Ach, gdyby umiał sobie przypomnieć, kto wybudował mu dom, kto finansował studia syna, o reszcie nie wspomnę. Przekonałam się jednak w życiu, że pamięć ludzka jest niezwykle ułomna i lepiej powoływać się na „chwile, których nie znamy". – Jak wrócę, to załatwię wam ten wyjazd do spa, o którym mówiła Renata. – Tak miała na imię domina. – Inne sprawy też ogarnę.

– Porozmawiam z Renią – obiecał mój brat, wychodząc po wypiciu kawy.

Nauczę go obsługiwać ekspres. Będzie miał dodatkową motywację, żeby tu zaglądać podczas mojej nieobecności.

Przeszłam do pokoju i ponownie zajrzałam do listy dłużników, starannie omijając wzrokiem drugą listę – z wierzycielami. Nie, to jutro, postanowiłam i zamknęłam zeszyt. Mogłam iść na spacer, czytać książkę, leżeć w łóżku, robić w zasadzie wszystko. Na nic jednak nie miałam ochoty. Siedziałam w domu z tłumem bezglutenowych gości widm i zastanawiałam się nad przyszłością. Mówiłam już, że nie jestem skomplikowana? No właśnie. W związku z tym myślenie nie trwało długo. Poszłam poprawić sobie humor i pooglądać stare kiecki. Ledwo weszłam do garderoby, gdy zadzwonił telefon. To był Carl. Zadzwonił do mnie po raz pierwszy od trzech lat. Był właśnie w Stanach.

Mężczyzna w czerwonym kontuszu robił się coraz bardziej natarczywy. Stał, podpierając się pod boki, i patrzył na siedzące przy stole barwne towarzystwo.

– My, waćpanie, potrzebujemy jedynie jadła i napitku. Wpuśćcie nas do izby!

Drugi szlachcic w fantazyjnym kołpaku nie zamierzał się tak łatwo poddać. Podniósł się z miejsca i podkręcił sumiasty wąs.

– Mówiłem waszeci, że nie ma miejsca w karczmie. Jam się z Żydem nie ugadywał. Byliśmy tu pierwsi. – Ostrzegawczo sięgnął do karabeli przy boku.

– Zatem niech szabla rozsądzi, kto z nas bardziej godzien tego przybytku! – wrzasnął ten w czerwonym kontuszu.

Na zamkowym dziedzińcu się zakotłowało. Paru krewkich młodych mężczyzn rzuciło się do walki. Panny siedzące przy długim stole piszczały z przerażenia.

Jakub spojrzał na Marka Kowalczyka, który właśnie ocierał pianę z ust. Wyciągnął do niego kufel z piwem.

W tej samej chwili, kiedy stuknęli się kuflami, skrzyżowano szable na dziedzińcu zamkowym. Rozpoczął się pierwszy pojedynek.

– I jak, Kubusiu? Zadowolony?

– No ba! – Zupełnie się tego nie spodziewał. Jeszcze parę dni wcześniej Londyn dwudziestego pierwszego wieku, a dzisiaj średniowieczny zamek! – Co za przypadek!

– Jaki przypadek? Nasza impreza integracyjna planowana była od pół roku. – Marek zachichotał zadowolony. – Ale, prawdę mówiąc, zaskoczyłeś mnie telefonem. Nie widzieliśmy się od... od kiedy?

– Cztery lata. – Jakub dokładnie wiedział, kiedy przestał utrzymywać kontakty z dawnymi przyjaciółmi. Nie dlatego, że nie chciał z nimi rozmawiać czy się z nimi spotykać. Po prostu nie miał siły opowiadać tego samego w kółko Macieju.

– Jak długo tutaj zostajesz?

– W Gniewie? – zażartował. – Nie wiem – odpowiedział na serio po chwili. – Nie mam bladego pojęcia, jak się to wszystko ułoży.

– A co z robotą?

– Jeszcze o tym nie myślę.

– Szczęściarz – skwitował Marek, obecnie prezes funduszu powierniczego w Warszawie.

Poznali się na studiach prawniczych w Gdańsku dawno, dawno temu. Razem szaleli po klubach studenckich, brali udział w strajkach studenckich i czekali na nadejście nowych czasów. Kiedy w końcu nadeszły, Jakub wyłamał się ze wspólnej wizji przyszłości i wyjechał do Anglii na zaproszenie kuzynki, Anny Folton. Jej mąż był szychą w jednym z banków w City i załatwił mu praktykę u siebie, a potem namówił na studia prawnicze.

Zatem okres transformacji w Polsce był dla Jakuba czasem własnych zmian. Gdy Marek podejmował już pierwsze ryzykowne zakupy spółek, on sam zgłębiał tajniki brytyjskiego prawodawstwa. Ich drogi zawodowe i prywatne się rozeszły, choć Jakub doskonale wiedział, że zawsze może liczyć na starego przyjaciela. Wystarczyło zadzwonić. Jak teraz.

– Jeśli będziesz czegoś potrzebował, zadzwoń – oznajmił Marek. – Nie domyślę się, jak mi sam nie powiesz.

Jak dobrze go nadal znał. Doskonale wiedział, że zamknięty w sobie Jakub niechętnie opowiada o swoich problemach. Jeśli zechce, to coś o nich wspomni, a jak nie, to trzeba było tę decyzję uszanować. Wzajemny szacunek był podstawą ich przyjaźni.

– Muszę ułożyć sobie parę spraw. Zyta... – zaczął mówić Jakub, ale donośny dźwięk rogu zagłuszył jego słowa.

– Szwedzi idą! – krzyknął posłaniec.

Wkrótce na dziedziniec zamkowy wpadło kilku żołnierzy obcej armii w kapeluszach z charakterystycznym szerokim rondem. Polscy szlachcice porzucili swary i ruszyli na nieprzyjaciela zza morza.

– Koniecznie musisz tu wrócić na inscenizację Vivat Vasa. Bodajże w sierpniu. – Marek gładko przeszedł do niezobowiązujących tematów, uznawszy, że impreza integracyjna w formie biesiady na zamku nie jest najlepszą okazją do zwierzeń.

– Aaa, bitwa dwóch Wazów. – Jakub przypominał sobie historyczne fakty jak przez mgłę. – Ale to była chyba...

– Porażka polskiej husarii – dokończył za niego Marek. – No cóż, ale świetne widowisko. Widziałem to kiedyś i dlatego tak gładko się zgodziłem na pomysł imprezy na zamku. Ale chyba są zadowoleni, jak myślisz?

Jego pracownicy wyglądali na zachwyconych. Z entuzjazmem oklaskiwali adeptów szkoły fechtunku, którzy właśnie zakończyli występ. Następnym punktem programu miała być nauka strzelania z kuszy.

– Pan prezes też. – Marka wyciągnęła zza stołu jego sekretarka. Poszedł za nią bez ociągania, jak integracja, to na całego.

Jakuba też postawili przed tarczą. Stopniowo coś się w nim rozluźniło i zaczął się bawić. Po biesiadzie ruszył nawet do tańca.

– Zupełnie zapomniałem. Kasia cię pozdrawia. – Marek dolał piwa do kufla Jakuba, kiedy ten rozgrzany taneczną gimnastyką zasiadł przy stole.

Kasia również była koleżanką ze studiów i dziewczyną Marka. Pobrali się w tym samym roku, kiedy obronili dyplomy: on z prawa, ona z psychologii. Mimo zmiennych kolei losu i rosnącego jak grzyby po deszczu majątku nadal byli małżeństwem, i to w dodatku szczęśliwym, a poza tym rodzicami trójki dzieci. Niektórzy się w czepku urodzili, stwierdził Jakub, gdyż od razu rzuciły mu się na myśl smutne porównania.

– Ucałuj ją ode mnie. Mam nadzieję, że się spotkamy, gdy już dotrę do Warszawy – powiedział.

– Naprawdę nie chcesz z nami nocować? Śpimy w pałacu Marysieńki, a ja mam tam apartament.

– Serdeczne dzięki, ale nie tym razem.

– Ta twoja tajna misja, tak?

Średnio tajna, bo dokładnie opowiedział o niej Markowi. A teraz mu się zupełnie odechciało wszelkich akcji. Najchętniej ruszyłby do pokoju z przyjacielem i jeszcze z nim pogadał, a potem zalałby się w trupa czymś mocniejszym niż zamkowe piwo. Ale Jakub był człowiekiem znającym swoje obowiązki, co czasem doprowadzało go do niemej rozpaczy.

– Powiedzmy. – Wzruszył ramionami. – Ale jeszcze stąd się nie zabieram.

Wyszedł z całą grupą o dwunastej. Grubo przesadził. Pozostali ruszyli do hotelu. Tymczasem on przez ten brak zdecydowania będzie jeszcze musiał nocować pod gołym niebem.

Może nie byłoby nawet tak źle, stwierdził, skręcając w stronę miasta. Ciepła księżycowa noc, nie czuć było nawet wilgoci znad Wisły. Maszerował coraz raźniej, a wraz z powietrzem wdychał coś dziwnego. Energia, młodość – wolał tak to nazywać, a nie promilami po wypitych hektolitrach piwa. Jeszcze da sobie radę ze wszystkim. Pobyt w Polsce będzie jedynie przystankiem, czasem odkupienia win i zebrania sił. A potem ruszy dalej. Może do jakiegoś egzotycznego kraju. A co! Koniec ze stagnacją i rutyną. A Zyta tyle razy go do tego namawiała. Gdyby jej wówczas posłuchał...

Dobrze, że zostawił samochód niedaleko tej kamienicy. Dzięki temu łatwo mu było trafić. Zachwiał się nagle na ulicznym bruku. Chyba go zabiją, że o tej porze! Ale co tam! Raz się żyje. Bez wahania przycisnął dzwonek domofonu w drzwiach budynku, na którym widniał niepodświetlony szyld: „willa Historia". I co? I nic! Wydawało się mu, że cały dom trzęsie się w posadach od przeraźliwego dźwięku, ale widać ktoś miał mocny sen.

No ładnie! To sobie wywróżył tę noc pod gwiazdami, choć tych akurat nie było widać. Już obrócił się na pięcie, aby wrócić do samochodu, kiedy nagle odezwał się w nim bunt. Jeśli ma coś w sobie zmienić, to tę cholerną uprzejmość, która nakazywała mu odwrót. Nic z tego! Jak ktoś prowadzi hotel, to powinien brać pod uwagę najście spóźnionych gości.

Przeszedł na drugą stronę ulicy i spojrzał w górę. Prawie wszystkie okna były ciemne, z wyjątkiem jednego na pierwszym piętrze. Wydawało się mu, że widzi poświatę od ekranu telewizora. Pewnie ktoś zasnął w trakcie bardzo interesującego programu. Podniósł z ziemi drobny kamyk i cisnął nim w szybę na górze... I nic!

Ostatni raz zadzwoni. Trudno. Ale jak się dorwał do domofonu, to jakby palec mu się do niego przylepił. Miał wrażenie, że budzi całą ulicę.

I nagle, bez żadnego ostrzeżenia, drzwi otworzyły się na oścież. Stała za nimi rozczochrana kobieta w szlafroku.

– Czy pan zwariował? – powitała go dobrym słowem.

Adrenalina, która towarzyszyła mu od wyjścia z zamku, nagle wyparowała.

– Prze... przepraszam. – Chyba za dużo piwa. Nie przypuszczał, że język będzie mu się tak plątał. – Ale mam tu rezerwację. Ja...kub Ko...ozak.

Kobieta spojrzała nań podejrzliwie, ale wpuściła go do środka. Dopiero wówczas się zorientował, że zostawił torbę w wynajętym samochodzie. Nie było jednak odwrotu. Odwagi, zachęcił się w myślach i ruszył do przodu.

Przy samym wejściu znajdował się stół recepcyjny. Kobieta zapaliła światło i wyjęła zeszyt. Po chwili mruknęła coś pod nosem i oddaliła zeszyt od oczu na długość ramienia.

– Panie Kozak, ciekawe, kto robił tę rezerwację.

– Sekretarka.

– Aha! – Spojrzała mu w oczy. Chyba był mocno pijany. Jeszcze w życiu nie widział takich niebieskich tęczówek. – To pewnie pan wie, że zrobiła rezerwację na przyszły miesiąc.

– Ja...k to?

– Tak to, od piętnastego czerwca.

Czyżby Marek miał aż tak niekompetentną sekretarkę? Ale tańczyła bosko!

– To zaszła pomyłka. – Jakub wracał stopniowo do swojego grzecznego „ja". Opadły mu ramiona supermana i zwiesił pokornie głowę. – W takim razie najmocniej panią przepraszam.

Powinna być na niego zła, a nieoczekiwanie ujrzał na jej twarzy cień uśmiechu.

– Trudno, czasami się zdarza. Miał pan szczęście, że jeszcze nie spałam. Armaty zamkowe by mnie nie dobudziły. Proszę, to pana pokój. – Podała mu klucze. – Jeśli się panu nie spodoba, jutro go zmienię. Proszę za mną.

Ruszyli najpierw korytarzem, a potem schodami na górę. Wszędzie panowały ciemności, które hotelarka rozświetlała kolejnymi przyciskami. Miał wrażenie, że są jedynymi ludźmi w tym hotelu. Nie, w pensjonacie, przypomniał sobie stronę internetową. A ta kobieta wcale się nie bała. Szła odważnie pierwsza. Po chwili stali już pod jego pokojem. Gospodyni przekręciła klucz w zamku i pchnęła drzwi. Ustaliła jeszcze godzinę śniadania, po czym zniknęła w ciemnościach jak duch.

Został w pokoju sam. Nie miał najmniejszego zamiaru się po nim rozglądać. I tak wydawał się zbyt duży na jego ograniczone w tej chwili potrzeby. Spać!

Zrzucił z siebie ubranie i zanurkował w pościeli. Pachnie czymś, co przypomina dzieciństwo, zdążył pomyśleć, nim usnął.

Rozdział III

Tego ranka wcale nie byłam skowronkiem. Wprawdzie obudziłam się jak zwykle o tej samej porze bez budzika, ale czułam się mocno niewyspana. W nocy rzucałam się po łóżku i miałam makabryczne sny. Pojawiła się też w nich mama. Myślałam o tym, kiedy się myłam i ubierałam. Za każdym razem, kiedy widzę ją we śnie, zaczynają się kłopoty. Było więc jasne, że jest to ostrzeżenie. Może te koszmary spowodowała moja wczorajsza rozmowa z Carlem?

Po trzech latach zadzwonił jak gdyby nic. Jak się czujesz? Beznadziejnie, koszmarnie, boję się i nie wiem, co robić. Ale oczywiście niczego takiego nie powiedziałam. „Fine, just fine". A on, nie wypytując o nic, ani o rodzinę, ani o moją sytuację, zaczął bredzić, że jest w Kalifornii i przypomniał sobie, jak się świetnie bawiliśmy w San Francisco. Coś podobnego! Jaka świetna pamięć. Długo jednak nie rozmawialiśmy, bo ktoś mu przerwał. Powiedział, że zadzwoni, jak wróci do Europy za parę dni. A dokąd dokładnie, to jeszcze sam nie wie, może do Londynu.

Ta niespodziewana rozmowa bardziej mną wstrząsnęła, niż przypuszczałam. Od razu poznałam jego głos, choć miałam wrażenie, że stał się nieco bardzo chropowaty, jakby miał problem z krtanią.

Byłam na siebie wściekła, że w zasadzie o niczym mu nie powiedziałam. I co z tego, że parę lat wcześniej podjęłam taką decyzję. Teraz to on się do mnie odezwał, a ja byłam w takiej sytuacji, że potrzebowałam go bardziej niż kiedykolwiek. Ale to chyba nie działało w obie strony.

Pochłonięta myślami szykowałam śniadanie dla nocnego gościa.

Co to za dziwak i czego tu szuka? Pojawia się o tak późnej porze, wyraźnie zawiany, w dodatku o miesiąc wcześniej, niż było planowane. Zawsze parę groszy, nie powinnam marudzić. Jak to było w przysłowiu o darowanym koniu...?

Mimo wszystko dobrze patrzyło z oczu temu Kozakowi. W nocy wyglądał na zakłopotanego. W dobrych ciuchach i bez bagażu? Gdyby nie ta wcześniejsza rezerwacja, pomyślałabym, że zabłąkał się biedaczyna po imprezie na zamku. Nieraz tak przecież bywało, bo nie zawsze mieścili się w hotelu albo też rezygnowali z dormitorium.

Ciekawe, czy zjawi się na czas. Ja byłam gotowa z jajecznicą punktualnie o ósmej.

– Dzień dobry pani. Przepraszam za wczorajsze najście.

Jakub ukłonił się kobiecie o niebieskich oczach po wejściu do niewielkiej jadalni. Tego ranka zauważył też, że jest tylko parę centymetrów niższa od niego – przy jego wzroście metr siedemdziesiąt trzy nie było to znowu aż tak rzadkie – i nawet zgrabna. Dobrze wyglądała w obcisłych dżinsach.

– Nie ma za co. Lena Walter. Jestem właścicielką tego pensjonatu. – Poprowadziła go do nakrytego stolika i postawiła przed nim talerz z pachnącą znakomicie jajecznicą.

Jakub zaczął ją najpierw skubać, a potem coraz łapczywiej jeść. Wyborna. Ta reszta również. Chleb, wędlina, a nawet kiszone ogórki. I ta kawa, mmm. Albo taka pyszna, albo to wynik wczorajszego przepicia, pomyślał i poprosił Lenę o jeszcze jedną.

Kiedy zaspokoił pierwszy głód, rozejrzał się po sali. Coś mu naprawdę spowalniało mózg, bo dopiero teraz się zorientował, że kamienica, w której nocował, pochodzi co najmniej z dziewiętnastego wieku. Jadalnia najprawdopodobniej była kiedyś izbą mieszkalną. Teraz łączyła się z drugim pomieszczeniem. Jakub wyciągnął szyję. Jakby salonik. Cały wystrój sali nawiązywał do dawnych czasów. Zwrócił uwagę na zdjęcia ozdabiające ściany i kredens. Musiały pochodzić ze zbiorów rodzinnych, pomyślał i niespodziewanie zrobiło mu się przykro. Jego rodzice nigdy nie przywiązywali wagi do staroci, a on, niestety, kontynuował tę niechlubną tradycję. Nie pamiętał nawet nazwiska panieńskiego swojej babki. „Kiepsko, panie prawniku", zamruczał do siebie, przypatrując się fotografii z lat sześćdziesiątych. Przed odrapanym budynkiem stała młoda kobieta. Może to jej matka, pomyślał, zauważając podobieństwo w owalu twarzy i oczach.

– Takie rodzinne pamiątki. – Drgnął, słysząc głos Leny Walter za plecami. – A to była nasza piekarnia, tu, w tej właśnie kamienicy. – Wskazała palcem na zdjęcie.

– Czyli cały dom został przebudowany? – zaciekawił się Jakub. To musiało kosztować majątek.

– Trochę go zaadaptowałam. Był w koszmarnym stanie po wojnie i latach komuny. Mogę pokazać inne pomieszczenia, jak pan będzie chciał. Później.

– Z przyjemnością – odparł Jakub, choć uznał, że opowieści samej Leny mogą poczekać. Najpierw trzeba się było zorientować w sytuacji.

– Przepraszam pana, ale muszę się upewnić w sprawie rezerwacji. – Kobieta nalała mu kawy z dzbanka. – Pana sekretarka rezerwowała tygodniowy pobyt. Czy to się zgadza?

Lekko zmieszany Jakub uniósł wzrok na Lenę.

– Tak, zgadza się.

Zauważył, że się ucieszyła. Ale niby czemu?

– Wypoczynek czy interesy?

Pytanie było naturalne, tylko on uznał, że zbyt wścibskie.

– Ja... muszę trochę wypocząć – odparł po chwili.

– Nie wiem, czy zna pan nasze okolice...

Nawet nie wiedział, kiedy zaczęła przesłuchanie, a to przecież on miał zadawać pytania. Ale może i dobrze się złożyło, bo teraz on mógł o coś zapytać.

– Ja jestem z Gdańska. A pani, rozumiem, stąd.

– Tak, stąd, ale z przerwą. – Zaśmiała się. – Ponaddwudziestoletnią.

Powinien teraz stwierdzić, że pewnie wyjechała jako dziecko, ale nie mógł się przemóc. Przecież to banalne. Poza tym wiedział, że ma czterdzieści osiem lat. Ale to prawda, nie wyglądała na swoje lata.

Kiedy się zastanawiał, co powiedzieć, przyniosła mu różne książki o Gniewie i okolicach.

– To na wypadek, gdyby chciał pan odpoczywać nieco bardziej aktywnie. Jakby to nie wystarczyło, to może pan odwiedzić moją przyjaciółkę. Ma agencję eventową na zamku.

Podziękował za śniadanie i literaturę, po czym wrócił do swojego pokoju na drugim piętrze. Dopiero teraz odsłonił okno, a potem otworzył je na oścież.

– Ożeż! – Z ust wyrwał mu się okrzyk zachwytu.

To było takie nieoczekiwane. Ten widok. Soczystozielone łąki, które kończyły się Wisłą. I horyzont taki, że dech zapierał. Jakub przypomniał sobie wczorajsze zwiedzanie zamku i opowieść przewodniczki o zamkach krzyżackich. Reguła zakonu nakazywała, aby Krzyżacy spędzali noce w swoich posiadłościach, musiano więc budować zamki w takiej odległości, by dzielił je co najwyżej dzień drogi. Pewnie więc przy dobrej widoczności można było zobaczyć kolejny z nich, gdyż system ostrzegania za pomocą rozpalanych ognisk zapewniał kontakt na wypadek zagrożenia.

A gdzie był najbliższy z nich? Jakub wytężył wzrok. W Kwidzynie?

Tak się wpatrywał, że dopiero po dłuższej chwili kątem oka zauważył ogród znajdujący się poniżej. Ktoś kucał przy krzaku i wyrywał chwasty. Lena Walter. Jakub zmieszał się, gdy kobieta uniosła wzrok. Musiała dostrzec, że się jej przygląda. Uśmiechnęła się i pomachała do niego. Sam też podniósł rękę.

Trzeba było się jednak zabrać do pracy. Znów zacznie się gonitwa z czasem, pomyślał.

Ciężko byłoby jednak włóczyć się po urzędach w taki piękny dzień, więc Jakub postanowił najpierw rozeznać się w terenie. Jakie widoki! Te słowa powtarzał sobie w myślach najczęściej, przyglądając się Wiśle tym razem znad skarpy i podziwiając smukłą sylwetkę gotyckiego zamku. Ten ostatni widok przypomniał mu, że musi też zajechać do Malborka, i to nie w charakterze turysty.

Można było zapomnieć o planowanej misji, kiedy się włóczyło po mieście, gdzie czas płynął jakby wolniej. Ludzie nie biegli, nie potrącali się w pędzie naprzód, szli powoli, co jakiś czas się zatrzymując i zamieniając kilka słów ze spotkanymi znajomymi. To był zupełnie inny świat niż ten, do którego przywykł. Nie pamiętał, kiedy ostatnio przebywał w takim nieco zapuszczonym prowincjonalnym mieście. Zupełnie nie wyobrażał sobie, czym ci ludzie mogą się tutaj zajmować.

Po odwiedzinach w kościele św. Mikołaja, również gotyckim, podobnie jak większość budowli w starej części miasta, zauważył, że przed wejściem kłębi się tłumek starszych kobiet i komentuje coś, co wisiało na ścianie przy bramie. Zaintrygowany postanowił podejść i zrobić z siebie gapia.

Ach, to przecież klepsydry! Jedna z nich budziła szczególne zainteresowanie.

– Mój chrześniak znalazł tych Kryszów. Krwawa jatka. Jucha sikała po całym domu.

– Ja ich dobrze pamiętam. Bardziej ją, bo przyjeżdżała rowerem w każdy piątek do mięsnego. Toż niedaleko mieszkali. Przystojna kobita była. I młodsza od niego.

– No tak, czterdzieści siedem lat, a on dziesięć lat więcej. – Kobieta w czarnej bluzce niemal dotknęła nosem klepsydry.

– O zmarłych się źle nie mówi... – Jej rozmówczyni potrząsnęła głową. – Ale...

Pokiwały głowami, doskonale rozumiejąc niedomówienie.

– A Piotrek od Kaniów dopiero wyszedł...

– Przestań, pani Woźniakowa, takie rzeczy mówić.

Kobieta w czarnej bluzce obejrzała się za siebie. Jej gniewne spojrzenie wylądowało na Jakubie i niemal go odrzuciło do tyłu.

– Dzień dobry? – zagaił. – Jak stąd dojść do zamku?

Kobieta wyraźnie odetchnęła z ulgą i pokazała mu drogę. Którą oczywiście nie poszedł, bo skręcił natychmiast za rogiem w drugą stronę.

No proszę, takie spokojne miasto i kto by pomyślał. Jakub postanowił wrócić pod kościół, gdy zainteresowanie klepsydrami będzie już mniejsze.

Nagle poczuł głód. Spojrzał na swój nowy zegarek i stwierdził, że minęła już pierwsza. Nic dziwnego. Był przyzwyczajony do lunchów, a poza tym to świeże powietrze! Raźnym krokiem ruszył w kierunku pałacu Marysieńki. Miał nadzieję, że firma Marka zdążyła się już stamtąd wynieść. Teraz wolał być sam.

I był. Prawie. Kiedy dotarł do restauracyjnej części pałacu, było tam pusto. Służby hotelowe kręciły się żywo dokoła, albo porządkując po gościach, albo też przygotowując się na kolejną grupową imprezę.

Jakub usiadł przy oknie, które zwabiło go kolejnym spektakularnym widokiem na Wisłę i okoliczne łąki. Ledwo zdążył przysunąć krzesło, gdy w sali pojawił się mężczyzna w średnim wieku. Wyglądał na miejscowego i na dodatek nieco wczorajszego, sądząc po czerwonej i nalanej twarzy. Mając do dyspozycji tyle wolnych stolików, umościł się przy następnym od Jakuba. Jak na złość.

Po chwili pojawiła się kelnerka i wręczyła mu menu.

– A pan z tej wczorajszej grupy? – zaskoczyła go pytaniem.

– Nie do końca. – Jakub lekko się zmieszał. Przecież tu nawet wcześniej nie był. – Ale to znajomi. Byłem z nimi na biesiadzie.

– Chyba wczoraj pana widziałam. Pomagałam na zamku.

– Aha – zauważył krótko i skarcił się w myślach. Czyżby już nie umiał normalnie rozmawiać po polsku? Detektyw od siedmiu boleści

Na szczęście kelnerka była bardziej rozmowna, być może z nudów.

– Ale nie spał pan u nas, prawda?

– Nie. Nocuję w pensjonacie. – Wreszcie wróciła mu mowa. – Willa Historia.

– A, u pani Leny... – Kelnerka się zamyśliła. – A tam jest czynne?

– Jak najbardziej, ale być może jestem tam jedynym gościem – zaczął się zwierzać – bo nikogo innego nie widziałem.

– Myślałam, że ona to zamknęła. – Kelnerka zakończyła rozmowę i zostawiła Jakuba, by mógł przez chwilę zapoznać się z menu. Kiedy zaczął je kartkować, stwierdził, że nagły głód, który dopadł go pół godziny wcześniej, już minął. Raptem poczuł się nieswojo. Dopiero gdy podniósł wzrok, zauważył, że jego sąsiad uważnie mu się przypatruje. Kiedy napotkał jego spojrzenie, tamten nawet nie mrugnął. Jakub pierwszy odwrócił głowę, by zająć się studiowaniem wiszących na ścianie portretów Jana III Sobieskiego i Marysieńki.

– Może pierogi z grzybami? Smaczne? – Teraz on próbował zagaić rozmowę, kiedy pojawiła się kelnerka, żeby przyjąć zamówienie.

– A może coś ciekawszego? Na przykład rybka? Znakomita.

– Mówiła pani, że pani Lena zamyka swój pensjonat. Nic mi o tym nie wspominała.

Kelnerka postukała ołówkiem w bloczek. Profesjonalna dyskrecja walczyła w niej z ochotą na plotki. Wygrało to drugie.

– Ma chyba kłopoty finansowe. A tak jej dobrze szło, jak wróciła z zagranicy. Dziwię się, że wróciła, bo podobno zawsze chciała wyjechać. I te wszystkie nowe budowy i domy...

– Pensjonat jest przecież w starej kamienicy. – Jakub próbował odwracać głowę, ale i tak cały czas widział irytujące spojrzenie mężczyzny z sąsiedniego stolika. Gapił się na niego bez żenady.

– Tak, oni tam wcześniej mieszkali. Rodzina Majów. Kiedyś była tam piekarnia. Potem ona wykupiła lokatorów i zrobiła z tego hotelik. I nie tylko. No cóż, takie mamy czasy. – Była to zdecydowana pointa, więc Jakub sądził, że niczego ciekawego już od niej nie usłyszy. Gdy nagle dodała: – Taka miła kobieta, wie pan. Pamiętam ją, jak byłam jeszcze dzieciakiem. Dawała nam cukierki. Moja starsza siostra chodziła z nią do szkoły. I też zawsze mówiła, że „Lenka to jest promyk". Cudowny człowiek. Zawsze taka pogodna i uśmiechnięta.

Nie można powiedzieć, że płakałam. Ja po prostu ryczałam, z twarzą wciśniętą w poduszkę. Robiła się coraz bardziej mokra, a ja nie mogłam nawet sięgnąć po chusteczki, żeby otrzeć smarki. Zawodziłam na cały głos i bałam się, że ktoś mnie usłyszy. Tylko jedna osoba wchodziła tego dnia w rachubę. Samotny jak palec gość, który przyjechał tu nie wiadomo w jakim celu. To przez niego to wszystko!

Po porannej rozmowie z Jakubem Kozakiem poczułam przypływ nadziei. Zupełnie nie rozumiem dlaczego. Może perspektywa kilku stów za pokój wprowadziła mnie w lepszy humor? Nieważne. W każdym razie zyskałam dodatkowy napęd, który pozwolił mi przejrzeć zaległą pocztę. Zaczęłam więc układać korespondencję i podliczać kwoty. Zaledwie po piętnastu minutach zrobiło mi się niedobrze. Nagle zrozumiałam, że to wszystko wokół mnie dzieje się na serio i tym razem chyba nic mnie nie uratuje. Przypomniałam sobie wydarzenia z ostatniego roku i te z ostatnich tygodni i się rozżaliłam do cna.

Zawiodłam mamę i tatusia! A tak we mnie zawsze wierzyli – dziecko szczęścia – a ja przez długie lata podzielałam tę opinię. Do tej pory wszystko mi wychodziło. Nie byłam głupia, miałam nosa do interesów, wszyscy mnie lubili. Swego czasu byłam najbardziej popularną postacią w Gniewie – no, może oprócz zamkowego ducha – ale szło mi całkiem dobrze. Ludzie mi wierzyli, ja wierzyłam im, ale dwa lata temu to się zmieniło. Może powinnam skorzystać z usług egzorcysty? Nie miałam siły na rachunki, poszłam więc posegregować rzeczy matki. Może w ten sposób zagospodaruję tę z wolna dogasającą energię.

Minęłam dwa piętra, które stanowiły część pensjonatu, głupich sześć pokoi mających być dla mnie pociechą na stare lata, i wdrapałam się na strych. Nie wchodziłam tam od czasów przebudowy. Mama wówczas jeszcze żyła. Zamierzałyśmy przejrzeć stare papiery razem. Chciałam je stamtąd zabrać ze względów przeciwpożarowych i tak jakoś zeszło. Musiałam to teraz uprzątnąć, zanim wpadnie tu w końcu jakaś kontrola. Poza tym, planując dłuższy wyjazd, nie chciałam, aby zainteresowały bratową Renatkę. Już coś przebąkiwała o aktach własności i takich innych.

Nie, nie było tak źle, zauważyłam po otwarciu drzwi. Moje ruchy wzbiły chmurę kurzu, doskonale widoczną w promieniach słońca dochodzących z małego okna na samej górze.

Było tu trochę połamanych, nic niewartych mebli i wiele niepotrzebnych nikomu przedmiotów, ale tylko dwa kartony z papierami. Dlaczego wydawało mi się wcześniej, że jest tego więcej? No tak, pacnęłam się ręką w czoło. Przecież zabrałam już stąd wszystkie stare zdjęcia, którymi ozdobiłam jadalnię i salonik. Powinnam się uporać z tą resztą w mig.

Po niecałej półgodzinie mogłam usiąść w moim apartamencie, by się temu wszystkiemu przyjrzeć. Wyjęłam najpierw szary zeszyt podpisany „Elżbieta Lange" i zaczęłam go kartkować. To był pamiętnik z wpisami koleżanek szkolnych w stylu „na górze róże, na dole fiołki, my się kochamy jak dwa aniołki" oraz ilustracjami. Już wtedy się wzruszyłam, ale kiedy spomiędzy kartek wypadł mi stary dokument sporządzony po niemiecku, polały się łzy. To był akt urodzenia mamusi z 1945 roku. Po co ja to ruszałam? Samej mi trudno uwierzyć, że wiodłam kiedyś takie beztroskie życie.

Rzuciłam się na łóżko, niemal zachłystując się łzami.

Rozdział IV

Byłam w czepku urodzona, tak zawsze o mnie mówili. I mama, i tatuś. Ale pierwszy raz powiedziała tak babcia, kiedy parę chwil po porodzie wypadłam położnej z rąk na podłogę. Wylądowałam jednak na miękkim kożuchu, który spadł dziadkowi z wieszaka minutę wcześniej i tym sposobem uratował mi życie.

– Jaka silna dziewczynka, nawet nieposiniaczona! – zauważył tatuś, który wpadł do pokoju zaalarmowany kobiecym wrzaskiem. – Moja księżniczka. – Nadał mi wówczas ten arystokratyczny tytuł.

I tak stałam się „małą księżniczką", a nikomu nie przyszłoby do głowy używać tego przezwiska w sposób ironiczny. Bo i jak? Skoro mama była królową?

Bocian, który mnie przyniósł, kierował się niezwykłą intuicją i dokonał najwłaściwszego wyboru. Oczywiście biorąc pod uwagę, że ptak miał ograniczony zasięg lotu do samej Polski.

Dał mi wyjątkowo kochających rodziców i zupełnie niezłą, jak na czasy komuny, miejscówkę. Tatuś był piekarzem i miał własny zakład, którego po wojnie na szczęście nie znacjonalizowano. Chleba zatem nigdy nam nie brakowało. A nawet cud prawdziwy, że nie udało się im zatuczyć mnie chrupiącymi rogalikami i sznekami z glancem.

Mój ojciec, Wojciech Maj, był bardzo szanowaną i lubianą postacią w mieście. Pamiętam, że kiedy chodziliśmy po mszy niedzielnej na spacery wokół rynku, wszyscy zawsze mu się kłaniali, a tatuś tylko uchylał kapelusza i pozdrawiał ich po nazwisku.

– Uszanowanie, pani Dąbrowska. A jak się czuje małżonek?

Dla moich niespokojnych nóg była to prawdziwa męczarnia. Przy każdym trzeba się było zatrzymać, z każdym porozmawiać. Wiedziałam jednak, że kiedy dzielnie wytrzymam rundę, czekają mnie lody albo inna atrakcja, którą tatuś wymyślał.

– A pan jak zwykle ze swoim „przedszkolem"? – Dąbrowska czy Klamannowa litowała się oczywiście nad biednym mężczyzną, obarczonym opieką nad dwójką dzieci. Aha, zapomniałam wspomnieć tu o moim bracie – może wyparłam ten fakt – ale zaraz o nim będzie.

– Oni są bardzo grzeczni – tłumaczył tatuś i ściągał mnie z kraty na drzwiach rzeźnika, na którą usiłowałam się wspiąć.

– Właśnie widzę – odpowiadała miejscowa dama i odchodziła pobudzona do życia z nowym tematem do rozmów.

Wojciech Maj był szanowanym obywatelem, ale lokalna społeczność uważała, że nosi stygmat ofiary, i przez długie lata okazywała mu delikatne współczucie.

Małżeństwo z Elżbietą Lange było jego drugim związkiem. Pierwszy zakończył się tragicznie, gdyż jego żona umarła przy porodzie. Dziecko, syn, przeżyło.

Po upływie roku gniewianie postanowili nie pozostawać bezczynni wobec takiego nieszczęścia. Stwierdzili, że najlepszym lekarstwem na smutek młodego wdowca będzie nowa żona. Ktoś przecież musiał mu pomóc przy dziecku, zająć się domem i piekarnią. Ponieważ niedzielne spacery wokół rynku Maj miał we krwi, więc było z góry wiadomo, gdzie można go spotkać i jak będzie trzeba, przyprzeć do średniowiecznego muru. Gdyby ktoś na początku lat sześćdziesiątych odwiedził Gniew w dzień świąteczny, miałby wrażenie, że znajduje się na wybiegu dla modelek lub na procesji. Ileż czasu poświęcono na odpowiedni dobór ubrań czy ułożenie fryzury!

Minęła jednak wiosna, lato i jesień, przyszła zima, a spacerujące niczego nie wskórały. Pokończyły im się zapasy garderoby – wszak były to czasy braków w zaopatrzeniu – inwencja, a poza tym zrobiło się piorunsko zimno i po nieskończenie długiej mszy lepiej było czym prędzej czmychnąć do domu i się ogrzać. „Tego kwiatu jest pół światu", pocieszały się odrzucone kandydatki na żonę.

Któregoś wiosennego dnia Wojciech wyjechał na parę dni, żeby zdobyć więcej mąki, gdyż przydziały z Przedsiębiorstwa Handlu Wewnętrznego nie wystarczały. Zaplanował trochę dłuższą podróż, kombinując sobie, że być może uda mu się również kupić od marynarzy w Gdyni bakalie. Wypiekiem podczas jego nieobecności miał się zająć czeladnik oraz dziadek Maj, który prowadził jeszcze piekarnię, kiedy Gniew nazywał się Mewe. Teraz miał powykręcane artretyzmem ręce, choć jego ostremu językowi nic nie można było zarzucić.

Kiedy nieobecność Wojciecha zaczęła się przedłużać, ludzie przychodzili do piekarni, okazując zaniepokojenie. Babka Majowa, znana z zamiłowania do dzielenia się wiadomościami, tym razem milczała jak grób. Nie chciała się przyznać przed innymi, że sama nie wie, co się dzieje z synem. Na milicję jednak nie chciała iść, bo to przecież wstyd.

I nagle, dziesięć dni po wyjeździe, z pekaesu wysiadł Wojciech w swym eleganckim prochowcu i zanim przywitał się z lokalnymi kumami, od razu podał ramię dzierlatce w przykrótkiej spódnicy, którą następnie prostą drogą poprowadził do piekarni.

Facet po prostu dostał fymla! Młody chłop bez baby po raz pierwszy wyjechał i wpadł jak śliwka w kompot. Złapała go pierwsza lepsza szlora. Poleciała na majątek, a jakże, toż była o piętnaście lat młodsza od Maja. Taka smarkula będzie zajmować się domem i trzyletnim pasierbem. Co? I jeszcze nie katoliczka? Z niemieckiej rodziny? A, z pomorskiej, ale ewangeliczka. Jaka tam ewangeliczka? To normalna Niemra była. Ze szwabskiej rodziny, panie. I w dodatku bękart. Ale mu przyszło, temu Majowi. Ciekawe, co na to jego matka i ojciec? Taka porządna rodzina. Pożałują, że tak synka wychowali. A tak się wywyższał i swojej nie chciał, tylko taką... z piekła rodem!

Młoda wybranka, Elżbieta, nie mogła zaprzeczyć, że jest właśnie stamtąd. Z miejscowości Piekło, gdzie łączy się Nogat z Wisłą. Tam właśnie mieszkała, zanim wyjechała za pracą do Gdańska. Miała jednak oboje rodziców. Matka była wprawdzie niemieckiego pochodzenia, ale ojciec, Edziu, to przecież prawdziwy Polak, choć w czasie wojny przymusowo wcielony do wermachtu. Chociaż o tym ostatnim w domu się głośno nie mówiło, a prawdę mówiąc, wcale się nie mówiło. Wiadomo, jakie czasy.

Elżbieta była jednak wyjątkowo dojrzałą jak na swój wiek kobietą. Dzięki rocznej pracy w urzędzie w dużym mieście nabrała ogłady i umiała radzić sobie z ludźmi. I mimo że zawsze zachowywała pewien dystans – nigdy nie dołączyła do grona miejscowych plotkarek – a jej dobroć i pogoda ducha oraz czuła opieka nad synkiem Maja potrafiły zjednać jej niemal wszystkich mieszkańców. Niemal, bo jak to mówią: „Jeszcze się taki nie narodził, co by wszystkim dogodził".

Kiedy się więc urodziłam, wszelkie burze związane ze związkiem moich rodziców już dawno minęły i świeciło słońce. Nic więc dziwnego, że od początku byłam zadowolona z życia. Było ono dla mnie dobre i przyjazne. Pewnie dlatego uśmiechałam się do każdego.

W szkole podstawowej należałabym do najlepszych uczennic, gdyby nie obniżony stopień ze sprawowania. Uważam, że to niesprawiedliwe, bo zawsze miałam dobre zamiary. Życie trzeba sobie urozmaicać, oglądać je z różnych stron, więc łażenie po murach zamkowych było tylko próbą spojrzenia na rzeczywistość z innej perspektywy. Niestety Ilona złamała wówczas nogę i tak się wszystko wydało.

Stanowiłyśmy we cztery zgraną paczkę. Razem poszłyśmy do ogólniaka i w zasadzie przyjaźnimy się do tej pory. Mniej więcej, tak można powiedzieć. Ilona, Baśka, Marylka i ja. Po maturze doszłyśmy do wniosku, że trzeba spróbować życia w dużym mieście, i złożyłyśmy papiery do różnych trójmiejskich szkół. Ilona na ekonomię, Marylka na kurs dla sekretarek, Baśka do pomaturalnej gastronomicznej, a ja wylądowałam (zupełnie przypadkowo) na historii. Ale coś trzeba było studiować. Dzięki temu można się było pojawiać w klubach studenckich, takich jak Centrum, Kwadratowa czy Żak, albo wkręcić się z kimś starszym do sopockiego SPATiF-u. To była połowa lat osiemdziesiątych, czasy po stanie wojennym, więc wszędzie zgrzebnie i ponuro, ale dwudziestolatkom wszystko wydawało się kolorowe i ciekawe. Szczególnie nam, bo przyjechałyśmy z małego miasta. Poznawałyśmy nowych ludzi, chodziłyśmy na koncerty, jeździłyśmy w góry na narty i na wypady nad otwarte morze. O przyszłości niewiele myślałyśmy. Miało nam się udać i tyle.

Rozdział V

Jakub jadł pierogi zbyt pospiesznie, nie zwracając uwagi na ich smak. Trudno było jednak rozkoszować się nimi, kiedy facet z naprzeciwka wciąż wpatrywał mu się w talerz. Nie przeszkadzało mu to w jednoczesnym rozmawianiu przez telefon komórkowy i w żłopaniu piwa. Wyglądało to, jakby był reporterem relacjonującym na żywo przebieg posiłku Jakuba. Tylko oczywiście nim nie był. Przynajmniej można było mieć nadzieję, że żadna z polskich redakcji nie zatrudniła ostatnio zwalistego mężczyzny ze złotym łańcuchem na szyi i z lekko rozmazanym tatuażem Supermana na prawym ramieniu.

– Oj, niezbyt panu smakowało – zauważyła ze smutkiem kelnerka, widząc pozostawioną na talerzu połowę porcji. – Mówiłam, żeby rybkę...

– Nie mam chyba apetytu. – Jakub sięgnął po portfel. – Ale zachęciła mnie pani i jutro z pewnością spróbuję.

– Zapraszamy. Oczywiście, jeśli pani Lena czymś pana u siebie nie skusi. Kiedyś podawała swoim gościom posiłki. No ale... – Urwała nagle, szybko podziękowała za napiwek i raźnym krokiem ruszyła w stronę osób, które właśnie weszły do restauracji.

Jakub wstał i już wkładał portfel do kieszeni, gdy nagle usłyszał chrapliwy głos:

– Panie, panie?

Uniósł głowę. Tak jak się domyślał, słowa te padły z ust Supermana z naprzeciwka. Patrzył na Jakuba przekrwionymi oczami, odsuwając od siebie dwa puste kufle po piwie.

– Słucham?

– Tak, ja do pana – powiedział, ale widać nie zamierzał wstać i podejść bliżej. Trzeba było zrobić to samemu.

– Słucham – powtórzył Jakub, tym razem nieco głośniej.

– To rzeczywiście słuchaj pan. Radzę panu, naprawdę radzę, jak dobry obywatel, żeby pan zmienił lokal.

– Właśnie wychodzę. Koniec problemu. – Śmiech, który wyrwał się z gardła Jakuba, nie był zbyt szczery.

– Nie, tu niech se pan siedzi. Co mi tam. Niech pan lepiej się zabiera od Magdy Majowej. Dobrze panu radzę. Pan elegancki człowiek. Nie powiem więcej, żeby pana uszy nie rozbolały. Rozumiemy się?

Wcale! Jakub już otwierał usta, kiedy zadzwonił telefon Supermana. Mężczyzna odebrał i machnął mu ręką przed nosem, jakby opędzał się od muchy. Miał się oddalić, więc to zrobił.

A miało być tak miło i przyjemnie, jak go przekonywał Hines. Jakub oddalał się od pałacu Marysieńki żwawym krokiem. „W zasadzie czysta formalność", jak mówił przyjaciel, a tu nagle się okazuje, że już komuś zależy, by się stąd wyniósł.

Wzruszył ramionami. Teraz, kiedy otrzymał taki komunikat, wie już, czego się może spodziewać. Superman bardzo by się zdziwił, gdyby wiedział, że jeśli chodzi o groźby, Jakub jest bardzo odporny. Niejednokrotnie w swej pracy penetrował takie imigranckie zakątki Londynu, na których widok tutejszemu żulowi włosy na głowie by się zjeżyły ze strachu.

Musi się dowiedzieć, kto to taki i dlaczego nie przepada

za Leną Walter, wcześniej Magdą Maj. Nic jednak na siłę. Będzie działał w swoim zwykłym tempie, które postronnym może się wydawać dość ślimacze i nieco przypadkowe. Skoro jednak taki sposób działania jest skuteczny, zamierzał się go trzymać.

Po zaledwie kilku minutach Jakub wrócił do centrum miasta. Już wcześniej zorientował się w jego topografii. Skręcił więc w pierwszą ulicę w prawo i przystanął przy kolejnej starej kamienicy. Gotyckiej? To miasto było naprawdę stare. Polskie Carcassonne, zażartował Hines.

„Stanisław Mielewczyk, notariusz" – głosiła tabliczka przytwierdzona przy samych drzwiach. Parter. I tam właśnie miał zamiar się udać.

– A, pan Kozak! To pan przyszedł punktualnie?

W drzwiach pojawił się mężczyzna, mimo ciepłej aury w dwurzędowej marynarce. Ten też był bardzo wysoki. Czy oni w tym mieście sterydy wszystkim rozdają?

– Przecież byliśmy umówieni – zauważył Jakub, żałując, że ma tak mało formalny strój na sobie.

– To prawda. Czasem człowiek zapomina o takich rzeczach, gdy ma do czynienia ze starą szkołą. Dzisiaj to... – potrząsnął siwowłosą głową – ech, za dużo gadania.

– Dziękuję, że znalazł pan dla mnie czas.

– Panie mecenasie, po tym, co od pana usłyszałem, jakżebym mógł go nie znaleźć? Nieczęsto zdarzają się takie sprawy. Zwykle to rozwód albo pobicie.

– Albo podwójne morderstwo – zauważył Jakub, przypomniawszy sobie klepsydrę spod kościoła.

– No tak. – Mielewczyk skinął głową. – To rzeczywiście nietypowa historia, ale i takie się tutaj zdarzają. Szczególnie po alkoholu. Natomiast to, o czym zaczął mi pan mówić... Może kawy?

Weszli do zastawionego starymi meblami gabinetu. Unosił się w nim zapach starych dokumentów. Nic dziwnego, skoro na wszystkich ścianach, aż do samego sufitu, wisiały półki z książkami i segregatorami. Mielewczyk chyba lubił taką atmosferę, gdyż mimo panującego na dworze upału wszystkie okna w kancelarii były szczelnie zamknięte.

– Jeśli można, to coś zimnego – odparł Jakub, wyglądając przez szybę. Zobaczył plecy Supermana zmierzającego w stronę spożywczaka.

– To brzozy przed domem – oświadczył Mielewczyk, stawiając na biurku dwie szklanki i butelkę mineralnej. Widząc zdziwione spojrzenie kolegi po fachu, szybko wyjaśnił: – Właśnie pylą, a ja mam alergię. – Kichnął donośnie, jakby na poparcie tych słów. – Zaraz włączę wiatrak.

Chciał już sięgnąć do wentylatora stojącego na drugim biurku, gdy skinięciem ręki został przywołany przez Jakuba do okna.

– Zna go pan?

Superman nie wszedł na szczęście do sklepu, tylko właśnie wystukiwał numer na swoim telefonie.

– Owszem. – Skinął głową. – Prawdę mówiąc, nieco osobliwa historia. Rozmawiał pan z nim?

– Tak, poradził mi w szczery sposób, bym się zabierał z pensjonatu.

– Hm, wcale nie takie dziwne. – Mielewczyk potarł skrzydełko nosa, po czym dodał: – W pewien sposób każdy tu go zna. Chociaż parę lat przebywał gdzie indziej.

– Za granicą?

– Nie, w więzieniu.

– Jakoś wcale się nie dziwię. – Jakub, obserwujący Supermana zza żaluzji, zobaczył, że ten po skończeniu rozmowy telefonicznej rozmyślił się i nie wszedł do sklepu. Stał przez moment, jakby się zastanawiając, co zrobić, po czym zawrócił w stronę rzeki. – Wygląda jak kryminalista z dziada pradziada.

– O, to mimo wszystko się pan zdziwi. – Mielewczyk nalał do szklanek mineralnej. – Jego rodzina to właściciele wielu z tutejszych nieruchomości. Startowali z biznesem jeszcze za komuny. I to nie zwykłe badylarstwo, ale firma budowlana, potem ziemia, apteka, sklepy i hurtownie. Stopniowo zrobiło się z tego niezłe imperium. Wszyscy z żyłką do interesów. Oprócz jednego.

– Czasem się zdarzy taka czarna owca w rodzinie – westchnął Kozak i zerknął z ciekawością na dokumenty, które mecenas wyłożył przed nim z szuflady swojego biurka.

– Tylko że na to się zupełnie nie zanosiło. Aż do czasu... – Mielewczyk zrobił teatralną pauzę – do czasu, kiedy zaręczył się z Magdą Maj.

– Panią Leną? – Jakub niemal podskoczył na fotelu. Powiązanie tej delikatnej blondynki z zapasionym Supermanem wydało się grubymi nićmi szyte.

– Ha, wiedziałem, że pana zaskoczę – ucieszył się mecenas.

Otworzyłam drzwi do sypialni i pochyliłam głowę nad balustradą, próbując dojrzeć z góry, co porabia mój gość. Nikt nie stał koło recepcji. Zresztą nie musiał tam stać, skoro miał klucz od pokoju. Byłam jednak pewna, że nie zdążył wejść po schodach, zanim wyszłam. Czy mogłam się przesłyszeć? W domu panowała głucha cisza. Stałam, wstrzymując oddech. I nagle usłyszałam na parterze cichy stuk. Ktoś jednak był w środku i byłam wyjątkowo pewna, że nie jest to Jakub Kozak.

Poczułam, jak przez całe ciało przechodzi mi fala gorąca. Zawirowało mi w głowie. Normalnie jakiś strach menopauzalny. Nogi wrosły w podest jak zabetonowane. Uciekać!

To była pierwsza, zresztą zupełnie sensowna myśl, ale potem przyszła druga – to jest przecież mój dom!

Co oni sobie myśleli? Że będą mnie, dranie parszywe, bezkarnie nachodzić? Mnie straszyć? Mnie? Jakie mają do tego prawo? Żadnego! Znów mogłam złapać oddech.

Bezszelestnie wycofałam się do sypialni i już wiedziałam, co robić. Pistolet gazowy leżał jak zwykle przy łóżku. Chwyciłam go w rękę i wybiegłam z sypialni, zatrzaskując za sobą drzwi.

– Kto tu jest?

Głowa obraca mi się dokoła jak peryskop. Wejście, recepcja, korytarz. Jadalnia. I ten odgłos uciekających kroków. Przewrócony mebel. Tak, to musi być salon. Wali mi serce, lecz mimo wszystko biegnę w tę stronę. I się nie boję. Wcale się was nie boję.

– Stój!

Ale on nie ma zamiaru się zatrzymywać. Bo to chyba on. Kiedy wpadam do saloniku z pistoletem, jak w jakimś filmie gangsterskim, widzę powiewającą firankę i otwarte przeszklone drzwi wychodzące na taras.

Wybiegłam na taras, ale już go nie było. Wiem, powinnam zabezpieczyć jakoś dom od strony ogrodu większym ogrodzeniem, ale tak bardzo nienawidzę tych wszystkich płotów i zagród, w których lubują się Polacy.

Oczywiście przeskoczył rabatki przed tujami, przedarł się przez nie i prysnął dalej wzdłuż ogrodu sąsiadów w stronę miasta.

Zeszłam z tarasu po kamiennych schodkach. To musiał być mężczyzna. Niewiele kobiet nosi taki numer buta. Dostrzegłam świeży odcisk przy krzewie róży.

Serce dopiero teraz zaczęło mi walić jak oszalałe. Widziałam, jak porusza się cienki trykot mojego T-shirtu.

Może przypłacę to zdrowiem, ale nie daruję im tego. Nie daruję, mruczałam pod nosem, zawracając w stronę domu. Wiedziałam, że to „oni", i nie wierzyłam w żadnego przypadkowego złodzieja. Chociaż mimo wszystko trzeba było sprawdzić, czy nic przypadkiem nie zginęło. Weszłam przez taras do domu i zamknęłam przeszklone drzwi na zasuwkę. Rozejrzałam się dokoła. Wszystko wyglądało tak jak przedtem. Nie miał czasu szperać po szafkach. Wolnym krokiem przechodząc do jadalni, lustrowałam wszystkie przedmioty. I nagle... O nie!

Na podłodze, pośród rozbitego szkła, leżała fotografia mojej matki. Pewnie o nią zawadził w pędzie. Albo ja sama. Odłożyłam pistolet na podłogę i zaczęłam zbierać szklane odłamki. Kiedy dobiegł mnie odgłos spod drzwi, drgnęłam i oczywiście zacięłam się w palec. No chyba ten drań nie wrócił teraz od frontu? Chwyciłam za pistolet i podniosłam się z ziemi.

– Poddaję się! – Jakub Kozak podniósł ręce. Z idiotycznym uśmiechem na twarzy. Co mu tak było wesoło? Na widok broni?

– To pan – odezwałam się grobowym głosem i opuściłam broń.

– Pani Leno, pani jest ranna. – Uśmiech zniknął.

– Ja? – Rzeczywiście tak wyglądało. Zacięłam się lekko szkłem, w ogóle tego nie czułam, a krew bryzgała dokoła i zabrudziła moje jasne spodnie. – Wypłoszyłam złodziejaszka – oświadczyłam i pomaszerowałam do łazienki.

Miałam jednak towarzystwo.

– Ktoś tu się wkradł? Zranił panią? Trzeba zadzwonić na policję.

– Nie ma sensu. Szukaj wiatru w polu. A zacięłam się sama szkłem z ramki od fotografii. Spadła z półki i się rozbiła.

– To może lepiej ja. – Zabrał mi plaster z rąk i przylepił do mojego palca. – Dobrze w ten sposób?

Każdy był dobry, byle skuteczny. Wyglądało na to, że ten taki jest.

– Dziękuję. – Wyszliśmy z łazienki, a ja rozejrzałam się dokoła. – Przepraszam, zaraz sprzątnę po tej krwawej jatce.

– Niech pani niczego nie dotyka. Sam się tym zajmę – oświadczył mój gość.

Nie spodziewał się aż tak przyjemnego wieczoru. Być może sobie na niego zasłużył profesjonalną obsługą mopa, kiedy starannie pozmywał wszelkie ślady krwi z podłogi.

– To pani siostra? – spytał Jakub i wziął w ręce fotografię. Delikatnie zaczął wyjmować z ramek resztki szkła.

– Mama. Była bardzo młoda, gdy mnie urodziła. Zaledwie dziewiętnaście lat.

– Piękna kobieta – powiedział, i była to prawda. Kiedy powtórnie spojrzał na zdjęcie, podobieństwo między nią a córką było jeszcze wyraźniejsze. Ten sam zarys podbródka, pełne usta i oczy. O kolorze włosów trudno wyrokować od czasów, kiedy wynaleziono farbę do włosów.

– Oj, tak. Całe miasto się w niej kochało. – W kącikach oczu Leny Walter pojawiły się zmarszczki śmiechu.

– Wcale się nie dziwię.

– Nic sobie z tego nie robiła, tylko tata się dla niej liczył. Przez całe życie.

– Jakie to teraz rzadkie. – Jakub westchnął.

– Prawda? Mama była bardzo dumną kobietą. Nic dziwnego, że wołali na nią „królowa”.

– Królowa?

– Taka złośliwostka. Miała na imię Elżbieta. Niby taka angielska królowa. No i jeszcze...

Lena chciała coś jeszcze powiedzieć, ale Jakub przerwał jej nagle, bo odkrył, że za ramkę fotografii wsunięte są cienkie kartki.

– Pani Leno, tu coś jest. Proszę zobaczyć.

– Hmm. Jakiś list po niemiecku. Ciekawostka – zauważyła, marszcząc czoło. – Potem zobaczę, bo straszne bazgroły.

Odstawiła fotografię na półkę, odwróciła się do niego i spytała, czy miałby ochotę zjeść z nią kolację. I tak zamierzała coś przygotować, a miło byłoby jej mieć towarzystwo. Mówiła to lekkim tonem, z uśmiechem na twarzy, ale Jakub miał wrażenie, że nie jest to grzecznościowe zaproszenie. Chyba nie chciała być sama. Nic w tym dziwnego.

Bardzo się ucieszył, bo w ten sposób trafiała mu się świetna okazja, by z nią porozmawiać i bliżej poznać. Umówili się więc na dziewiętnastą. Do tego czasu zdążył posprawdzać pocztę elektroniczną, zadzwonić do „Koszmaru z ulicy Wiązów", czyli byłej teściowej, jak również się zdrzemnąć.

To był prawdziwy luksus. Zapomniał już, kiedy ostatnio zaznał takiej przyjemności. Gdy się obudził po półgodzinie, wziął prysznic. Musiał przyznać, że wyposażenie łazienki jest drogie, nawet bardzo, i nowoczesne. Po wyjściu z kąpieli, owinięty w pasie ręcznikiem, usiadł przy niewielkim stoliku naprzeciwko okna i zaczął porządkować dokumenty. Pomyślał, że dobrze byłoby zamknąć je w sejfie, skoro kręcą się tu podejrzane typy. Postanowił jednak zapytać o niego właścicielkę następnego dnia. Nie było sensu jej jeszcze bardziej denerwować. Zbliżała się siódma.

Wyjął z szafy świeżą koszulę z krótkim rękawem. Eee, przesada, pomyślał i odwiesił ją z powrotem. Włożył więc koszulkę polo, którą miał na sobie przez cały dzień, i zszedł na parter do jadalni.

Nawet gdyby był niewidomy, to trafiłby tam bezbłędnie

po smakowitym zapachu czegoś cudownie pieczonego. Tak, był bardzo głodny.

– Ależ pani doskonale gotuje. – Jakub pochwalił gospodynię od razu po pierwszym kęsie roladek. Może to rzeczywiście skutek świeżego powietrza, a może wynik niedojedzonego lunchu, ale jak one smakowały! Po prostu niebo w gębie.

– A, dziękuję – odpowiedziała i sięgnęła po wino. Miała na sobie letnią sukienkę. Dyskretny makijaż podkreślał jej urodę.

Elegancka gospodyni, pomyślał. Przygotowała przepyszną potrawę i dobrała do niej odpowiednie wino. On tymczasem popełniał gafę za gafą. Nieświeża koszulka, brak drobnego upominku, choćby wina do kolacji. Coś się z nim stało w tym mieście. Zawsze dbał o dobre maniery, gdyż te dawały mu poczucie bezpieczeństwa. Tworzyły jego wizerunek kompetentnej i solidnej osoby. Miał przecież zdobyć jej zaufanie.

– To nie jest komplement. To jest po prostu pyszne.

– Prowadziłam kiedyś restaurację w Hiszpanii – odpowiedziała. Sama jadła niewiele, może z uwagi na swą świetną figurę. – Wprawdzie nie gotowałam tam, ale ukończyłam kilka kursów gastronomicznych. Musiałam się orientować, żeby mnie nie oszukiwali.

– W Hiszpanii? To stamtąd pani wróciła do Gniewu?

Roześmiała się.

– Też. Zjeździłam niemal cały świat.

– Na mieście mówią, że pani zawsze chciała stąd wyjechać – zaryzykował, biorąc do ręki kieliszek.

– Ja chciałam stąd wyjechać? – Pokręciła głową. – Dalej mówią? I to komuś zupełnie obcemu? Doprawdy, nowość. Myślałam, że wolą prać brudy we własnym domu. Ale skoro zaczęli, to jeszcze wiele pan usłyszy.

– Przepraszam za to, co powiedziałem. Nie powinienem.

Machnęła ręką lekceważąco.

– Czy to ważne? Znam tutejszych plotkarzy. Podejrzewam, że w każdym mniejszym mieście jest podobnie. Trzeba do tego przywyknąć.

– Udało się pani?

– Czasem drażni i boli do żywego. – Spojrzała mu prosto w oczy. – Ale to tak nie jest. Kochałam to miasto, ludzi, swoją przyszłość związaną z nimi. To prawda, że nie mogłam usiedzieć na miejscu. Tylko że nigdy nie chciałam stąd wyjechać. Tak po prostu wyszło.

Rozdział VI

W marcu osiemdziesiątego piątego roku utopił się mój dziadek Maj. Tyle razy wszyscy mu mówili, żeby nie chodził łowić ryb nad Wisłę. Ale on zawsze wiedział swoje, z wyjątkiem tego, że lód, na który wszedł, był tym razem zbyt kruchy.

Dwa dni później cała zapłakana przyjechałam do domu na pogrzeb i stypę. Dziadka żegnało mnóstwo ludzi. Próbowałam ich zliczyć, ale nie było to możliwe. Stale dochodzili nowi. Wszyscy czekali na przyjazd mojego przyrodniego brata, Mariana. Był wojskowym i do ostatniej chwili nie było wiadomo, czy uda mu się wyrwać z poligonu. Stypa w Zamkowej urządzona była na sto osób, ale i tak trzeba było dostawić dwa stoliki. Na szczęście schabowych starczyło. Moja mama, wzorzec z Sèvres gospodyni, jak zwykle była przewidująca.

– Przepraszam, czy mogę usiąść koło ciebie? – usłyszałam zza pleców męski głos.

– Proszę bardzo – odpowiedziałam uprzejmie znad talerza rosołu, po czym się odwróciłam. Wysoki brunet, szybko zarejestrowałam.

– Chyba mnie nie pamiętasz – stwierdził, widząc, że go zupełnie nie poznaję. – Chodziliśmy razem do szkoły. Byłem klasę wyżej od ciebie. Znam niektóre twoje koleżanki. To dziwne, że się do tej pory nie spotkaliśmy. Jestem Piotrek Kania. Właśnie wróciłem z wojska.

Głupi przypadek, bo gdyby usiadł gdzie indziej, moje życie potoczyłoby się zupełnie inaczej, a tak... zakochałam się.

– Chcemy się pobrać! – oświadczyłam po miesiącu tatusiowi i mamie.

Nagłe zakochanie na zabój nie było im obce. Moja babcia i mama wyszły za mąż jako dziewiętnastolatki, więc argument związany z wiekiem nie mógł być przeszkodą. Miałam już prawie dwadzieścia jeden lat. Poza tym czułam skrytą dumę, że to ja pierwsza z naszej czwórki wyjdę za mąż. Lubiłam nadawać ton. Jednak ze względu na żałobę postanowiliśmy poczekać ze ślubem do świąt.

Nie wiem, jak w takim podekscytowaniu udało mi się zaliczyć drugi rok, bo Piotrek, który pracował teraz u ojca w zakładzie, przyjeżdżał do Gdańska co tydzień. Był taki przystojny, podobał się wszystkim dziewczynom, ale był zapatrzony tylko we mnie. Wychodziliśmy wówczas całą paczką, ale wkrótce odłączaliśmy się od reszty, żeby się obściskiwać po parkach czy na plaży. Bardzo przyzwoicie, patrząc na dzisiejsze czasy, ale ze względów praktycznych do niczego więcej nie mogło dojść. Mieszkałyśmy wówczas we czwórkę na stancji i nie było mowy o prywatności. Drzwi wejściowe się bez przerwy otwierały i zamykały. Zresztą oboje uznaliśmy zgodnie, że lepiej poczekać do ślubu.

Z moich przyjaciółek to tylko Baśka zdążyła stracić dziewictwo z głupkiem, który nabrał ją, że jest oficerem marynarki handlowej i pływa do Chin. Rzeczywiście pływał. Ilona rozpoznała go jako ratownika na basenie politechniki. Stamtąd każdego dnia odjeżdżał piętnastką do Nowego Portu, gdzie mieszkała jego żona i dwuletni syn. To wspólnie wyśledziłyśmy, no może bez Baśki, bo ta tak chlipała i zawodziła, że musiałyśmy ją zostawić, żeby nie spłoszyła „gigi amoroso".

Ale miałam tu opowiadać o czym innym. W każdym razie to był ekscytujący okres w moim życiu. Po raz pierwszy pojawiły się konkretne plany związane ze wspólnym mieszkaniem. Akurat zwalniało się takie w rodzinnej kamienicy. Do domu żony wyprowadzał się czeladnik ojca i mogliśmy w ten sposób zagospodarować drugie piętro. Teraz są tam pokoje dla gości, w ogóle nie do poznania.

Byłam tak szczęśliwa, że dopiero po kilku miesiącach zauważyłam, że mój narzeczony pije. Duża naiwność z mojej strony, ale nikt inny w moim gronie nie był nałogowcem. Jeszcze? Wtedy wszyscy po prostu pili, następnego dnia mieli kaca i obiecywali sobie nigdy nie wziąć wódki do ust, by w kolejną sobotę zacząć od nowa. Ale nie Piotrek. On pił codziennie, a wódka pobudzała go do rozmowy. Po wypiciu ten małomówny chłopak potrafił perorować godzinami, zamęczając rozmówców i nie pozwalając im odejść.

– Jak nie przestaniesz, to cię zostawię – oświadczyłam mu w sierpniu, zmęczona stałym zwracaniem mu uwagi. Było mi wstyd wychodzić z nim do znajomych, bo każde wyjście kończyło się awanturą.

– Dlaczego tak mówisz? Przecież się kochamy. Zobacz, co mam dla ciebie. – Przyniósł mi bransoletkę z bursztynów, którą kupił na Jarmarku Dominikańskim.

– Piotrek, czy ty nie rozumiesz? Przypomnij sobie ojca Ilony, który jest w Kocborowie na leczeniu.

– Czepiasz się, Magda. Wypiłem tylko kieliszek, bo spotkałem na jarmarku starego kumpla.

– Zawsze spotykasz jakiegoś kumpla.

– Ale naprawdę spotkałem. Kazika z wojska. – Piotrek ścisnął moje nadgarstki. – Ty mi w ogóle nie wierzysz. I chcesz być moją żoną?

Sama sobie zadałam to pytanie.

– Musisz przestać, Piotrek.

– I wywyższasz się, bo studiujesz, a ja jestem zwykłym robolem.

– No wiesz co! Idź lepiej, aż się uspokoisz. I zostaw moje ręce. – Ale Piotrek ściskał je z całej siły, a ja nie mogłam nic zrobić, by go powstrzymać.

– No widzisz, kto jest silniejszy – powiedział, kiedy zobaczył, że pobladłam. – Nie zapominaj o tym – dodał, zanim mnie puścił i wyszedł, trzaskając drzwiami.

– Co się tam dzieje? – zainteresowała się babcia.

– Nic. Wszystko w porządku – odkrzyknęłam zupełnie nieprzekonana do tej odpowiedzi. Potem przez dłuższy czas pocierałam obolałe nadgarstki. Zrobiły się na nich siniaki.

W połowie sierpnia osiemdziesiątego piątego roku rodzice pojechali na długo oczekiwane wczasy do Zakopanego, a babcia postanowiła odwiedzić swoją siostrę w Pelplinie. Zostałam więc sama na gospodarstwie, obiecawszy dopilnować piekarni. Wiadomo: pańskie oko konia tuczy. Koń by się doskonale spasł beze mnie – tatuś miał zawsze szczęście do oddanych pracowników – ale musiałam być na miejscu i zrezygnowałam z planowanego przez dziewczyny wypadu do Morąga. Nie było w tym nawet wiele poświęcenia z mojej strony, gdyż zamierzałam wykorzystać ten czas na rozmowy z Piotrkiem o zbliżającym się ślubie.

W piątkowy wieczór przygotowałam dla nas kolację, pięknie nakryłam stół, ustawiłam kwiaty w wazonie, zapaliłam świeczki i zaczęłam wypatrywać mojego ukochanego. Świece się wypaliły, kwiaty przywiędły, mój makijaż lekko spłynął z twarzy, a Piotrka ani widu, ani słychu. Jak zadzwoniłam do Kaniów, to moja przyszła teściowa bardzo się zdziwiła, bo podobno wyszedł z domu dwie godziny wcześniej. No i zaginiony w boju! Ale do śmiechu mi wcale nie było.

Piotrek przyszedł dopiero o dziewiątej, wiadomo w jakim stanie, jednak ledwie wszedł do środka, przypuścił atak.

– Żebym ja się od obcych ludzi o takich rzeczach dowiadywał!

Oczywiście nie miałam pojęcia, co to za rzeczy, i czekałam, aż rozwinie temat.

– Podobno ojciec kupił ci samochód. Słowa o tym nie pisnęłaś! Mnie, zawodowemu kierowcy!

– Piotrek, uspokój się. Może coś zjesz? Ten samochód nie jest wcale mój. I jeszcze nie wiadomo, czy tatuś go kupi.

Coś mi się obiło o uszy. Że już mają swoje lata i powinni jeździć czymś wygodniejszym niż nyska służąca do rozwożenia chleba. I tak ta myśl stała się ciałem już po paru dniach. Miejscowe plotki były dla mnie wtedy źródłem stałej radości. A Piotrek urwał się z choinki czy co? Przecież mieszkał tu od urodzenia. Wiedział, że ludzie plotą trzy po trzy.

– Ja ci nie wierzę. Stale zmyślasz. Albo sama, albo z tymi koleżaneczkami. I mnie zdradzasz! Jedna się jednak wyłamała i mi o tym powiedziała.

– Że co? Zwariowałeś? – Po prostu mnie zamurowało. Takiego tematu jeszcze nie przerabialiśmy.

– Nie udawaj. Myślisz, że jesteś taka sprytna.

– Idź sobie, Piotrek, jak masz zamiar tu takie bzdury mi gadać.

Tymczasem on wszedł do pokoju i dopiero się rozkręcał.

– Już cię tam w Gdańsku dobrze znają. Fotki wysyłasz do gazet, bo chcesz, żeby cię za modelkę wzięli.

To był taki grupowy pomysł. Na konkurs posłałyśmy nasze zdjęcia, i to naszej całej czwórki. Któraś się rzeczywiście wygadała? Ale co w tym złego? To przecież tylko dla zabawy, jedynie Baśka liczyła na karierę.

– Wpadłaś na tych studiach w złe środowisko, ale ja mimo wszystko ci wierzę. I będziemy razem.

Wydawało mi się, że jesteśmy, ale mój chłopak miał na myśli zupełnie coś innego.

– I ja cię kocham, a ty musisz mi w końcu dać dowód miłości! – oświadczył i rzucił się na mnie z pocałunkami.

– Zostaw mnie w tej chwili! – Idiota jakiś! Dowody miłości! Teksty jak z „Filipinki".

– Już mnie nie kochasz, tak?

I nagle przyszło mi do głowy, że chyba wcale nie. Parę miesięcy wcześniej oszalałam wprawdzie na jego punkcie, ale go przecież wcale nie znałam. Zachciało mi się romantycznej miłości, jak u moich rodziców, i sobie ją wymyśliłam. Patrzyłam teraz ze zgrozą na tego rozczochranego mężczyznę o zaczerwienionej mocno twarzy i dziękowałam losowi za to, że nie zdążyłam wyjść za niego za mąż.

– Odejdź, Piotr, porozmawiamy jutro rano.

– O, nie! Chcesz sobie wymyślić jakąś kłamliwą historyjkę!

I dalej potoczyło się bardzo szybko. Chciałam odejść. On złapał mnie za rękę, a ja próbowałam się wyrwać. Przez chwilę się szamotaliśmy, a potem zamachnął się i uderzył mnie w twarz. Tak mocno, że przeciął mi wargę.

W życiu nikt mnie nie uderzył. Ani rodzice, ani dziadkowie. Raz tylko Marian mnie mocniej popchnął, tak że wpadłam na kredens i nabiłam sobie guza. Tatuś się wówczas bardzo zdenerwował i długo tłumaczył bratu, że tak nie wolno robić. Marian więcej już nie próbował – ze strachu, bo nigdy nie przepadał za młodszą siostrą.

– Ratunku! – zaczęłam krzyczeć.

Piotrek próbował mi zamknąć usta. Broniłam się, drapiąc i gryząc, ale on był znacznie silniejszy. Udało mu się pchnąć mnie na kanapę. Próbował rozpiąć guziki mojej bluzki, kiedy namacałam metalowe pudełko, w którym mama przechowywała listy. Uderzyłam nim z całej siły w głowę Piotra.

Zawył z bólu, ale zwolnił uchwyt. To mi wystarczyło. Wyskoczyłam z kanapy jak z katapulty i pobiegłam na korytarz. Stał tam szpadel, który zostawiłam po powrocie z ogrodu.

– Wynocha! I to już!

Otworzyłam drzwi, żeby ewentualnie uciec z domu, jeśli będzie się znowu na mnie rzucał, ale on miał widocznie dosyć. Uderzenie chyba go zamroczyło, bo bez dalszej walki zlazł z kanapy i ruszył do wyjścia. Miał głowę we krwi.

– Jeszcze cię urządzę. Ty kurwo jedna! – rzucił, zanim zdążyłam zatrzasnąć drzwi.

Osunęłam się na podłogę i przez długi czas nie mogłam się pozbierać, myśli też nie. Czułam się tak, jakby mnie potrącił pędzący samochód. Dopiero kiedy krew z wargi zaczęła kapać na bluzkę, podniosłam się. I potem popełniłam błąd, którego niejednokrotnie przyszło mi żałować. Nie zrobiłam nic.

Poza tym wyrzuciłam do kubła niezjedzoną kolację – apetyt zupełnie straciłam – posprzątałam dokładnie cały pokój i starłam ślady krwi, również te z metalowego pudełka. Potem zamoczyłam w wodzie bluzkę, żeby nie zostały na niej plamy, zażyłam proszek od bólu głowy i położyłam się do łóżka z kostką lodu na wardze. Nie ruszyłam się z domu przez dwa dni, aż do przyjazdu babci z Pelplina. Trochę spałam, ale nadal bolały mnie wszystkie mięśnie, jak przy ciężkiej grypie. W poniedziałek stanęłam na lekko trzęsących się nogach i postanowiłam przygotować dla babci coś do jedzenia. Kiedy przyjechała autobusem w południe, obiad był już gotowy.

– I co, moje słoneczko, słychać? Cóżeś tu robiła?

– Nic, babciu, nic nie robiłam – skłamałam i dla niepoznaki uśmiechnęłam się od ucha do ucha.

Po raz pierwszy zrozumiałam swój błąd już po południu, kiedy babcia wróciła z zakupów. Siedziałam w swoim pokoju i próbowałam czytać o wojnach napoleońskich. Wszystko mieszało mi się w głowie. Za dużo tych nazwisk w obcych językach. Poza tym nie cierpiałam wojen.

– Wnusiu!

Ucieszyłam się, że babcia czegoś ode mnie chce i będę miała usprawiedliwioną ucieczkę od nudy. Zeszłam do kuchni i zobaczyłam, że babcia przygląda się podejrzliwie kawałkowi mięsa. Oczywiście nie wystała go w kolejce, bo zawsze mieliśmy dobre kontakty z rzeźnikiem.

– Tak kukam, czy nie jest troszkę lubawe.

Powąchałam karkówkę.

– Nie, świeżutkie.

Babcia odłożyła mięso na stół.

– Widziałaś ostatnio Piotrka od Kaniów?

– Nie! – Z informacją o zerwaniu zaręczyn postanowiłam poczekać do powrotu rodziców.

– Trafił do aresztu – oznajmiła babcia bez ogródek.

– Jak to? – Zakręciło mi się w głowie.

– Za pobicie. – Babcia zacisnęła gniewnie usta. – Całe szczęście, że to wyszło przed ślubem. – Powiedziała to, kiedy byłam już odwrócona i biegłam w kierunku drzwi.

Działałam, jak zwykle, spontanicznie. Pognałam jak wicher do mieszkania Kaniów. To musiała być jakaś pomyłka. To przecież ja uderzyłam Piotra.

Biegłam do jego kamienicy ile tchu w piersiach. Spocona

i zaczerwieniona nacisnęłam na dzwonek. Drzwi otworzyły się natychmiast. Ujrzałam przyszłą teściową. Była znacznie starsza od mojej matki, ale zawsze zadbana i ubrana zgodnie z kanonem lokalnej elegancji. Miała sklep z materiałami w mieście, więc wszystkie krawcowe obszywały ją za ułatwiony dostęp do koronek i tweedów. Swoją wartość handlową odczytała w pewnym momencie błędnie jako rangę społeczną. „Tak wysoko postawiona, że drabinę trzeba do niej dostawiać", wyzłośliwiała się moja babcia, która nie znosiła zarozumialców. Tym razem stała przede mną zapuchnięta i zapłakana, choć ze złotym łańcuchem dyndającym na szyi. Wyglądała tak bardzo... po ludzku. Chciałam ją objąć i przytulić, kiedy zmienił się wyraz jej oczu.

– Ty mała pindo! To myśmy chcieli cię wziąć do rodziny, a ty tak! Że też mój syn się musiał związać z kimś takim. Dlaczego nie z tą drugą blondynką, co za nim ganiała. Ty bękarcia córko! – wykrzyknęła i zanim zdążyłam zareagować, ta dostojna pani, filar drobnego mieszczaństwa, plunęła mi prosto w twarz. – Nie pokazuj mi się nawet na oczy.

I tak to się zaczęło.

Ocierając ślinę z twarzy i biegnąc do domu, zupełnie nie rozumiałam, co się wokół mnie dzieje. Kręciło mi się w głowie, a kiedy babcia przyłożyła mi rękę do czoła, stwierdziła, że mam gorączkę, i wysłała mnie natychmiast do łóżka.

Rodzice wrócili trzy dni później. Babcia musiała im o wszystkim powiedzieć, gdyż słyszałam ich przytłumione głosy dochodzące z pokoju. A potem przyszedł do mnie tatuś. Usiadł na brzegu łóżka, nie chcąc zabrudzić pościeli. Najpierw spytał, jak się czuję, a kiedy usłyszał, że jestem w zasadzie zdrowa, wziął mnie za rękę i powiedział cichym głosem:

– Babcia mi mówiła, że zerwałaś zaręczyny z Piotrem.

Kiwnęłam głową. Już to w zasadzie przebolałam. Chyba to nie było zbyt głębokie uczucie.

– A czy doszło tu do jakiejś draki, jak z nim zrywałaś?

Potrząsnęłam głową, ale tatuś tak na mnie patrzył. Przecież bym tego nie zniosła. Nigdy do tej pory mu nie skłamałam. Opuściłam wzrok. Najpierw się rozbeczałam, a potem zaczęłam opowiadać.

– Oj, dzieciaku ty! – Pogładził mnie po głowie szorstką ręką. Miał taką otwartą, szczerą twarz. Jak ja mogłam kiedykolwiek myśleć, że Piotrek jest odpowiednim materiałem na męża. – Powinnaś była natychmiast komuś powiedzieć, co zaszło. Zadzwonić do Kaniowej, na milicję.

– Na milicję? Donieść? Taki wstyd.

– Jaki wstyd? To ten niewychowany luj powinien się wstydzić. Każdemu, kto podniesie na was rękę, nogi z tyłka powyrywam. Ma szczęście, że trafił do pudła. Ale dzielna jesteś, żeś się nie dała. Szkoda jednak...

– Co szkoda, tatusiu?

– Szkoda, żeś nikogo nie zawiadomiła.

Jak bardzo było szkoda, przekonałam się, gdy ponownie wyszłam do miasta. I od razu pierwszy niedobry znak. Stara Borucka mi się nie odkłoniła. Przeszła tylko koło mnie, udając, że mnie nie widzi, dumna jak paw. Młodszy brat Piotrka, który mijał mnie na rowerze, plunął mi pod nogi. Następny spluwacz! A krawcowa Bojanowska, do której wstąpiłam na pierwszą przymiarkę spódnicy, oddała mi materiał, mówiąc, że nie będzie mogła mi niczego uszyć.

– A kiedy mogę przyjść? – pytałam z okrągłymi ze zdziwieniu oczami. – Kiedy będzie miała pani czas?

– Dla ciebie nigdy! – odpowiedziała, a potem poszła za mną i zamknęła drzwi, jakby w obawie, że mogłabym po drodze zwinąć jakiś kupon materiału.

Po drodze ktoś mnie potrącił. Nie zauważyłam kto, bo szybko biegł, i musiałam podnieść materiał, który wypadł mi z rąk akurat w kałużę.

O co naprawdę chodzi, dowiedziałam się wreszcie tego wieczoru od Ilony, która wpadła do mnie po przyjeździe z Morąga. Usłyszała, co się stało, już na przystanku autobusowym. Skoczyła więc tylko do domu, by zostawić plecak, i pobiegła do mnie.

Rozwścieczony Piotr nie wrócił wtedy do domu, żeby tam wytrzeźwieć i przemyć sobie głowę wodą utlenioną. Zakrwawiony poszedł prosto do baru Podzamcze, lokalnej mordowni nad Wisłą. Wypił tam od razu parę kolejek wódki i pewnie zakończyłby wieczór pod stołem, gdyby któryś ze stojących tam mężczyzn go nie zaczepił.

– Panna cię tak urządziła? Z taką heksą się żenisz?

I to wystarczyło, żeby Kania rzucił się na niego z pięściami. Zdążył mu złamać nos i wybić bark, zanim ich rozdzielili. Wezwano lekarza, on z kolei powiadomił milicję, a ci zabrali Piotra na komisariat i natychmiast zamknęli w areszcie. Kaniom, mimo ich przemożnych wpływów i wynajęcia mecenasa z Gdańska, nie udało się go stamtąd wyciągnąć, tym bardziej że bardzo szybko przewieziono go do Tczewa. I słusznie, bo co to za wielki areszt tam mieli. Jedynie parking przy komisariacie nadawał się do trzymania na nim wraków samochodów z wypadków na jedynce.

Byłaby to zwykła kryminalna sprawa, gdyby nie to, że towarzyszyła jej od samego początku pewna legenda, którą zaczęła rozpowszechniać matka Piotra.

To wszystko przez tę Majównę się stało. Nasz Piotrek, dobry z niego chłopak, jak wiecie, chciał się z nią hajtnąć. Frechowna panna, ale oni młode takie, uparte, więc się zaręczyli. Ale to dziewczynisko niewarte Piotrka. Szlajać się zaczęło po tym Gdańsku. Niby studentka, a wiecie, jak to jest. No tak. Za parę rajstop od marynarza! Jak Boga kocham, przecie nie kłamię. Nie widać, jak ubrana? Sam pewex, a nie żadne lumpy. Cinkciara z Miramara, to pewne. Piotrek oczywiście głupi i nieświadomy. No ale jak zaszedł do niej, to ich zastał. No jak to gdzie? W betach matczynych, bo starzy wyjechali. Taka to pinda jedna! Jak tamtemu dał w palpę, to flama z tyłu rzuciła się na niego z drągiem. Ledwie wyżył. I dziwicie się, że poszły mu nerwy w knajpie? Święty by tego nie wytrzymał. Takie to dobre dziecko było, aniołek taki. Matkę szanował, do kościoła co niedziela chodził. No jo! I tak go urządziła!

Nie mogłam w to uwierzyć. Przecież znałam tych ludzi od dziecka. Jak oni mogli tak mówić, jak mogli się tak zachowywać! Kaniowie i ich znajomi przestali przychodzić po pieczywo do naszej piekarni. Któregoś dnia ktoś wymalował na murze farbą napis: „Zgiń kurwo". Kiedy wchodziłam do kościoła na niedzielną mszę, zaczynali natychmiast szeptać. Na szczęście byłam zawsze z tatusiem i nikt nie ważył się mnie zaczepić. Któregoś dnia wracałam z targu z koszykiem wiejskich jaj, a grupa wyrostków wyrwała mi go z rąk i pobiła jajka. To zdecydowało, że postanowiłam wracać wcześniej do Gdańska. I tak czekał mnie poprawkowy egzamin.

– Nie martw się. Zapomną wkrótce. Ludzie mają krótką pamięć – pocieszała mnie matka.

Pewnie myślała o swoim przyjeździe do Gniewu dwadzieścia lat wcześniej. W jej wypadku to się sprawdziło, ale ja nie byłam taka pewna. Dobrze wiedziałam, jak urazy z przeszłości potrafią tym ludziom zatruwać całe życie. I to jakie śmiesznostki! Na przykład najstarsza Klamannowa nie odzywała się do swojej siostrzenicy aż do swojej śmierci, bo ta dziesięć lat wcześniej nie złożyła jej życzeń urodzinowych. Tacy oni są.

Jakimś cudem, w stanie skrajnego pesymizmu, udało mi się zdać poprawkę na marną trójczynę. Następnego dnia do Gdańska zjechała Baśka. Zamiast mi poprawić humor, od razu zaczęła narzekać.

– I co dalej? W przyszłym roku kończę tego zakichanego gastronomika i trzeba będzie iść do pracy.

– Tak wszyscy robią – odparłam z rezygnacją. Poza tym nieco mnie irytowało, że Baśka nawet słowem się nie zająknęła, co dzieje się u mnie, tylko od pół godziny opowiadała o sobie.

– Ale ja tak nie chcę. Przynajmniej tutaj w Polsce. To nie ma najmniejszego sensu. Będę musiała jakoś skombinować sobie wyjazd na Zachód. Tam mogę pracować.

Słuchałam jej od niechcenia, ale w pewnej chwili naszła mnie genialna myśl. A gdybym to ja wyjechała na ten Zachód? Chociaż na rok.

W Gniewie nie miałam czego szukać. Poprzedniego dnia dostałam list od mamy. Piotrkowi groziło pięć lat więzienia. Ten człowiek, którego pobił, nadal nie wrócił do pełnej sprawności.

Baśka dalej coś plotła, tym razem o chłopakach, bo temat przyszłości był jednak znacznie mniej atrakcyjny, a ja zaczęłam snuć plany. Zawsze działałam szybko i zdecydowanie.

– Magda, ty mnie w ogóle nie słuchasz – zauważyła po godzinie przyjaciółka.

– No co ty. Ale coś mi wpadło do głowy.

– Już się boję.

– Muszę zrobić szybko prawo jazdy.

Powinnam pomyśleć o tym już wcześniej, bo tatuś kupił w końcu ośmioletnią simcę.

– No proszę. I co jeszcze?

– I muszę załatwić zaproszenie do Niemiec – powiedziałam osłupiałej ze zdziwienia Baśce. – Tatuś ma jakichś kuzynów w Hamburgu. Powinno się udać. – Z zadowoleniem uderzyłam w blat stołu tak mocno, że z popielniczki powypadały niedopałki. No tak, zaczęłam palić! Uśmiechnęłam się po raz pierwszy od dawna. Wreszcie wiedziałam, co mam robić.

W domu oczywiście wszyscy się zmartwili moją decyzją. Oznaczało to, że nagle zostaną sami, bo brat stacjonował w jednostce koło Szczecina.

– To już nigdy do nas nie wrócisz – stwierdził lakonicznie tatuś.

Rozumiał jednak moją decyzję. Nie myślałam o tym wtedy, ale musiało im być znacznie ciężej niż mnie. Ja mogłam wyjechać i zostawić za sobą podłość Kaniów, oni musieli z nią żyć na co dzień. Chcąc mnie oszczędzać, nic mi o tym nigdy nie wspominali. I to też był błąd.

Zapewniłam rodziców, że chcę wyjechać tylko na pół roku. Zdam egzaminy w sesji zimowej, a potem wezmę dziekankę. We wniosku paszportowym oczywiście nie zamierzałam pisać, że wybieram się do Niemiec na dłużej, bobym nigdy paszportu nie dostała. To miał być dwutygodniowy pobyt u rodziny.

Babcia z westchnieniem cierpienia – wciąż nie mogła do siebie dojść po śmierci dziadka, a ja jej tu zgotowałam taki numer – sięgnęła po długopis i po niemiecku napisała list do rodziny.

– Już nie pamiętam, jak to się pisze. Za krótko chodziłam do szkół.

– Zrozumieją, babciu, na pewno.

Znów byłam optymistką. I akurat słusznie, bo odpisali już po dwóch tygodniach. Miesiąc później przyszło oficjalne zaproszenie. Pierwszy etap był za mną.

Postanowiłam, że pojadę w przerwie po sesji zimowej pociągiem z Warszawy do Berlina, a potem dalej. Niezawodny tatuś skupował marki na mój wyjazd. Nie chciał, żebym przyjechała tam jak żebraczka. Powinnam mieć trochę własnych pieniędzy, zanim znajdę jakieś zajęcie. I to dobrze płatne.

Dziewczyny dzielnie mi sekundowały. Baśka zamierzała wkrótce do mnie dołączyć, a Marylka zawodziła nade mną tak, jakbym już się kładła do grobu.

– Wkrótce się zobaczymy – obiecywałam przyjaciółkom. Tylko Ilony nie udało się przekonać. Od samego początku czuła, że będzie to wyjazd na bardzo długo. – Jakbym nie wracała, dostaniecie moje ciuchy – zażartowałam, żeby nie było im tak smutno. – I od razu wam coś wyślę. Tylko podajcie mi rozmiary, żebym nie pokupowała łachów dla kaszalota.

– A buty? Kupiłabyś też takie czerwone skórkowe buty? – rozmarzyła się Marylka. – I rajstopy. Dużo rajstop! Podobno tam się ich nie daje do repasacji, a ja stale rwę.

– Dobra. Zaraz wszystko zapiszę.

Zaczynało mi się to podobać. W głowie snułam już wizje wspaniałych zakupów, otwieranych paczek, okrzyków zachwytu. Ja im wszystkim jeszcze pokażę, podpisywałam ze sobą święty pakt.

Zupełnie się nie spodziewałam, że za półtora miesiąca dostanę odmowę przyznania paszportu. Nawet po przeczytaniu durnego świstka z podaniem jakichś paragrafów, rzekomo uzasadniających nieprzyznanie mi paszportu, nie mogłam w to uwierzyć. Nigdy nie byłam politycznie zaangażowana, nawet nie poszłam z dziewczynami na kontrpochód pierwszomajowy, a tu nagle taka kara? Powoli zaczęło do mnie dochodzić, co oznacza ta wolność, o którą walczyła Solidarność. Myślą, że mnie tu zatrzymają na siłę? Niedoczekanie. Złożyłam odwołanie i poszłam na rozmowę na komendę MO.

– Czy mogłaby mi pani wyjaśnić, o co chodzi? – spytałam uprzejmie funkcjonariuszkę. Z takimi wąsami pewnie nigdy nie chciała nawet wyjechać za granicę.

– To oznacza odmowę z ważnych przyczyn społecznych i państwowych – mruknęła niezainteresowana. Nie zamierzała poświęcać mi więcej czasu.

– Ale jadę na dwa tygodnie do rodziny. – Chcąc zwrócić jej uwagę, podkreśliłam to błagalnym tonem.

– A pracuje?

– Nie, nie pracuje, to znaczy studiuje. Otrzymała zgodę uczelni.

Wzruszyła ramionami.

– Być może jest podejrzenie, że nie zamierza wrócić.

– Ja? – Byłam uosobieniem niewinności. Nawet mi to przez myśl nie przeszło. – Ale skąd takie coś?

Wąsiki jej zadrgały. Widać moja głupota była tak rozbrajająca, że powiedziała coś, czego być może nie powinna była mówić.

– Niech się zastanowi, kto jej nie lubi.

Wróciłam do Gniewu załamana, nie rozumiejąc, dlaczego los ze mnie zadrwił. Do tej pory wszystko mi się udawało. Dostawałam zawsze to, co chciałam.

– Pewnie o łapówkę poszło! – oświadczyła babcia, wysłuchawszy mojej relacji.

– Albo ktoś napisał na ciebie donos. Że nie zamierzasz wrócić – odezwała się mama.

– No to się najeździłam.

Z rozpaczy zjadłam połowę upieczonego przez babcię makowca.

Jedyny pozytyw, że zrobiłam prawo jazdy. Okazało się, że mam niezwykłe uzdolnienia do prowadzenia samochodu. Tatuś, któremu szło znacznie gorzej niż mnie, chętnie pożyczał mi simcę, wiedząc, że trafia w dobre ręce. Czasem też wyłudziłam od niego trochę kartek na paliwo i dzięki temu mogłam zawozić do Gdańska wszystkie moje przyjaciółki.

Patową sytuację rozwiązała Ilona. Okazało się, że jej kuzyn zna człowieka, który pracuje w wydziale paszportowym w Gdańsku. Jeśli mu odpalę jakiś peweksowski koniak, wyda mi upragniony dokument. Pomysł był wyborny, musiałam się jednak przemeldować z Gniewu. Ale czegóż nie załatwiało się wówczas kontaktami i drobną sumką zielonych. W tym przypadku nawet tych ostatnich nie było trzeba. Znajoma mamy z dawnych czasów zrobiła to z przyjaźni, ale ja i tak podziękowałam jej, przynosząc flakon perfum Masumi. W szybkim tempie zostałam gdańszczanką.

Za kolejne półtora miesiąca mogłam więc mieć kolejną szansę. Złożyłam nowy wniosek paszportowy. Oczywiście nie podałam w nim, że wcześniej otrzymałam odmowę. Zaczęło się niecierpliwe oczekiwanie. Od kiedy zrozumiałam, że żyję w klatce, zapragnęłam tego wyjazdu z całych sił. Piotrek dostał karę trzech lat więzienia w zawieszeniu. W związku z tym Kaniowie nadal jątrzyli przeciwko mnie i rozsiewali różne szajsparole na temat mojego prowadzenia się w Gdańsku. A studia coraz bardziej mnie nudziły.

W styczniową sobotę osiemdziesiątego szóstego roku zgłosiłam się po paszport w biurze przy Kartuskiej. Akurat środek ostrej zimy, mróz dochodzący do dwudziestu stopni i zwały śniegu, wśród których ostrożnie zaparkowałam simcę. Z bagażnika wyjęłam plastikową kolorową torebkę. Od razu można się było po niej zorientować, że jej zawartość kogoś bardzo uraduje. Z sercem i torebką na ramieniu ruszyłam do budynku na rogu ulicy.

– Dzień dobry, ja do pana Mazurka. – Zgodnie z ustaleniami zgłosiłam się do dyżurnego.

Sięgnął po telefon i zanim zdążyłam odmarznąć po krótkim przejściu od samochodu, pojawił się zwiastun ewentualnie dobrych wieści, ciemny blondyn około trzydziestu lat, również z wąsem.

– Proszę ze mną.

Poszłam za nim po schodach do biura, gdzie minęliśmy kolejkę interesantów. Pracująca sobota, a jakże. Wąsaty ustawił mnie przed długim blatem i pogrzebał w szafach kartotecznych mieszczących się po drugiej stronie pomieszczenia. W ciągu pięciu minut miałam już paszport w rękach. Wystarczyło podpisać jakiś papier i był mój. Mój! Jaki miły ten pan, że mi go wydał. Chciałam mu natychmiast podziękować. Ale kiedy tylko podniosłam moją plastikową torbę, by mu ją wręczyć i może nawet spontanicznie go ucałować, spojrzał na mnie tak, jakbym mu wyrżnęła całą rodzinę.

– Nie tutaj – zasyczał mi do ucha. A potem pochylił się nad blatem i coś nabazgrał na kawałku papieru. – O szesnastej – wyszeptał.

Chwyciłam zwitek w garść i czym prędzej wyniosłam się z budynku. Dopiero na zewnątrz odgięłam kartkę i zobaczyłam zapisany na niej adres. Ale jestem niemądra, zganiłam się w duchu. Naraziłabym jeszcze tego Mazurka na przykrości zawodowe. Mogliby go nawet wywalić ze służby.

Jeszcze raz przyjrzałam się adresowi. Ulica była mi znana. Chałubińskiego znajdowała się na Chełmie. Z dzielnicy Siedlce, gdzie mieszkałam, można było przejść tam pod górę na piechotę. Ale z powodu mrozu i zasp postanowiłam pojechać tam po południu simcą. Najpierw jednak trzeba było wpaść do Peweksu na Długiej i kupić parę przekąsek i alkohol, żeby uczcić ten cud mniemany, czyli paszport otrzymany. Kiedy pojawiłam się na stacji objuczona szampanem i wódeczką, dziewczyny zaczęły piszczeć z uciechy. Zdążyły już wrócić z zajęć do domu. Rozpiłyśmy tylko jednego szampana, bo nie było czasu na więcej. Musiałam przecież jechać na tego Chałubińskiego.

– Tylko nie opróżnijcie wszystkiego beze mnie – ostrzegłam skaczące po tapczanach rozradowane wariatki. – Wracam za pół godziny.

Sprawdziłam, czy w bagażniku jest plastikowa torba, i podśpiewując radośnie pod nosem, ruszyłam.

Kwadrans później wdrapałam się na czwarte piętro na Chełmie. Panował taki głód mieszkaniowy, ludzie czekali latami na lokum, a ten typek oczywiście miał już własne. Tabliczki na drzwiach nie było, ale pewnie nie chciał się ujawniać z nazwiska przed sąsiadami. Nacisnęłam na dzwonek. Bardzo głośny dźwięk.

– Proszę, proszę.

Mazurek zdążył się przebrać. Był w wycieranych dżinsach i w czarnym golfie.

– Ja tylko... – zaczęłam, ale mi przerwał.

– Nie w korytarzu.

Miał rację, weszłam do przedpokoju pokrytego boazerią. Czyli ówczesny standard wyposażenia wnętrz.

– Chciałam bardzo serdecznie podziękować.

Podałam mu torbę, którą wziął bez wahania i odstawił na podłogę, a potem chrząknął.

– Pani Magdo, czy mógłbym panią zaprosić na kawę? Właśnie dzisiaj udało mi się kupić. Tak zimno na dworze. Rozgrzeje się pani przed wyjściem.

Chciałam już powiedzieć, że jestem samochodem i nie mam czasu, ale uznałam, że jakoś nie wypada. Skinęłam głową.

Mazurek poszedł do kuchni, nastawił czajnik, a ja zdjęłam kozaki, by nie nanieść śniegu na parkiet. Ten ubek był chyba pedantem, bo w mieszkaniu panował porządek jak w pudełku. Gust „ogólnopolski" – meblościanka, bieżnik i włocławki na ścianach. Może żona? Jeśli tak, to starannie upchnięta w drugim pokoju i bez dzieci, bo te rozwaliłyby te wszystkie durnostojki w try miga.

Usiadłam w jedynym fotelu i po chwili przede mną znalazła się filiżanka z serwisu Iwona. Filiżanka, a nie szklanka z kawą plujką! Prawdziwy charme i szyk. Wydałam stosowne wyrazy uznania nad kawalerskim, jak się wkrótce okazało, gospodarstwem. I zanim się obejrzałam, do filiżanki na stoliku dołączyła żytnia i dwa kieliszki.

– Ale ja nie...

– Pani Magdo. Takiego maluszka sobie pani żałuje? Trzeba to opić.

Z rezygnacją sięgnęłam po wódkę. Ale się dałam wmanewrować. Dlaczego wcześniej nie powiedziałam o samochodzie?

– To wyjeżdża pani do pracy, pani Magdo? – padło pytanie, nim zdążyłam odstawić kieliszek.

Chyba mnie miał za głupią?

– Do pracy? Przecież ja studiuję.

– Ale podobno niechętnie – zachichotał, a ja poczułam na plecach dreszcze. – I jakieś kłopoty z byłym narzeczonym, prawda, pani Magdo? A mogę po imieniu? Rysiek jestem.

– Niezgodność charakterów. – Skinęłam głową i uśmiechnęłam się promiennie, rozciągając sztucznie usta, kiedy wycałował moje policzki na bruderszaft.

Czułam, że muszę bardzo uważać na to, co mówię. Wypiłam drugi kieliszek, ale byłam tak skoncentrowana na zachowaniu trzeźwości, że równie dobrze mogłaby to być woda. Kiedy nalał mi trzecią kolejkę, zażądałam oranżady. Zanim zdążył ją przynieść, wypiłam brudzia z fikusem przy kanapie i jak gdyby nigdy nic założyłam nogę na nogę.

Wrócił i włączył magnetofon. Kurczę, miał nowego radmora! No i poleciała muzyka z jego zbiorów. Limahl. Hmm.

– Magda, z ciebie to fajna babka jest.

Mazurek potarł nasadę nosa. Wydawało mi się, że alkohol działa na niego znaczniej bardziej niż na mnie.

– Dzięki, Rysiu. Ty też jesteś spoko. Rzadko teraz można trafić na takiego porządnego faceta.

Łgałam jak z nut. Wiedziałam, że każdy facet, słysząc komplementy, traci rozsądek.

– Pamiętaj, że jakbyś miała kłopoty, to ja ci pomogę. Wiesz, jakie mam możliwości. Widziałaś sama. Nie było paszportu, jest paszport.

Klasnęłam w ręce.

– Po prostu czarodziej – palnęłam, ale natychmiast się zganiłam w myślach. Chyba przesadziłam, on jednak łykał wszelkie brednie.

– A wiesz, że jakbym chciał, to mimo iż masz paszport, mógłbym cię nie wypuścić.

– Ty sam? – No kretyn jakiś.

– Zawiadomiłbym kogo trzeba. I hyc. Magdusia musi zawrócić do domku. Do mamy i taty. Bo chłopaka już nie ma, bo ten siedzi, zgadza się?

Wszystko miało swoje granice. Dłużej nie mogłam tego wytrzymać.

– To na mnie już czas – powiedziałam i chciałam się

podnieść z fotela, ale pierwszy poderwał się Mazurek. I zanim zdążyłam zareagować, rzucił się na mnie z oślinionymi pocałunkami. – Ej, zostaw mnie w tej chwili, dobrze?

Próbowałam mu się wyrwać, ale przygniatał mnie zbyt mocno do oparcia.

– Zaczekaj. Magda, jesteś mi coś winna, no nie? Myślisz, że jakiś głupi koniak załatwia sprawę. Chcesz zobaczyć, ile tego mam w szafie? A ty mi się podobasz, wiesz. Będzie nam dobrze razem, zobaczysz.

Wepchnął mi język do ust, a potem chwycił moją rękę i przybliżył do swoich dżinsów.

– Widzisz sama, co ze mną robisz.

Dlaczego? Dlaczego spotykało mnie to już kolejny raz w życiu? Czy ja ich jakoś prowokowałam? Nie miałam szansy się wyrwać. Miałam w głowie szaloną gonitwę myśli. I nagle jeden pomysł. Byle tylko zachować spokój. W żadnym wypadku nie mogę się zdenerwować.

– Rysiu? – zamruczałam mu do ucha jak kocica w rui.

– Już!

Kurczę, poczytał to jako ponaglenie i zaczął rozpinać sobie dżinsy. Zbok jeden.

– Rysiu, ja to lubię w łóżku. A poza tym muszę się najpierw odświeżyć w łazience.

Lubieżny uśmiech na tępym ryju.

– To jeszcze po kolejeczce.

Rozlał znów wódkę, której nawet nie tknęłam, ale on tego nie zauważył, bo wyniósł się już do drugiego pokoju, w którym najprawdopodobniej sypiał. Wyszłam na korytarz.

– A gdzie masz łazienkę? – krzyknęłam, chcąc zagłuszyć odgłos otwieranego przy drzwiach wyjściowych zamka. Kiedy wyszedł z sypialni – na szczęście nie zdążył się rozebrać – stałam przed nim z miną niewiniątka.

– Tutaj. – Wskazał na drzwi przy samym wyjściu. – Weź sobie jakiś ręcznik. Tylko się nie grzeb.

Zniknął w pokoju, a ja otworzyłam i zamknęłam drzwi do łazienki, sama zostając w przedpokoju. Przełożyłam sobie torbę przez ramię, pod pachę wzięłam płaszcz, a w rękę kozaki, które zdjęłam po przyjściu. Kiedy usłyszałam skrzypienie sprężyn tapczanu, odemknęłam bezgłośnie drzwi i wymknęłam się na korytarz.

Na bosaka – rajstopy podrę, ale drobiazg – zbiegłam po schodach, a potem po śniegu na parking, gdzie zostawiłam simcę. Modliłam się, żeby odpaliła. „Babciu, jak odpali, to razem pojedziemy na odpust do Piaseczna".

Silniki samochodów na olej napędowy często odmawiały posłuszeństwa w taki mróz. Za drugim razem udało się usłyszeć spod maski najprzyjemniejszy odgłos.

Włożyłam buty dopiero po półgodzinnej jeździe. Dopiero wówczas poczułam niewygodę i ziąb. Jechałam prosto do domu. Sobotni wieczór, byłam po dwóch kieliszkach wódki, ale wiedziałam, że nie mogę zwlekać ani chwili. Przed poniedziałkiem powinnam natychmiast opuścić kraj.

Rozdział VII

Jakub obudził się o wpół do dziewiątej. Na szczęście nie umówił się na śniadanie na konkretną godzinę, mógł więc rozkoszować się lenistwem poranka. Całą noc coś mu się śniło i kiedy się teraz na tym skupił, przypominał sobie jakieś pojedyncze obrazy.

Wydawało mu się, że podróżuje z Leną do Gniewu w zimową noc, patrzy, jak ona pakuje walizkę, jak ojciec wciska jej zwitek banknotów, a potem znów jedzie, dalej i dalej. Ciężkimi płatami zaczyna padać śnieg i zasypuje przednią szybę.

Co to za głupstwa? Najchętniej wymazałby je sobie z głowy. Nasłuchał się wczoraj tych opowieści. A ile wina wypili? Dwie butelki czy trzy? Chyba jednak podziękował za trzecią. Powinien jak najszybciej uzupełnić nadwerężone zapasy Leny. Tak się świetnie z nią rozmawiało, że nawet nie zauważył, gdy wybiła północ.

Rozmawiało – to chyba przesada. Głównie słuchał z zaciekawieniem, i to nie ze względu na niezwykłość jej losów (ileż to historii poznał w swojej karierze adwokackiej). Było jednak coś w jej opowieści, co przypominało mu jego własne studenckie lata, ówczesną rzeczywistość i wybory, które się podejmowało. Wprawdzie on wyjeżdżał do Anglii dopiero w 1990 roku, w czasach transformacji, ale odczuwał pewną wspólnotę przeżyć. A poza tym spędził bardzo miły, nieco nostalgiczny wieczór. Cynicznie rzecz ujmując: mało co z niego wynikało, ale najadł się, napił i interesująco minął mu czas.

A teraz do roboty. Postanowił wypełznąć z pościeli, a po półgodzinie zameldował się w jadalni pensjonatu. Samej gospodyni nie było w pomieszczeniu, ale przez otwarte drzwi na taras słychać było, jak rozmawia przez telefon.

– Oczywiście, że zapłacę panu. Możemy się umówić za dwa tygodnie? Jadę właśnie po pieniądze.

Znowu miała na sobie dżinsy i ciemnozieloną bluzkę z krótkim rękawem. Trzymała aparat w jednej ręce, drugą, w gumowej rękawicy, wymachiwała sekatorem. Zauważywszy Jakuba, szybko zakończyła rozmowę i schowała telefon do kieszeni.

– Widzę, że dobrze się panu spało.

Czyli byli jeszcze na „pan". Pamiętał, że miał ochotę poprosić ją poprzedniego dnia, żeby mówiła mu po imieniu, ale opowieść o ubeku i paszporcie jakoś go wystraszyła. To byłby bardzo niestosowny moment.

– A to po mnie widać?

– Oczywiście. Wcześniej miał pan takie – dotknęła swojej twarzy – zaciśnięte szczęki.

Roześmiał się. Chyba miała rację. Od dwóch dni nie wyciskał folii z bąbelkami. Inna sprawa, że miał inne rozrywki. Dobrze, że sobie o niej przypomniał. Zapas był śmiesznie mały, a nie wiadomo, co jeszcze go tutaj czekało.

– Dziękuję za wczorajszy wieczór. Trochę się zasiedziałem.

– A ja zagadałam.

– Poproszę o więcej!

– A jakie ma pan plany na dzisiaj?

Na szczęście nie musiał odpowiadać, bo w tym momencie rozległ się gong przy wejściu. Lena zdjęła drugą gumową rękawicę, rzuciła ją przy krzaku i poszła w kierunku drzwi. Jakub bez zastanowienia ruszył za nią. Kiedy zobaczył, kto przyszedł, zatrzymał się przy wejściu do jadalni.

– Dzień dobry, pani Leno!

W drzwiach stał umundurowany młody policjant.

– Zatrzymaliście tego bandziora? – przywitała go obcesowo.

A jednak zgłosiła ten incydent na policję, pomyślał Jakub. Nie wycofa się, może przyda się jako świadek.

– Jakiego?

– Nieważne! – Machnęła ręką. Pewnie sobie przypomniała, że jednak ich nie powiadomiła. – To o co chodzi, Dawid?

– To trochę nieformalne – chrząknął. – Czy moglibyśmy porozmawiać?

Lena się nerwowo obróciła i oczywiście zauważyła Jakuba przy drzwiach.

– Teraz nie, jestem zajęta. Mam gości – odpowiedziała pospiesznie. – Przyjdę na komisariat za godzinę.

– O, to dobrze – ucieszył się dzielnicowy. – Przyjechał prokurator z Tczewa i chcą wyjaśnić kilka faktów w związku z postępowaniem. Chodzi o Kryszów. Pewnie pani słyszała...

– Trudno nie usłyszeć – zauważyła i wolno, jakby się nad czymś zastanawiając, zamknęła drzwi za policjantem. – Jeszcze mi tego brakowało – zwróciła się teraz jakby do Jakuba, który wydukał:

– Przepraszam.

– A niby za co?

Była wyraźnie zdenerwowana pojawieniem się policjanta. Na wszelki wypadek Jakub postanowił zejść jej z drogi.

– Postanowiłem dzisiaj wybrać się na dłuższą wyprawę. Będę dopiero wieczorem.

– To miłej wycieczki życzę – powiedziała oschłym tonem, tak jakby poprzedniego wieczoru nie rozmawiali ze sobą jak starzy znajomi. Szybki powrót do rzeczywistości. Nie byli starymi znajomymi. Tak naprawdę to wciąż zbyt mało o niej wiedział.

Gdy wsiadał do samochodu, coś mu się skojarzyło. To nazwisko. Krysza. Przecież takie samo było na klepsydrze przy kościele. Związane z zabójstwem, o którym mówiły tamte kobiety. Jakub poczuł w całym ciele przenikliwe zimno. Co Lena mogła mieć wspólnego z zabójstwem?

Jeszcze tego mi trzeba było! Ale nie miałam wyjścia. Mogłam oczywiście czekać na oficjalne wezwanie, wymigiwać się, ale co by to dało. Co się odwlecze...

Nawet się nie przebrałam z ogrodowych ubrań. Złapałam tylko torebkę, sprawdzając, czy mam w niej dowód, i kwadrans później zgłosiłam się na komisariat.

Mój gość, Jakub Kozak, zdążył wyjść przede mną. Tak bardzo mu się spieszyło, kiedy zobaczył policjanta. Prawnik z bożej łaski. Nawet nie zapytał, czy mi w czymś pomóc. Dlaczego mnie to dziwi? Przecież powinnam już od dawna wiedzieć, że jak człowiek w potrzebie, to zostaje sam jak palec. A ja widać się do tego nie przyzwyczaiłam. Trzy lata całkowicie samotnego życia, a jeszcze naiwna.

Na policji od razu skierowali mnie do faceta, który pewnie był w moim wieku, tylko że z brzuchem piwnym i pomarszczoną twarzą wyglądał znacznie starzej.

– Prokurator Makowski – przedstawił się, ale nie wyciągnął do mnie ręki, w związku z tym poczułam się zwolniona od podawania nazwiska. – Proszę usiąść.

I usiadłam na krześle w tym ponurym niewielkim pomieszczeniu. Postanowiłam się nie odzywać, póki on nie zacznie. Nie przetrzyma mnie, jestem ekspertem od milczenia.

Gapiłam się więc na puste ściany, kiedy Makowski szperał w papierach, i zastanawiałam się, dlaczego tu jestem. To znaczy nie w komisariacie, bo pewnie mnie za chwilę oświeci, ale w tym miejscu i czasie. A mogłam być przecież w Marbelli, spacerując nad morzem przy wydmach Dunas de Artola, mając w planach na wieczór elegancką kolację z szampanem w Sloanes Bistro.

– Pani Lena Walter.

Super. W końcu ustalił, z kim ma do czynienia, a ja prawie rozlałam w myślach szampana, tak szybko przeniosłam się w czasie.

– Mam do pani parę pytań w związku z zabójstwem małżeństwa Kryszów.

Nadal milczałam, nie mając zamiaru mu niczego ułatwiać.

– Kryszowie byli winni pani pieniądze.

A komu nie byli? Pół miasta mieli zamiar wezwać na przesłuchanie?

– Tak. – Postanowiłam się jednak odezwać. Może szybciej stąd wyjdę.

– Podobno trzydzieści tysięcy. To duża kwota.

Nie zamierzałam z nim dyskutować. Kiedyś była dla mnie śmiesznie mała.

– Była znacznie wyższa. Pięćdziesiąt tysięcy, których nie spłacali od dwóch lat. I, zdaje się, nie mieli zamiaru spłacić. Ani chyba możliwości.

– Pani też ma problemy finansowe.

– Między innymi przez nich. – Nie pozostałam dłużna. Nie wierzę, że nic nie wiedział o mojej sytuacji.

– Teraz jeszcze większe – zauważył. I wówczas padło pytanie: – A gdzie pani była drugiego maja w godzinach wieczornych?

Teraz się zezłościłam, ale starałam się tego po sobie nie pokazać.

– W domu byłam. Willa Historia. Podać adres?

– Czyli ma pani świadków?

Nie, żadnych. Bo postanowiłam zamordować Kryszów za to, że mnie oszukali (nie oni jedni), nękali i jątrzyli przeciwko mnie, nie pozostawiając żadnych śladów.

– Nie mam.

– A można wiedzieć, dlaczego pani pożyczyła im pieniądze?

– Można. Katarzyna Krysza była moją koleżanką z liceum i znalazła się w trudnej sytuacji.

Kiedy się u mnie pojawiła, zaklinała się, że byłam jej szkolną idolką. Zawsze mnie podziwiała i nie mogła zrozumieć, jak ludzie uwierzyli Kaniom. Jest gotowa wszystko dla mnie zrobić: prace adaptacyjne, nowe domy, a nawet przeprowadzić drobne naprawy. Ich firma budowlana ledwie przędła. Bank siedział im na karku i musieli spłacić chociaż część zobowiązań. Rzęsiste łzy Kasi kapały na mój chiński dywan. „Oczywiście, że ci pomogę", odpowiedziałam, jak zawsze, przepełniona pychą dawcy. Ach, jaka ja byłam szlachetna i dobra. W głowie się nie mieści. Zawsze rozdawałam szneki całej szkole, a później się w tym rozdawnictwie znacznie rozwinęłam.

Kiedy minął termin oddania pieniędzy, udawała, że mnie nie widzi, i nie odbierała ode mnie telefonów. Nagle dowiedziałam się od znajomych, że słyszeli, jak rozpowiadała po mieście, że to firma Kryszów wykonała dla mnie prace budowlane, a ja im grosza nie zapłaciłam. Miałam podpisany przez nią dokument o zaciągnięciu długu. Z jej własnym podpisem. Ale niepotwierdzony u notariusza.

Po co niby jej te głupie pięćdziesiąt tysięcy? Taka drobna sumka na waciki. I tak ich nie zarobiła, prawda? Wiadomo przecież, za co je dostała. I pewnie się nie urobiła, he, he. A tu człowiek tyra jak koń od świtu do nocy za marny grosz i jeszcze oszukują na każdym kroku. Może przecież poczekać, aż się sytuacja wyklaruje. A ta taka niecierpliwa! Kani zniszczyła życie, ma zrujnować następne?

– Czy nie próbowała pani ściągnąć długu w jakiś sposób?

– Przez firmę windykacyjną? – spytałam. Do kogo on to mówi?

– Na przykład.

– Na przykład co?

– Czy nie stosowała pani wobec Kryszów niedozwolonych nacisków?

Patrzyłam na prokuratora Makowskiego z niedowierzaniem. On mnie pyta, czy to ja nie stosowałam? Od roku zgłaszam do tego komisariatu informacje o różnych incydentach, które mają na celu zastraszenie mnie samej, a on zadaje mi takie pytania. Opanowałam jednak wściekłość, bo zrozumiałam, że to nie on zajmuje się moją sprawą. Moją będzie się zajmował dopiero wówczas, kiedy ktoś wreszcie poderżnie mi gardło. Wówczas przyjedzie z Tczewa sam prokurator.

– Nie. Prosiłam tylko kuzynkę Kryszów, żeby wpłynęła na Katarzynę, aby przestała oczerniać mnie w mieście i zwróciła dług.

– Czyli Katarzyna Krysza oczerniała panią?

Jasne. I za oczernianie i pięćdziesiąt tysięcy zabiłam i ją, i jej męża. Bo po prostu miałam już tego serdecznie dość.

Muszę się natychmiast uspokoić. Oddech. Miarowy oddech jest ważny. Ten facet przede mną nic o mnie nie wie. Tylko zadaje pytania, na które muszę spokojnie odpowiedzieć. Sprawdza wszystkie poszlaki, a ludzie zabijają za butelkę wódki i pięć złotych, więc te pytania nie są tak bezzasadne.

– O zmarłych nie wypada źle mówić – odpowiedziałam po pauzie. – Ale...

Jakub był wściekły. Na siebie. Tak szybko opuścił willę Historia, że można by to uznać za ucieczkę, a przecież nie był tchórzem. Pokręciły mu się role. Od początku to był głupi pomysł, żeby bawić się w detektywa. Zgodził się chyba dlatego, że wraz z podjęciem decyzji o powrocie do Polski obudziła się w nim jakaś chłopięcość, z którą nie miał do czynienia od bardzo dawna, i zachciało mu się mocnych przeżyć.

Nie wiedział, co ma sądzić o Lenie. Z jednej strony otwarta i spontaniczna, z drugiej – pełna sekretów i niedopowiedzeń. I miała taki chłopski spryt życiowy. Pewnie potrafiłaby przetrwać w każdych warunkach.

Dojechał do Malborka już po dziesiątej. Szybko załatwił sprawy w urzędzie miasta, szczęśliwie bez żadnych kolejek, a potem postanowił zostać turystą. Chyba ostatni raz odwiedzał to miasto jeszcze w szkole podstawowej. Wówczas największe wrażenie zrobił na nim nie sam zamek, ale dzik na rożnie eksponowany w krzyżackiej kuchni.

Przy zamku kłębił się tłum młodzieży, która czekała pod główną bramą na wejście. Po kupieniu biletu musiał poczekać jeszcze pół godziny na dorosłą grupę. Trochę poogląda, a potem się urwie, żeby coś przekąsić, postanowił, ale wszystko potoczyło się zgoła inaczej. Po prostu wsiąkł w to miejsce. Półuchem słuchał, co mówi przewodnik, koncentrując się na własnych myślach.

Jakie to dziwne, że w czasie jego krótkiego życia doszło do tylu zmian w interpretacji historii. Pamiętał z lekcji w szkole opowieści o strasznych Krzyżakach, gwałcicielach i rabusiach. W wersji współczesnej opowiadanej dość monotonnym głosem przez przewodnika byli oni doskonałymi administratorami ziemskimi. Potrafili wykorzystywać nowinki techniczne, jak na przykład centralne ogrzewanie podłogowe, czy też spowodować, aby ich posłańcy dostarczali pocztę w zaledwie jeden dzień!

I pomyśleć, że taki Malbork był kiedyś stolicą państwa Zakonu Szpitala Najświętszej Marii Panny Domu Niemieckiego w Jerozolimie, głównym ośrodkiem dyplomacji, jak również wypraw krzyżowych. Ile tu się kiedyś musiało dziać! W głowie Jakuba przewijały się obrazy biesiad i turniejów. Dwa wieki potęgi, a potem...

Po dwóch godzinach zwiedzania zatrzymali się na dziedzińcu Zamku Wysokiego przy ogromnej planszy przedstawiającej potworne zniszczenia całego kompleksu wiosną 1945 roku.

Był to rok urodzenia matki Leny Walter, pomyślał, i w tej samej chwili poczuł wibracje telefonu komórkowego. Spojrzał na wyświetlacz i oddalił się od słuchającej przewodnika grupy.

– Musisz przyjechać. – Alicja Regulska nie traciła czasu na jakiekolwiek powitania. – Jest kłopot. Zyta. Dzwonili do mnie ze szpitala.

Jakub wstrzymał oddech. Próbował tłumaczyć sobie, że to pewnie nic poważnego. Alicja była rasową histeryczką i musiała zawsze znaleźć sobie publiczność dla swoich występów – jeszcze nigdy nie spotkał tak egocentrycznej mitomanki – ale przecież nie wiedział, czy tym razem nie ma racji. Nie mógł tego zignorować, znowu jednak ogarnęła go wściekłość, którą musiał stłumić. Nie mogła poczekać jeszcze parę dni, zanim skończy to zlecenie w Gniewie?

– Ja już nie wiem, co robić. Miotam się po całym domu. Ewunia się boi, co się ze mną dzieje.

Stara wiedźma! Pewnie mógł teraz zadzwonić do szpitala i się przekonać, czy rzeczywiście jest tak, jak Alicja mówi. Wiedział jednak, że jeśli nie przyjedzie do Warszawy, by ogarnąć sytuację, to nie wiadomo, co jego teściowa jeszcze wymyśli. A fantazję miała znacznie większą od ułańskiej.

– Przyjadę jutro z samego rana – obiecał.

– Dopiero – jęknęła z wyrzutem. – No tak, ty masz pracę.

Powiedziała to ostatnie słowo tak, jakby to był jego durnowaty kaprys, a nie twarda rzeczywistość, dzięki której jeździła do sanatorium parę razy do roku, o innych luksusach nie wspominając.

Zakończył szybko rozmowę i westchnął. Emocjonalnej wampirzycy udało się utoczyć z niego parę fiolek krwi. Odechciało mu się zwiedzania i tej całej historii, na którą przecież składali się tacy właśnie ludzie jak jego teściowa. To właśnie tacy nienormalni siali przez wieki największy zamęt. Zwykli ludzie po znojnej pracy potrzebowali spokoju i stabilizacji. I kogóż interesowałaby ich nudna historia?

Zwiedzanie dobiegało końca, kiedy Jakub odłączał się od grupy. Był zły, głodny i nie umiał dać sobie rady ani ze sobą, ani swoim życiem. Nigdy nie miał zbyt optymistycznej natury, ale teraz czuł się złapany w pułapkę. Nie mógł się jednak nad sobą użalać. Był przecież ktoś znacznie ważniejszy od niego, ktoś, kto wymagał jego opieki i troski.

Trudno. Planował w Malborku dłuższy pobyt – znajdowało się tu jeszcze kilka miejsc, które koniecznie musiał zobaczyć – ale ten dzień od samego rana nie toczył się tak, jak sobie tego życzył.

Kiedy wrócił do willi Historia, Lena pracowała w ogrodzie. Wyszedł na taras, żeby zachwycić się po raz kolejny tym niezwykłym widokiem na Wisłę, kiedy dostrzegł ją przy krzaku róży. Pomachała mu i krzyknęła, że za pięć minut do niego podejdzie i żeby nigdzie nie szedł. Nie zamierzał. Musiał przecież z nią porozmawiać.

Usiadł wygodnie w rattanowym fotelu i po raz pierwszy – może to się wydawać dziwne, ale zawsze patrzył dalej, aż po horyzont – przyjrzał się dokładnie ogrodowi Leny. I dopiero teraz zrozumiał, jak imponująco musi on wyglądać latem, kiedy zaczynają kwitnąć róże. Bo one tu dominowały, rabatowe, pienne i zapewne wielobarwne, czego jeszcze w tej chwili nie mógł zobaczyć. Obecnie jedyną kolorową plamą w ogrodzie był przekwitający już migdałowiec.

Lena podeszła do niego z uśmiechem na ustach, ale dostrzegł ciemne kręgi wokół oczu.

– Udała ci się wycieczka?

Czy się przesłyszał? Ale chyba nie. Powiedziała mu per ty.

– Niezbyt. – Początkowo nie miał zamiaru przyznać się do wyjazdu, ale teraz uznał, że będzie znacznie gorzej, jeśli zrobi to następnego dnia. Poza tym musiał wyjechać wcześniej, jeszcze przed śniadaniem. – Trochę mi się zmieniły plany.

– No tak, one lubią się zmieniać. – Kiwnęła głową jakby ze zrozumieniem.

– Wyjechałbym tylko na jeden dzień do Warszawy. Muszę coś załatwić. Sprawy rodzinne.

– Rozumiem.

– Ale chciałbym tu wrócić i zostać do końca tygodnia Jeśli będzie nadal wolny pokój.

– Są wolne, oczywiście. – Teraz w jej głosie usłyszał ton rezygnacji. Ona usłyszała coś innego: zaburczało mu w brzuchu. – Głodny chyba. – Zaśmiała się teraz.

– Potwornie. W zasadzie nic nie jadłem przez cały dzień. – Spojrzał na zegarek. Była już piętnasta. – Jakoś tak zeszło.

– To zapraszam na obiad. Będzie gotowy za pół godziny. – Błyskawicznie zareagowała. I to mu się w niej bardzo spodobało.

Wraz z pierwszym kęsem makaronu z pesto i kurczakiem humor zaczął mu się poprawiać. Lena przygotowała również zieloną sałatę z sosem winegret, a na deser budyń śmietankowy z konfiturą wiśniową. Jeszcze łyk schłodzonego białego wina i życie znów zaczynało być warte wysiłku.

Lena nie jadła wraz z nim, kręciła się najpierw po kuchni, potem rozmawiała z kimś przez telefon, ale kiedy kończył budyń, przyniosła mu świeżo zaparzoną kawę i usiadła naprzeciwko.

– Jak tam sprawy z dzielnicowym? – zapytał. Nie będzie robił z siebie ślepego i głuchego idioty.

– Dzielnicowy w porządku. Znam go od dziecka. Dawid to syn mojej przyjaciółki, Marylki. Za to prokurator, z którym rozmawiałam – przewróciła oczami – to zupełnie inna bajka. Mówiłeś, że jesteś prawnikiem, prawda?

A jednak mówiła mu per ty. Nie przesłyszał się wtedy.

– Jestem, ale...

Nie dała mu dojść do słowa.

– Jak można podejrzewać mnie o morderstwo, skoro to ja pożyczałam im pieniądze, a nie odwrotnie? – Lena zasępiła się i streściła pokrótce rozmowę na komisariacie.

– Mogą myśleć, że najęłaś jakiegoś zbira, by odzyskać dług – dość przytomnie odpowiedział Jakub, choć od zastrzyku kalorii i cukru zaczął się robić przyjemnie śpiący. Może ta kawa mu pomoże.

– A niech sobie myślą. Już nie mam do tego wszystkiego

zdrowia. Bokiem mi ta Polska wychodzi. Sam zobaczysz, jak tu dłużej pomieszkasz. Bo zamierzasz tu zostać, prawda?

A ona niby skąd o tym wie, zdumiał się Jakub, ale kiwnął głową.

– Ludzie chcą jednak wracać – zauważyła.

– Ja chyba nie. Ale muszę.

– Skądś to znam. – Zaśmiała się i sięgnęła po drugi kieliszek z kredensu, żeby nalać sobie wina.

– Ale musiałaś wyjechać. Ja chciałem – zauważył Jakub, przypominając sobie swój rodzinny dom, z którym nic go nie łączyło. Chciał zacząć zupełnie nowe życie, by nie powtarzać błędów rodziców, wszystkiego tego, co go od nich odpychało i czym w głębi serca gardził.

– To prawda. Okazało się, że nagle nie mam żadnego wyboru – powiedziała Lena i wzięła łyk wina.

Rozdział VIII

W Hamburgu znalazłam się dopiero pięć dni później. Tatuś poradził mi, żebym jechała przez Czechosłowację i Austrię. Na wszelki wypadek, gdyby Ryszard Mazurek wpadł na pomysł, by zatrzymać mnie na granicy. Dzisiaj wydaje mi się to zgoła nieprawdopodobne, ale ówczesna obawa zdeterminowała wszystkie moje działania. Władza była przecież zdolna do wszystkiego. Zabierała towar, utrudniała życie, zamykała w więzieniach i skrytobójczo mordowała. Dlaczego nie mogli się akurat przyczepić do jednej dziewczyny? Skoro mieli taki kaprys.

Nie chcę mówić ani nawet myśleć o tej samochodowej eskapadzie, przenikliwym mrozie i zimnie, o tym, jak zamarzł mi płyn do szyb, jak wpadłam w poślizg, o nieludzkim zmęczeniu. Choć teraz jestem bardzo dobrym kierowcą, w podobnych warunkach nie powtórzyłabym tego doświadczenia. Ale kiedy po przekroczeniu granicy z Austrią lęk zamienił się w euforię, żadne trudności dla mnie nie istniały. Dopiero wówczas rozejrzałam się za tanim noclegiem w przydrożnej gospodzie. Spałam czternaście godzin ciurkiem, a potem, po napchaniu się grillowanymi kiełbaskami i wypiciu litrów kawy, ruszyłam dalej. Znów było ciemno, ale jako początkujący kierowca byłam z tego zadowolona. Bałam się autostrad, których wcześniej przecież nie widziałam, i zbyt dużego ruchu samochodowego. Noc była w porządku.

W Wiedniu zanocowałam w hostelu i dzięki zaproszeniu od rodziny z Hamburga dostałam wizę niemiecką. Czekała mnie kolejna noc w drodze. Zmieniła się w świt, a potem w dzień, kiedy wreszcie znalazłam się znów na północy, choć nad innym morzem. Nie mogłam znaleźć ulicy, przy której mieszkali krewni – mój niemiecki był zbyt kiepski, bym się potrafiła w nim dogadać – kręciłam się w koło. W końcu w desperacji dojechałam do najlepiej oznakowanego miejsca w mieście, czyli Hauptbahnhof.

Zaparkowałam simcę, w której przed samym Hamburgiem urwał się tłumik, i na sztywnych nogach poszłam do budki telefonicznej. Z oszczędności przekazanych mi przez tatusia zostało mi już śmiesznie mało. Tyle zbierania pieniędzy, a starczyło jedynie na parę dni. Jak to możliwe? I gdzie tu sprawiedliwość? Przez szybę obserwowałam Niemców, którzy zażerali się sznyclami i podsmażanymi kartoflami. Do tego surówki i wielkie kufle z piwskiem. Byli tacy z siebie zadowoleni, kiedy ja przełykałam ślinę z głodu.

Na szczęście przy telefonie znajdowała się tabliczka z instrukcją, jak można zadzwonić do Polski. Z budki! U nas można było tylko zamówić rozmowę u operatora, a oczekiwanie na połączenie mogło trwać parę godzin. Nie mówiąc o kosztach. Miałam parę drobnych, więc postanowiłam dać znać rodzicom, że u mnie wszystko w porządku. Pewnie się bardzo o mnie zamartwiali.

– Babciu! – Miałam nadzieję, że mnie słyszy. Ostatnio coraz bardziej głuchła.

– Gdzie jesteś, wnusiu?

– W Hamburgu. Dojechałam żywa i zdrowa.

Jeszcze parę słów i połączenie zostało przerwane. Trzymałam w ręku monetę, zastanawiając się, czy ją wrzucić.

Nie, zanim znajdę pracę, musiałam oszczędzać każdą markę. Być może moi krewni pozwolą mi skorzystać ze swego telefonu.

Nie powinnam tracić tu czasu. Westchnęłam i poszłam w kierunku informacji turystycznej. Uprzejma pani rozrysowała mi na kartce mapkę dojazdu do dzielnicy Ohlsdorf. Jak tu pięknie, myślałam sobie, mijając równe rzędy zadbanych domków jednorodzinnych z ogródkami. Nie było śniegu, który mógłby zakryć bałagan na posesji, a tu żadnego złomu, starych, ale zawsze mogących się przydać gratów, po prostu jak na obrazku. Szczęściarze!

Zaparkowałam przy numerze siódmym i zadzwoniłam do bramki. Usłyszałam kobiecy głos w domofonie i zaczęłam moją przemowę. Skończyłam, w domofonie było cicho, a bramka się nawet nie poruszyła. I co teraz robić? Zaczęłam już się zastanawiać, czy nie wrócić do simki – może nie było śniegu, ale panowała dotkliwa wilgoć – gdy drzwi wilii otworzyły się i zobaczyłam idącą ku mnie kobietę, mniej więcej w wieku mojej mamy.

– *Du bist Magdalena?*

Miałam mokro pod powiekami, kiedy wpuściła mnie do schludnego, ciepłego domku. Po chwili zaczęło mi być ciepło, szczególnie kiedy gorączkowo zaczęłam sobie przypominać imiona krewnych.

Jak się dowiedziałam, kobieta, Annelise, była żoną mojego krewnego i ni w ząb nie znała polskiego. Udało mi się zrozumieć, że jej mąż, Josef, wróci niedługo z pracy. On mówił po polsku.

I rzeczywiście mówił, ale niewiele więcej niż jego żona. Kiedy przyszedł, Annelise czym prędzej zniknęła, jakby konwersacja ze mną wyczerpała ją ponad siły.

– A Wilhelm? Babci brat cioteczny i jego żona? – spytałam Josefa, który miał pięć lat, kiedy rodzice w styczniu 1945 wywieźli go na furmance do Niemiec.

„Wilhelm był niemieckim policjantem. Nie chciał do tych Niemców, ale wiedział, że jak zostanie, to go Ruskie utłuką na śmierć", opowiadała babcia.

– Nasi starzy są w domu – chwilę patrzył w sufit, poszukując tam odpowiedniego słowa, i w końcu udało mu się wybrnąć – dla starych.

– Domu starców? – zdumiałam się.

Z relacji babci wynikało, że żona Wilhelma jest od niej pięć lat młodsza. To przecież oznaczało, że nie ma siedemdziesiątki. I już taka chora, że nie mogli się nią opiekować w tak dużym domu?

Najwidoczniej nie mogli, skoro również nie mogli zapewnić mi dachu nad głową choć na parę dni. Owszem, Annelise zaprosiła mnie na obiad składający się z jakiejś papki i jednego kotlecika, którym szczególnie zachwycał się Josef, a potem uśmiechnięte małżeństwo poinformowało mnie radośnie, że następnego dnia wylatują na tygodniowy urlop na Teneryfę. Oczywiście bardzo się cieszą z mojego przyjazdu. Dobrze, że mogę zacząć nowe życie w takim wspaniałym kraju. Jeśli chodzi o załatwienie mi pracy czy mieszkania, to niestety nie są w stanie pomóc. Polacy, którym udaje się tu zostać, zawsze sobie radzą, ale jak, tego nie wiedzą. Pewnie dlatego, że nigdy się z tymi kręgami nie zadawali. Życzą mi powodzenia i niech pozdrowię rodzinę, a szczególnie babcię.

Siedziałam jak trusia, próbując przetrawić kotlecik oraz informację, którą otrzymałam od Josefa w łamanym polskim, wspomaganym niemieckimi uwagami Annelise. Musiałam jednak w końcu wstać, bo gospodarzom zaczęło się bardzo spieszyć. Chyba wybierali się na jakieś przyjęcie.

Kiedy Josef odprowadzał mnie do drzwi, nagle się zatrzymał i na kawałku papieru napisał adres domu starców – bo pewnie chciałabym spotkać się z pozostałą rodziną – oraz adres taniego hotelu w sąsiedztwie.

– Dziękuję – wydukałam jak automat i wyszłam prosto w ziąb.

Zamierzałam wyrzucić tę kartkę od razu na ulicy, ale głupio mi było rzucić ją na czysty chodnik, bo nie było w pobliżu śmietnika. Po zastanowieniu doszłam do wniosku, że może mi się przydać. Byłam wyczerpana do cna. Musiałam gdzieś przenocować, choćby za ostatnie pieniądze. Na szczęście je miałam. A jutro... jutro wszystko będzie wyglądało inaczej. Zawsze przecież tak było, to dlaczego nie teraz.

I rzeczywiście tak się stało. Rano udało mi się sprzedać recepcjoniście karton marlboro, zakupiony przezornie na samej granicy. Nie, pracy dla mnie w hoteliku nie było, ale słyszała, że jakaś znajoma potrzebuje kogoś do sprzątania. Obiecała po południu zdobyć dla mnie jej numer telefonu. Poza tym obiło się jej o uszy, że jest gdzieś hostel dla azylantów, ale akurat nie w tej dzielnicy. Pożyczyła mi książkę telefoniczną, którą wertowałam, próbując z niej cokolwiek zrozumieć, kiedy ktoś zapukał do pokoju.

– Magdalena? – spytała ciemnowłosa dziewczyna, na oko w moim wieku, i szybko wyjaśniła łamanym polskim: – Ja córka Annelise i Josef. Monika.

Oni mieli córkę? Nawet się o niej nie zająknęli. Może gdzieś się zapodziała w tym dużym domu?

– Szukać mieszkanie? – spytała moja cudownie odnaleziona kuzynka. A kiedy skinęłam głową, weszła bez zaproszenia do pokoiku, rozsiadła się na łóżku i ustawiła mnie i moje życie.

Właśnie potrzebowała współlokatora do mieszkania. Oczywiście, że nie mieszka z rodzicami. No jakże to? Skończyła szkołę, uczyła się na jakichś kursach, to dlaczego miałaby być z nimi. To przecież tutaj normalne. A w Polsce nie? Ile czasu ludzie czekają na mieszkanie? Dwadzieścia lat? „Nie wygłupiaj się. Myślisz, że w to uwierzę". Dziwne historie tutaj opowiadam, ale skoro rzeczywiście tak jest, to nie muszę dokładać się do czynszu przez pierwszy miesiąc. Znajdę jakąś pracę, to oddam. Jaką? Najpierw to chyba taką, przy której zbyt dużo mówić nie muszę. No, na czarno, na czarno, a jaką? Żeby mieć inną, muszę mieć papiery. Sama się zorientuję jakie. Skąd ona ma wiedzieć. A w zasadzie to ma taki szybki pomysł. Teraz jej się przypomniało. Jej koleżanka fryzjerka przebąkiwała tydzień temu, że szukają kogoś do pomocy.

– To idziemy? – I po paru minutach pakowała się już do mojej simki.

A ja po godzinie miałam już pracę we Friseursalon Sandra.

– Masz ładne włosy – pochwaliła mnie sama szefowa i przy pomocy Moniki zapoznała mnie z przyszłymi obowiązkami.

Sprzątanie, mycie, sprzątanie, mycie. Podłóg, jakby ktoś miał jakieś wątpliwości. Oczywiście, że sobie poradzę. Łatwizna.

No i co? Nie jestem dzieckiem szczęścia? Bez żadnych dokumentów wylądować w takim miejscu? Bo było ono rzeczywiście imponujące. Żadna mała klitka z jedną naburmuszoną fryzjerką, tylko prawdziwy salon w handlowej dzielnicy z dziesięcioma stanowiskami fryzjerskimi. Na górze kosmetyczki i za specjalnym przepierzeniem najbardziej ekskluzywna część – masaże.

Jeszcze nie zdążyłam wyjść z Sandry, kiedy dowiedziałam się, że połowa pracujących tam fryzjerek to Polki.

– Monika, jak mam ci dziękować!

Rozpływałam się z zachwytu, ale kuzynka nie chciała słuchać, tylko ciągnęła mnie dalej: na pyszny chiński obiad, za który sama zapłaciła, a potem do swojego mieszkanka. Składało się wprawdzie tylko z dwóch mikroskopijnych pokoików – ja miałam spać na wersalce w pomieszczeniu, które było również pokojem dziennym – ale jaki to był wtedy dla mnie luksus!

Monika zainteresowała się moją garderobą i kazała mi wyjąć z toreb przywiezione ciuchy. W domu spakowałam, co było pod ręką, przecież wpadłam tam tylko się pożegnać.

– To jest OK, a to... – chwila pauzy – na lumpy albo do siedzenia w domu.

W ten sposób w dziale „na lumpy" znalazły się moje wszystkie eleganckie sukienki od Bojanowskiej. Jedynie wranglery z Peweksu i kilka sweterków od marynarzy przeszło pomyślnie skrupulatną inspekcję Moniki.

Przez chwilę siedziała spokojnie i nigdzie mnie nie ciągnęła, miałam więc w końcu okazję spytać ją, czy polski zna od Josefa.

– Od *oma* i *opa* – odpowiedziała.

Rodzice stale byli zajęci. To dziadkowie się nią zajmowali od dziecka i siłą rzeczy nauczyła się języka, którym ze sobą rozmawiali. Potem dziadek miał wylew, po którym dostał paraliżu. Jest już po rehabilitacji i może się trochę poruszać, ale musi mieć stałą pomoc. I wówczas babcia postanowiła przenieść się wraz z nim do domu opieki.

– Widziałaś ich ostatnio?

– Stale ich odwiedzam. Byłam przed Wigilią – oświadczyła Monika, a ja pomyślałam sobie, że muszę szybko nauczyć się tych nowych pojęć. Stałe kontakty, hmm. Ciekawe, co by na to powiedziała moja babcia Majowa. Pewnie by się popłakała nad upadkiem rodziny.

– *No ja*. Jak masz te buksy i cwyterek, to możemy wyjść. Piątek przecież.

Znowu chciała gdzieś lecieć jak niespokojny wiatr. Ja najchętniej poleżałabym na wersalce i pooglądała niemiecką telewizję pełną kolorowych reklam. Nadal czułam się przemęczona po podróży, ale Monika powiedziała coś, co natychmiast postawiło mnie na nogi.

– Idziemy do dyskoteki! Lubisz?

Jak można pytać? Przecież uwielbiałam tańczyć.

Nie minęła godzina, jak udało nam się dotrzeć do St Pauli. Byłam zszokowana, widząc roznegliżowane kobiety w witrynach sklepowych. Stopniowo zaczynałam kojarzyć, co to za dzielnica. Ale zanim zdążyłam się przestraszyć, Monika pociągnęła mnie do dyskoteki.

Pierwszy raz byłam w tak imponującym miejscu. I te tłumy kolorowo poubieranych ludzi w zabawowym nastroju. To był zupełnie inny świat. Wystarczyło przejechać parę granic. Poczułam ściskanie w gardle. Dopiero teraz dotarło do mnie, że zaczynam zupełnie nowe życie. Nagle minęły zmęczenie związane z podróżą i niepokój przed nieznanym.

Podeszłyśmy do gigantycznego baru, za którym stało co najmniej dziesięciu barmanów, a ponieważ Monika zapłaciła za mnie wstęp, chciałam się zrewanżować i postawić jej drinka. Machnęła ręką.

– Samo się załatwi. Za chwilę. Musimy się najpierw rozejrzeć.

Kuzynka zaczęła się przepychać przez grupę ludzi stojących przy barze. Nie miałam więc wyboru i podążyłam za nią. I, jak mi nakazała, rozglądałam się. Ile barw! Ile pomysłowych strojów i fryzur, które na tle dynamicznie zmieniających się dyskotekowych świateł wyglądały zupełnie jak z filmu science fiction.

– Cześć, Marcus!

Monika omal wpadła na wysokiego chłopaka z jasnymi lokami do ramion.

Przez chwilę poszeptała z nim i zawróciliśmy w stronę baru. Kiedy znów się przy nim zatrzymaliśmy, ze zdziwieniem zauważyłam, że oprócz Marcusa towarzyszy nam jeszcze kilka osób.

– To jest Magda z Polski. Moja kuzynka – przedstawiła mnie wszystkim.

Nie udało mi się zapamiętać ani jednego imienia. Nie minęła minuta, jak któryś z chłopaków z grupy wręczył mi pomarańczowego drinka z parasolką. Monika też dostała swój.

– Uciekłaś z kraju? – spytał. – Jesteś uchodźcą politycznym?

Zrozumiałam pytanie i pokręciłam głową. Nie umiałam jednak na nie odpowiedzieć. Czy historię z upiornym Mazurkiem można podciągnąć pod politykę? Raczej nie, zresztą nie wspomniałam o niej Monice.

– Ale muszę tu zostać. Nie wiem, jak to zrobić – udało mi się wydukać.

– A ja wiem – odezwała się niska brunetka obejmowana czule przez chłopaka, wyższego od niej o dobre trzydzieści centymetrów. – To nie jest takie skomplikowane. Tak zrobiła jedna z kelnerek w mojej knajpie. Po prostu musisz wyjść za mąż.

Musiałam chyba zmienić się na twarzy, słysząc te słowa. Ja za mąż? Historia z Piotrkiem Kanią zraziła mnie do małżeństwa na dobre.

– Oj, nie bój się. – Dziewczyna się zaśmiała. – Nikt cię nie będzie do niczego zmuszał. Zapłacisz jakiemuś facetowi i już. Dostaniesz potem papiery i się rozwiedziesz. Będziecie kwita.

Monika się rozpromieniła.

– Zaraz to załatwimy! Ale najpierw może się trochę poruszamy.

Odstawiła szklankę na blat baru i pociągnęła mnie za rękę.

Wszystko działo się zbyt szybko, zbyt intensywnie, ale dawałam się w to wciągnąć. Przy rytmie dynamicznej muzyki łatwo się zapominało o zmęczeniu, nowym kraju i starej rodzinie. Pulsowała krew, tętniło w skroniach i przez ułamek sekundy miałam wrażenie, że jestem niezwyciężona.

Kiedy muzyka zmieniła się na wolniejszą i bardziej nastrojową, znalazłam się w ramionach Marcusa, który mnie ukołysał do ballady Springsteena. Dotknęłam policzkiem jego koszuli, rozgrzanej od jego ciała. Odpoczywałam.

– Magda, idziemy!

Po chwili z transu wyrwało mnie stuknięcie w plecy.

– Do domu? – spytałam lekko zawiedziona.

– Załatwiać sprawy! – wrzasnęła mi do ucha Monika.

Zostawiłam Marcusa na parkiecie i poszłam za nią znów w stronę baru. Był jeszcze bardziej oblężony niż pół godziny wcześniej. Ludzie wlewali w siebie hektolitry piwa i stawali się coraz bardziej hałaśliwi, chcąc przekrzyczeć muzykę. Monika zrobiła mi przejście, używając łokci, ale tylko ona dopchnęła się do baru, musiałam stanąć za nią.

– Anton! – wrzasnęła do nalewającego piwo mężczyzny. – To jest ona! – Obróciła się w moją stronę.

– Cześć! – Wyciągnął do mnie rękę.

– Magda Maj. – Udało mi się potrząsnąć czubkami jego palców.

Monika wrzeszczała coś do niego, ale nie rozumiałam ani słowa i nie miałam pojęcia, dlaczego mnie do niego przyprowadziła. Ten Anton nie wyglądał na rodowitego Niemca. Miał ciemną karnację i czarne oczy, które patrzyły teraz na mnie ze znużeniem. Wyglądał na starego. Byłam przekonana, że musi być grubo po trzydziestce.

Moja kuzynka zawracała mu głowę przez dłuższą chwilę, aż zaczęli się irytować czekający na piwo. W końcu Anton skinął głową i machnął ręką, żeby już sobie poszła, by mógł zająć się kurkiem.

– No dobrze. Załatwiłam.

– Ale co takiego? Nie rozumiem.

– Nie rozumi, nie rozumi. To prosta rzecz. Wyjdziesz za mąż za niego.

– Kogo? – Nadal nic do mnie nie docierało.

– Anton Walter. Zgodził się z tobą ożenić. Mądra dziewczyna z twojej kuzynki, prawda?

Z osłupienia mogłam tylko przełknąć ślinę.

Mimo iż wróciłyśmy do domu Moniki około drugiej w nocy, obudziłam się już przed ósmą, wściekle głodna i obolała. To drugie zawdzięczałam niewygodnej wersalce, na której spędziłam tę noc. Było to jednak wygodniejsze niż ławka w parku. Leżałam parę minut, wsłuchując się w burczenie w brzuchu, aż w końcu postanowiłam z tym coś zrobić.

Wstałam i na czubkach palców przemieściłam się do kuchni. Najpierw rzuciłam się do kranu z wodą, a potem stanęłam przed lodówką. Zawahałam się. Wstydziłam się sięgnąć po czyjeś jedzenie bez pozwolenia. Ale przecież będę miała pracę i zwrócę Monice za wszystkie wydatki, pomyślałam i otworzyłam drzwiczki.

Jeszcze czegoś takiego w życiu nie widziałam. Takiej pustki. U nas w domu, nawet w najgorszych czasach, lodówka była zawsze dobrze zaopatrzona. Zawsze potrafilibyśmy wykarmić nawet kilkoro nieoczekiwanych gości. A tu? Opakowanie z wędliną, która za chwilę powinna zacząć się ruszać, i zeschły żółty ser. To co ona jadła? Tylko jak można zjeść cokolwiek, co pochodzi z tak oblepionego brudem miejsca jak lodówka Moniki. W końcu udało mi się znaleźć w szafce chrupki chleb, dżem i kawę. Dobre i to.

Jadłam wolno, bojąc się o zęby – jak ona mogła jeść taką tekturę – i zastanawiałam się nad przyszłością. W zasadzie Monika już ją zorganizowała, jednak musiałam to wszystko przemyśleć. Mam dach nad głową, umówioną pracę... i męża za pieniądze. Kwota była horrendalna, ale Monika obiecała ją za mnie zapłacić. Będę mogła jej zwracać pieniądze w ratach. Czyli sporo się zdążyło już wydarzyć. Chyba to nieźle jak na trzeci dzień pobytu w Niemczech? Stopniowo sama się przekonywałam, że świetnie mi się wiedzie i że jestem szczęściarą. Dopiłam więc drugą kawę i szybko napisałam list do rodziców i babci, z entuzjazmem opowiadając im o Monice i przyszłej pracy. Przyszłego męża, wiadomo, pominęłam w relacji. Dowiedzą się, kiedy z tego coś wyjdzie, ale sam pomysł coraz bardziej mi się podobał. Będę mogła się ubiegać o niemieckie papiery, dostanę ubezpieczenie i podejmę legalną pracę. I wtedy bezpiecznie wrócę do domu, prawda?

Kuzynka spała dalej jak zabita. Po napisaniu listu nie miałam co ze sobą robić, więc z nudów zaczęłam czyścić najpierw kuchnię, a potem łazienkę. Robiłam to, podśpiewując z radości, która nie wiadomo dlaczego pojawiła się właśnie teraz. Zawsze byłam mało skomplikowana, ale o tym już chyba wspominałam. Smutek się mnie nie trzymał.

I tak stopniowo weszłam w nowy świat niemieckiej rzeczywistości. Niemal każdego dnia przynosił mi małe zachwyty. Mydło pachniało i się pieniło, pozostawiając skórę aksamitnie gładką. Pasta do zębów nie wysychała w tubce i wybielała zęby, a szampon, którego do mycia wystarczyło zaledwie parę kropel, nadawał włosom blask. Cieszyły mnie nawet kolorowe ściereczki i płyny do czyszczenia, których wkrótce zaczęłam używać w pracy u Sandry. Pucowałam wszystko tak dokładnie, że wkrótce awansowałam i po paru miesiącach zaczęłam pomagać przy myciu włosów klientek.

Monika, mimo iż nadal zaprzysięgły flejtuch, była zadowolona, że zabrałam się również do gruntownych porządków w jej mieszkaniu. Skoro nie mam innych ciekawszych zajęć, jak na przykład uczenie się niemieckiego z telewizyjnych filmów, to proszę. Telewizja była akurat jej ulubioną rozrywką, kiedy wracała ze swych tajemniczych wyjść na miasto. Coś tam bąkała o kursach dla księgowych, ale nie bardzo w nie wierzyłam, bo nigdy nie widziałam jej z żadną książką. Wykonywała jakieś prace dorywcze dla agencji jako ekspedientka, recepcjonistka czy barmanka i za każdym razem przynosiła do domu „pamiątki" w postaci długopisów, podkładek na szklanki czy plastikowych kolorowych torebek. Te ostatnie starannie składałam, żeby wysłać je do domu w paczce.

„Dzień pierwszej paczki" był dla mnie wyjątkowy. Wreszcie zarobiłam wystarczająco dużo, by zrobić rodzinie niespodziankę. Ale myślałam o niej znacznie wcześniej, codziennie podczas pracy, układając w głowie listę prezentów. I w końcu się ziściło i wysłałam: dużo kawy mielonej, również w mniejszych opakowaniach (będą mieli do rozdawania), bakalie, fistaszki, grube tabliczki czekolady mlecznej i gorzkiej (ulubiona mamy), sosy waniliowe w proszku, cukier trzcinowy i szynkę w puszce (polską eksportową, o ironio). Obiecałam w liście, że następna paczka będzie z kosmetykami. Nie chciałam ich mieszać z jedzeniem.

Od tygodnia planowałam, że wyślę paczkę w piątek po pracy, żeby doszła do rodziny przed urodzinami taty na początku czerwca. Pójdę rano sama na pocztę i wszystkiego dopilnuję. Okazało się jednak, że Monika wysłała mnie na jakąś fuchę do sprzątania. Zeszło mi tam dłużej, niż myślałam, bo mieszkanie było bardzo zapuszczone. Zdążyłam jednak i pożegnałam wzrokiem zabieraną przez urzędnika pocztowego paczkę. Tak bardzo bym chciała się do niej wślizgnąć i razem z nią wrócić do domu. Przy ostatnim liście od mamy popłakałam się. Babcia była chora i cały czas mnie wspominała. Zakazała mi jednak wracać. Podobno tydzień po moim wyjeździe przyszedł ktoś do ojca (pisała bardzo pokrętnie, pewnie ze strachu przed cenzurą) w mojej sprawie. Domyśliłam się natychmiast, że to gdański ubek, Rysiek, musiał w tym maczać palce.

Ale jeszcze tam wrócę, mówiłam do siebie w to majowe popołudnie, kiedy pospiesznie myłam się po przyjściu do domu. Maj dla Magdy Maj – ten slogan towarzyszył mi od samego rana. Sukienkę miałam wcześniej wyprasowaną, więc z pewnością się nie spóźnię, powtarzałam sobie, malując w lustrze oko. Wiem, że to głupie, ta sukienka, a tym bardziej makijaż, ale inaczej nie potrafiłam, rozmyślałam, kiedy zadzwonił dzwonek do drzwi. Szybko owinęłam się szlafrokiem Moniki.

Zatkało mnie, kiedy go zobaczyłam w tym eleganckim garniturze. W rękach trzymał bukiet kwiatów. Nigdy bym nie przypuszczała.

– *Magdalena, bist Du bereit?*

– A co ty tu robisz? – udało mi się wykrztusić.

– Przyjechałem po ciebie samochodem. Wiem, że nie

znasz miasta. Mogłabyś się zgubić. – Z uśmiechem wręczył mi białe frezje. – Będą pasować.

Sięgnęłam po kwiaty nadal zaskoczona, próbując unikać jego ciemnych oczu, które wprawiały mnie w zakłopotanie. Nie wiedziałam, co powiedzieć. Brak mi było odpowiednich słów po niemiecku. Nawet nie poprosiłam, by wszedł do środka.

Nagle za jego plecami pojawił się jeszcze ktoś, kto wtargnął do przedpokoju, nie potrzebując zaproszenia.

– A ty co tu robisz? – Monika spiorunowała wzrokiem Antona Waltera.

– Przyjechałem po was.

– Umawialiśmy się na miejscu, przed urzędem.

– To chyba wygodniej, że jestem samochodem?

– Aleś się wystroił! – Monika ironicznie wydęła usta.

Byłam zdumiona, że tak sobie ostro poczyna ze sporo starszym od siebie mężczyzną. Anton nie dał się wyprowadzić z równowagi, tylko uśmiechnął się i wyprężył.

– Prawda? Aż się za mną na ulicy oglądali.

Zostawiłam ich samych i pobiegłam do łazienki, by włożyć sukienkę. Dziwnie się czułam. Antona widziałam teraz po raz trzeci w życiu. Nawet nie mogłabym powiedzieć, że go znam. Nie miałam pojęcia, co to za człowiek, a miałam zamiar wyjść za niego za mąż. Wiem, wiem... Niby nie mąż, ale uczucie dziwne, bo przecież zamierzałam nawet przyjąć jego nazwisko. Babcia byłaby wstrząśnięta.

– Ty też się wypindrzyłaś! – zauważyła Monika, kiedy dołączyłam do nich.

Była wyraźnie zła. Może coś się przydarzyło jej w pracy? Trudno, nie zamierzałam reagować na jej złośliwości.

Moja kuzynka, jak się przekonałam podczas tych kilku miesięcy dzielenia z nią lokum, była bardzo trudnym człowiekiem. I nie mam pojęcia, czy ktoś poza mną byłby w stanie z nią wytrzymać. Z jednej strony energiczna i zdecydowana, z drugiej – leniwa, humorzasta i bardzo złośliwa. Wiedziałam jednak, ile jej zawdzięczam. To ona pomagała mi, załatwiając różne fuchy, to ona wyjaśniała mi ten nowy świat, który mnie otaczał.

– Bałam się, że urzędnik mógłby zacząć coś podejrzewać – bąknęłam, wkładając czółenka.

– Jaka ty jesteś głupia.

Monika wkroczyła już ostro na ścieżkę wojenną, ale i tym razem nie dałam się sprowokować. Anton przepuścił mnie w drzwiach i wyszliśmy.

– To kiedy wyjeżdżasz do Indii? – spytała kuzynka, zajmując przednie miejsce obok kierowcy. – Teraz masz już za co, prawda?

– Jesienią.

– Tak późno?

– Najlepsza pora. Może to i lepiej, bo trzeba będzie dopełnić pewnie jakichś formalności.

Monika nie odpowiedziała. Ni stąd, ni zowąd zmieniła temat i zaczęła opowiadać o nowych niemieckich kapelach. Przestałam jej słuchać, starając się nie denerwować przed czekającym mnie wydarzeniem.

Kolejna niespodzianka czekała mnie przed urzędem, w którym mieliśmy brać ślub. Okazało się, że przywitała nas grupa znajomych zaproszonych przed Monikę. Jasnowłosy Marcus i dziewczyna, która pierwsza wpadła na pomysł wydania mnie za mąż, mieli być naszymi świadkami. Od Antona nie było jednak nikogo, ale może to wcale nie było takie dziwne, zważywszy na charakter ceremonii. Ceremonii, dużo powiedziane. Po piętnastu minutach i po złożeniu podpisów na akcie ślubu wszystko się skończyło.

– To co? Idziemy teraz do knajpy? – Monice wrócił dobry humor i zaczęła wszystkich rozstawiać.

– Nie zapraszamy Antona? – zwróciłam się do niej po polsku.

Wystarczyło spojrzeć w jej nagle zagniewane oczy, żeby zrozumieć. Ale wysyczała mi do ucha:

– A możesz mi powiedzieć po co? Załatwił co swoje i już. Liczysz na noc poślubną?

Tym razem miałam tego dość. Odwróciłam się plecami do niej i prędko skorzystałam z zaproszenia Marcusa, by pojechać wraz z nim na jego motocyklu. Z trudnością umościłam się na siodełku i złapałam go mocno w pasie. Wprawdzie pognotę kieckę, ale przynajmniej przez chwilę uwolnię się od Moniki, pomyślałam, kiedy dodał gazu.

Do baru Klimperiste przy Esplanade dotarliśmy po kwadransie. Panowała tam dość drętwa atmosfera. To był dzień powszedni, jeszcze wczesna godzina, więc wnętrze świeciło pustkami. Nastrój poprawił się grupie dopiero po kolejce piwa stawianego przez Marcusa. Zaczęły się dowcipy i opowieści, z których nadal rozumiałam piąte przez dziesiąte. Przepełniało mnie wrażenie nierealności. Co chwila zerkałam na palec, na którym jeszcze niedawno znajdowała się obrączka ślubna. Po uroczystości natychmiast zwróciłam ją Antonowi. Byłam pod wrażeniem, że pamiętał o czymś takim, bo mnie sprawa obrączek zupełnie wyleciała z głowy. Po drugiej kolejce, którą postawiłam z ostatniej wypłaty, czułam się lekko zakręcona. Próbowałam słuchać tego, co mówił do mnie mój jasnowłosy sąsiad, ale nie mogłam się skupić. Marcus coraz mocniej się do mnie przytulał i gładził mi nogę pod stołem. Czy Monika to widziała?

– Jak się czujesz? – spytał, zauważywszy w końcu moje roztargnienie.

– Trochę dziwnie – odparłam, a on wówczas nachylił się nade mną i powiedział:

– Wiejmy stąd. Odwiozę cię do domu.

Nawet nikt nie zauważył, kiedy się oddaliliśmy.

Marcus nie zawiózł mnie do Moniki, tylko do siebie. Kiedy zsiedliśmy z motocykla, obrócił się do mnie i pocałował. To było takie proste i naturalne, że się nawet nie opierałam. Tak dawno nikt mnie nie przytulał. Obejmując się w pasie, pojechaliśmy windą do jego mieszkania na dziesiątym piętrze, skąd rozciągał się niezwykły widok na miasto. I znowu się pocałowaliśmy, a ja dobrze wiedziałam, czego chcę. A była to moja własna noc poślubna.

Kiedy następnego dnia pojawiłam się rano w domu przed pracą, byłam pewna, że uda mi się przebrać i zniknąć, zanim Monika mnie zauważy. Przecież tak długo lubiła spać. Ale jak pech, to pech. Kiedy tylko wślizgnęłam się do przedpokoju, już się pojawiła.

Zrobiła mi karczemną awanturę, wyzywając od nieodpowiedzialnych puszczalskich. Powiedziała, że gorzko tego pożałuję, bo Marcus znany jest z tego, że się za każdą ogląda. Zawiodłam ją bardzo, bo się nie spodziewała, że jestem taka łatwa – po prawdzie, to ja sama też nie – i że w żadnym razie nie powinnam tego dalej ciągnąć. Tak na mnie wykrzykiwała, jakbym była jej nieletnią córką, a ja miałam przecież dwadzieścia dwa lata. Zachowywała się jak furiatka, ale przeczekałam jej złość.

– Jestem ci bardzo wdzięczna, ale wyprowadzam się jutro.

Prawie się na mnie rzuciła z pięściami. Zatarasowała mi drogę.

– Nawet o tym nie myśl. Musisz oddać mi swój dług, zanim to zrobisz. Może nie wiesz, co dla ciebie zrobiłam?

Praca, dach nad głową i nawet głupi Anton na męża. Kto by dla ciebie tyle zrobił? Myślisz, że możesz mnie tak zostawić? A z czego ja zapłacę czynsz? Muszę mieć współlokatorkę. Wściekłość przeszła jej w smutek i teraz cicho chlipała, usiadłszy w przedpokoju. Kucnęłam obok niej i wzięłam ją za rękę.

– Monia, przecież ja jestem ci bardzo wdzięczna. I zapłacę moją część, nie martw się. Będę do ciebie przychodziła, zobaczysz. Sprzątnę u ciebie, dom twoich rodziców, dopilnuję dziadków. Zrobię wszystko, do czego się zobowiązałam. Ale nie możesz mnie zatrzymać, bo widzisz... – I tu się mój spokój skończył, a na mojej twarzy wykwitł kretyński uśmiech szczęścia. – Ja się zakochałam.

Monika zatkała sobie uszy.

– Nawet mi nie mów. Nie chcę słuchać, jaka ty głupia jesteś. I to się wszystko źle skończy, zobaczysz. Ja ci to mówię! – powiedziała jak zła wróżka i wstała z podłogi.

I tak zamieszkaliśmy z Marcusem na dziesiątym piętrze, a ja zaczęłam wić nasze gniazdko. Nie powiem, podobało mi się to wszystko, zwłaszcza mój partner, który wbrew temu, co wieszczyła Monika, był mi bardzo oddany. Pracował jako mechanik w warsztacie i uwielbiał wszystko, co miało związek z samochodami. Simca miała prawdziwe szczęście, że dostała się w jego ręce. I ja też. Świetnie nam się wówczas układało.

Po przyjściu z pracy po obiedzie lubiliśmy wyjść z domu, by spotkać się ze znajomymi, a od wiosny pochłonęły nas krótkie wypady za miasto. Kiedy Marcus wybierał się na imprezy sportowe, ja spotykałam się z Polkami, które poznałam w pracy, chodziłam na spacery i czytałam książki. Co parę tygodni układałam zestaw do kolejnej paczki do domu.

Rodzice wprawdzie pisali, żebym zbierała pieniądze dla siebie, bo oni sobie doskonale radzą, ale ja robiłam swoje. Również Basia otrzymała wymarzone czerwone czółenka, Ilona – koronkową bieliznę, a Maryla – dżinsową spódnicę. Zrobiłam się prawdziwą ekspertką w wyszukiwaniu towarów po atrakcyjnych cenach. Lubię obdarowywać innych.

Od jesieni 1987 roku zapisałam się na kurs niemieckiego, a poza tym uczyłam się u koleżanki z pracy, jak robić manikiur i pedikiur. Tym chciałam się zająć w salonie Sandry, kiedy otrzymam upragnione papiery.

O, jak bardzo na nie czekałam! Nie mogłam się doczekać, kiedy pojadę do domu. Nic nie wspominałam rodzicom o Marcusie ani też o małżeństwie za pieniądze. Uznałam, że lepiej będzie, jak dowiedzą się o tym bezpośrednio ode mnie, kiedy się spotkamy. Najpierw jednak czekałam na niemieckie papiery, potem z kolei nie mogłam wziąć urlopu, to znów Marcus złamał rękę, a czas nieubłaganie biegł do przodu.

Z Moniką się widywałam, stopniowo coraz rzadziej, ale spłacałam dług sumiennie i nigdy nie musiała mi o tym przypominać. A potem, na początku 1989, moja kuzynka nagle zniknęła. Nie było z nią żadnego kontaktu. Zaniepokojona zadzwoniłam do jej ojca, ale na nim nie zrobiło to żadnego wrażenia. Zauważył tylko, że już tak wcześniej bywało, znikała i pojawiała się wtedy, kiedy miała ochotę. Monika to niespokojny duch. O tym wiedziałam sama.

Zadzwoniła jak gdyby nic rok później i zaprosiła nas na imprezę do knajpy. Kiedy tam weszliśmy, niemal jej nie poznałam. Była teraz szczupła, opalona i ubrana w kolorowe ciuchy.

– Ale się przez ciebie zamartwiałam. – Ucałowałam ją serdecznie, gdyż już dawno wybaczyłam jej fochy i złośliwości. – Gdzie się podziewałaś?

– W raju, po prostu w raju. – Monika przewróciła oczami. Okazało się, że wróciła z Hiszpanii.

– Costa del Sol, Andaluzja. Już za tym tęsknię.

Jednak facet, z którym stamtąd przyjechała, Pedro, chyba mniej, bo to z jego inicjatywy wrócili do Niemiec. Pedro miał zamiar studiować na tutejszym uniwersytecie.

Monika opowiadała o Hiszpanii z takim entuzjazmem, iż udało się jej mnie zarazić. Kiedy wróciliśmy do domu, westchnęłam, wyglądając przez okno na zalane deszczem miasto. I prawie podskoczyłam, gdy usłyszałam:

– Chętnie bym pojechał do Hiszpanii. Chyba się tu zasiedzieliśmy na dobre.

Zagryzłam wargę. Wiedziałam, czyja to wina. To przecież przeze mnie, bo to ja nie mogłam wyjeżdżać za granicę. Wszystkie wakacje spędzaliśmy do tej pory w Niemczech. Ja byłam zachwycona, odwiedzając tyle nieznanych mi miejsc, ale pewnie dla Marcusa nie stanowiło to żadnej atrakcji. Jednak miałam już przecież niemiecki paszport. Magdalena Walter to byłam teraz ja. Nawet nie dziwiło mnie moje nazwisko. Przez parę lat zdążyłam do niego przywyknąć.

Planowałam wyjazd do Polski za miesiąc i było mi smutno, że Marcus nie chciał jechać razem ze mną. Wymigiwał się pracą, mówił, że lepiej będzie, kiedy się po tak długim czasie sama spotkam z rodziną. I miał rację, lecz mimo wszystko było mi przykro. Nagle przyszedł mi do głowy pewien pomysł.

– Marcus, a co byś powiedział, gdybyśmy zrobili sobie urlop w Hiszpanii, zanim ja wyjadę do rodziców? – I tak miałam miesiąc płatnych wakacji. – Na pewno są jakieś last minute. A tam nie jest tak drogo. Damy radę.

Rozjaśniona twarz Marcusa mówiła sama za siebie. Tak, to był świetny pomysł!

– Magda – powiedział, obejmując mnie. – Ty zawsze odgadniesz moje myśli.

Chciałabym, oczywiście, żeby tak było. Z radością tuliłam go do siebie. Hmm, był dodatkowy plus. Przyjadę do Gniewu pięknie opalona i przywiozę im hiszpańskie prezenty. To dopiero się zdziwią.

Najpierw jednak zdumiałam się ja sama. W połowie maja udało nam się dostać tani lot do Malagi i wyruszyliśmy z Marcusem w tygodniową podróż wzdłuż hiszpańskiego wybrzeża. Kiedy po raz pierwszy spojrzałam na rozświetlone słońcem fale Morza Śródziemnego, zakochałam się bez pamięci. Rzeczywiście znalazłam się w raju. Błękit nieba, rozgrzany piasek pod stopami, kolory egzotycznych kwiatów, czerwone wino pite na balkonie przy świetle gwiazd – wszystko to wzbudzało mój zachwyt, który zwiększał się z każdym dniem. Nie mogłam spać w nocy, żałując każdej zmarnowanej chwili. Raz po raz łapał mnie lęk, że ta cudowna bajka wkrótce dobiegnie końca. A ja chciałam w niej żyć na stałe!

– Marcus, musimy tu zamieszkać – oznajmiłam stanowczo, gdy wylegiwaliśmy się na łóżku naszego taniutkiego pensjonatu podczas leniwej sjesty. To był już koniec naszego pobytu, który przyszło nam spędzić w Nerji, malowniczym miasteczku położonym na nadmorskiej skale.

– Jasne. A co będziemy tu robić?

Miałam już pewne pomysły. Kiedy Marcus leżał na plaży, przechadzałam się nadmorskimi promenadami i rozmawiałam ze sprzedawcami i kelnerkami. Na podstawie tych rozmów doszłam do wniosku, że najlepiej byłoby zająć się handlem.

– Oj, Magda, ty jesteś zupełnie szalona – skwitował Marcus.

Kiedy się poznaliśmy, to on zrobił takie wrażenie na dziewczynie z Polski. Wystarczył motocykl, skórzana kurtka, słuchanie nieznanej muzyki. Tylko że wcale taki nie był. Od kiedy swobodnie zaczęłam mówić po niemiecku na różne tematy, ze smutkiem stwierdziłam, że jest dość nudny i o niewielu sprawach można z nim porozmawiać. Ale to dobry chłopak, potrafiłam mimo wszystko dostrzec jego atuty. Pomyślałam, że stopniowo oswoję go z moim pomysłem. Przekona się do niego, byłam tego pewna.

Tylko perspektywie wyjazdu do Polski zawdzięczałam to, że opuszczając Hiszpanię, nie wpadłam w rozpacz, tym bardziej iż na hamburskim lotnisku powitał nas deszcz. I to niezbyt majowy. Ale tylko dwa tygodnie pracy i czekały mnie kolejne wakacje.

– Za dobrze ci się powodzi – stwierdziła Monika, z którą spotkałam się po przyjeździe.

Chciałam ją nawet namówić, żeby mi towarzyszyła – przecież jeszcze nigdy nie widziała kraju przodków – ale była zbyt zajęta swoim Pedrem.

Brakowało mi czasu, by ją przekonywać. Ledwie zdążyłam kupić wystarczająco dużo prezentów, znów wsiadałam do samolotu.

Rodzice czekali na mnie na lotnisku w Warszawie. To nie do wiary, że nie widzieliśmy się ponad cztery lata! Ja miałam moje wymówki, ale oni też. Podejrzewałam, że po mojej historii paszportowej bali się ubiegać o wyjazd. Mamie nie przybył nawet jeden siwy włos, tatuś jednak mocno się postarzał. Byłam tak wzruszona, że plotłam, co ślina na język przyniesie, żeby nie zacząć buczeć jak syrena na dachu u Klamannów.

Kiedy ich pytałam, co słychać, odpowiadali niewzruszenie, że to samo co zawsze, a przecież to nieprawda. Wpraw-

115

dzie było tradycyjnie szaro i buro, co jeszcze dotkliwiej od-
czuwałam po niedawnym pobycie w Hiszpanii, ale przecież
zmienił się cały ustrój polityczny, w poprzednim roku upadł
komunizm, a półki sklepowe zaczęły się wypełniać zagra-
nicznymi towarami.

Chodziłam po Gniewie, uważnie wypatrując zmian, a potem na jeden dzień pojechałam do Gdańska spotkać się
z Iloną i Baśką, które tam zamieszkały. Nadal nie wierzyłam
w to, co widzę.

– To wreszcie będziemy się mogły odwiedzać bez prze-
szkód.

Zaprosiłam je do siebie, kiedy po paru wspólnie spędzonych godzinach musiałyśmy się rozstać. Teraz, kiedy moja
sytuacja finansowa i domowa była unormowana, mogłam
im zapewnić w Hamburgu atrakcyjny pobyt.

– O, ja z pewnością przyjadę – obiecywała Baśka, po-
kazując swój nowy paszport. Nie była zadowolona z pracy
w restauracji w hotelu Gdynia i chciała wyjechać na Zachód. – Zanim tu się zmieni, mnie już zdąży wyrosnąć siwa
broda – dowcipkowała. – Szkoda mi życia. Pomożesz mi,
Magda, dobrze?

Oczywiście. Już zaczęłam sobie wyobrażać, jak cudownie będzie mieć ją w Hamburgu i co będziemy razem robić.
A inne dziewczyny też nas odwiedzą. Może nie Maryla, bo
zdążyła wyjść za mąż i urodzić dziecko. Szło u niej galopem, bo była już w ciąży z drugim. Ilona też się zaręczy-
ła. Nie miałam okazji spotkać jej narzeczonego, gdyż wyjechał służbowo poza Gdańsk. Jedyna z nas robiła prawdziwą
karierę w jakimś skandynawskim przedstawicielstwie han-
dlowym.

– Zostaję w Gdańsku na dobre. U nas nie ma co szukać.
Ludzie tracą tam tylko pracę.

To prawda. Obawy w mieście były coraz większe, od kiedy wszędzie w kraju zaczęły padać państwowe firmy. Natomiast piekarnia ojca przeżywała największy rozkwit. Próbowali sił także w wyrobach cukierniczych. Tatuś bardzo liczył, że Marian mu w tym pomoże, ale mój brat wolał inne zajęcia. I to jak najdalej od domu. Umawiałam się z nim wcześniej, że przyjedzie spod Szczecina się ze mną spotkać, ale zadzwonił i wykpił się jakimś poligonem. Pogodnie mi oświadczył, że zamierza do mnie przyjechać do Hamburga, a ja powinnam się postarać dla niego o dobrze płatne zajęcie. Wszystko wskazywało na to, że w najbliższym czasie otworzę biuro pośrednictwa pracy.

Na mieście większość osób, które spotkałam, witała mnie serdecznie i z uśmiechem. Obawiałam się najgorszego, ale widać było, że po kilku latach nie ma już między nami konfliktów. Wiedziałam wprawdzie, że Piotrek wylądował w więzieniu za bójkę. Odwiesili mu wyrok za recydywę, nikt jednak nie mógł mi tym razem zarzucić, że miałam z tym cokolwiek wspólnego.

Dopiero dzień przez wyjazdem zdecydowałam się opowiedzieć rodzicom i babci o moim małżeństwie i o związku z Marcusem. Rodzice zaskoczeni milczeli, ale nie babcia.

– A co zrobisz, jak będziesz chciała urodzić dziecko?

I jak jej miałam powiedzieć, że Marcus nie ma takich planów, ja w zasadzie też nie. Czułam, że dopiero zaczynam życie. Obserwując Marylkę przy domowych obowiązkach, jedynie utwierdzałam się w tym przekonaniu. W przeciwieństwie do Ilony i Baśki, z którymi natychmiast znalazłam znów wspólny język, z nią można było rozmawiać tylko o jednorazowych pieluchach i wysypkach alergicznych. Nie byłam gotowa na takie odmóżdżenie.

– Mam zamiar się jeszcze uczyć. A poza tym, babciu, nie-

długo się rozwiodę. – Uśmiechnęłam się, szczerząc zęby. –
I wtedy obiecuję ci prawnuki.

Babcia jednak nie wydawała się przekonana. A ja, mówiąc
o rozwodzie, przypomniałam sobie o niezapłaconej „ostatniej racie" za moje małżeństwo. Po powrocie szybko załatwię sprawę z Moniką, pomyślałam, a potem rzeczywiście
się rozwiodę. Musiałam przecież zacząć wdrażać mój tajny
hiszpański plan wobec Marcusa. Jeszcze się wszyscy zdziwią, uśmiechnęłam się do moich myśli.

– Wnusiu, teraz przecież możesz tu wrócić – zauważyła
babcia. – Nikt ci już krzywdy tu nie zrobi.

W sumie racja, pomyślałam, ocierając łzy, które kapały
mi, kiedy pakowałam rzeczy. Tylko co ja tu będę robić? I co
z Marcusem? Jego nie da się przeflancować na obcy grunt
i odłączyć od cotygodniowych meczów Hamburger SV i ulu-
bionych knajp.

– Babciu, przyjedziemy na Gwiazdkę! – wyrwała mi się
obietnica. – Namówię też Monikę. Jest dość dziwna, ale przecież to ona pomogła mi stanąć na nogi. – Przycisnęłam twarz
do babcinej szyi. Zawsze tak miło pachniała cukrem wani-
liowym. – Ale wy też w końcu musicie. Ile ja was muszę
namawiać! Samolotem to tylko dwie godziny. Spotkasz się
z krewniakami.

– Ja samolotem? Za stara jestem na takie rajzy, dziecko.
A rodzice muszą pilnować interesu. Czekamy na was tutaj.
Muszę koniecznie zobaczyć tego twojego Marcusa, czy z nie-
go nie jaki luntrus.

– Tym razem nie, babciu. To dobry chłopak – odpowiedziałam, broniąc się przed wciskanym mi zwitkiem banknotów.

Ale babcia była nieustępliwa.

I znów do pracy, pomyślałam, wysiadając z opóźnionego o trzy godziny samolotu. Nawet się tym nie przejęłam. Chciałam przedłużyć ten wyjazd, tym bardziej że nie było już radosnych perspektyw podróżniczych. Jak się znów przyzwyczaić do rutyny? Czy to już miało tak być zawsze? To tak wygląda życie? Nie chciałam się z tym pogodzić.

– Magda? – usłyszałam nagle za plecami nieznany głos. Obróciłam się.

– Anton?

Dwa metry ode mnie stał mój „mąż". Opalony, w ciemnozielonym polo i z pokaźnym plecakiem na ramionach.

– Wieki całe cię nie widziałam! – wyjąkałam, kiedy serdecznie mnie uściskał.

– Jak dobrze mówisz po niemiecku – zauważył, a ja, nie wiedzieć czemu, zaczerwieniłam się po tym komplemencie.

– Daleko do ideału, ale wciąż się staram – próbowałam szybko zagadać, żeby nie zauważył, że jestem zmieszana. – A ty skąd wracasz?

– Z Birmy.

– O mój Boże! Tam cię aż poniosło?

Prawie się z nim zderzyłam, gdyż ktoś spóźniony biegł do wyjścia dla pasażerów, nie zważając na innych.

– Magda? Ktoś na ciebie czeka? – spytał nagle Anton. – Może usiądziemy i napijemy się kawy?

Spojrzałam na zegarek. Była dopiero pierwsza po południu. Marcus jeszcze pracował. Chętnie pogawędzę przez chwilę z Antonem. Perspektywa powrotu do domu zupełnie mnie nie nęciła.

– Z przyjemnością.

A poza tym świetnie się złożyło, bo będę mogła porozmawiać z nim o rozwodzie.

W końcu udało nam się znaleźć wolne miejsca w lotniskowym barze. Kiedy czekaliśmy na kawę, ukradkiem przyjrzałam się Antonowi. Kurczę, że ja tego wcześniej nie zauważyłam. Jaki on jest przystojny. Trochę starszy, owszem, ale bardzo podobały mi się kurze łapki przy jego oczach, szczególnie gdy się uśmiechał.

– A ty, Magda, skąd przyleciałaś?

Zaczęłam mu opowiadać o domu, o tym, że odwiedziłam rodzinę po ponad czterech latach, o tęsknocie za nimi, a potem, nie wiedzieć czemu, o swych lękach i obawach przed życiem. Ni z tego, ni z owego zakręciły mi się łzy w oczach. Weźmie mnie za idiotkę, pomyślałam i szybko osuszyłam je chusteczką. Trzeba było szybko zmienić temat. Tak się zagadałam, że dopiero po dłuższym czasie przypomniałam sobie o ostatniej „racie". Wyjęłam z torebki zwitek banknotów podarowanych mi przez babcię.

– Anton, wreszcie będę mogła zwrócić ci resztę mojego długu. Zobacz, czy to wystarczy. – Wręczyłam mu pieniądze.

– Jaki dług?

– No, te pieniądze za to, że zgodziłeś się ze mną ożenić.

Ciemne oczy Antona zrobiły się okrągłe ze zdumienia.

– Ale ja nigdy nie brałem za to pieniędzy. Co ty mówisz? Monika prosiła mnie, żebym ci pomógł, więc to zrobiłem. No coś ty, Magda.

– Potrzebowałeś... potrzebowałeś na wakacje – wyjąkałam.

Nie mogłam uwierzyć w to, co mówił. Jakie wakacje? Wyjeżdżał za granicę, to prawda, ale tylko dlatego, że pracował dla Amnesty International. Praca barmana to było jedynie weekendowe hobby. Od tego kiedyś zaczynał, ale od dziecka wybrał dla siebie inną drogę, pomoc innym ludziom i obronę praw człowieka. W moim wypadku ta pomoc miała charakter jak najbardziej praktyczny. Pomoc dla uchodźcy politycznego. Kiedy poprosiła go o nią Monika...

– Monika... – powtórzyłam za nim i szybko napiłam się kawy, bo zaschło mi w gardle.

– Musisz to chyba z nią sobie wyjaśnić – powiedział i delikatnie pogłaskał mnie po ręce.

Siedziałam jak sparaliżowana, próbując zebrać myśli, które spinały mi mózg jak ciężki hełm.

– Tak, muszę z nią porozmawiać – wydusiłam w końcu i sięgnęłam po torebkę, chcąc zapłacić za kawę.

– Zostaw, Magda. Bardzo się cieszę, że cię widzę, naprawdę. Udało ci się tu dobrze zaadaptować. Warto było się z tobą ożenić. – Spojrzał mi w prosto w oczy.

– Ale, Anton... – zaczęłam, ale mi przerwał.

– Nie przejmuj się. – Ponownie dotknął mojej ręki, a ja miałam nagle ochotę objąć ją i przytrzymać. Nie zrobiłam tego, gdyż nagle padło: – Słyszałem, że ty i Marcus jesteście parą. Gratulacje. To pewnie niedługo planujesz rozwód?

W końcu udało mi się podnieść i chwyciłam za rączkę walizki wypełnionej kiełbasą i domowymi przetworami.

– Szkoda, że nie udało nam się bliżej poznać – powiedział na koniec.

Jechałam autobusem i mimo iż zaczęło w końcu świecić piękne słońce, zupełnie nie zwracałam na to uwagi. Siedziałam z pustką w głowie, ludzie wsiadali i wysiadali, a ja nie mogłam się ruszyć. Podobnie czułam się po śmierci dziadka, gdy utonął w Wiśle – takie otępienie związane z poczuciem straty.

W zamyśleniu przejechałam mój przystanek. Zorientowałam się, kiedy autobus już ruszał. Nie było sensu przechodzić na drugą stronę, by czekać na ten w moim kierunku, dźwignęłam więc walizkę i powlokłam się w stronę domu, na dobre żegnając się z czymś, co nigdy się nie zaczęło.

Dopiero kiedy zagadał do mnie idący do pracy sąsiad, Chorwat, wróciłam do rzeczywistości.

– Jak urlop?

– W domu byłam. Musicie do nas wpaść. Spróbujecie polskiej kiełbasy. – Znów znalazłam się na znanej mi drodze.

– Szczęściara. Pewnie, że wpadniemy. Dana się ucieszy, że już jesteś.

Bardzo lubiłam jego żonę. Studiowała medycynę i ciągle namawiała mnie do uzupełnienia wykształcenia. Może to dobry pomysł? Niepotrzebnie snuję mrzonki o hiszpańskim życiu, rozmyślałam, wyciągając klucze z torebki.

Nagle poczucie przygnębienia zmalało. Wykąpię się, zrobię sobie kawę, poleżę na kanapie, a potem przygotuję coś do jedzenia dla Marcusa. Wróci z pracy dopiero za dwie godziny, więc mam czas na relaks.

Drzwi otworzyły się bezgłośnie i weszłam do przedpokoju. Wreszcie mogłam postawić walizkę i nagle...

– Aaaaa! – To był taki donośny wrzask, że włosy stanęły mi dęba.

Wrzeszczący obiekt stał przy drzwiach pokoju i nie miał na sobie stanika, ale za to ogromne cycki, co dostrzegłam zupełnie mimochodem. Nie zdążyłam wydać w rewanżu żadnego dźwięku, gdy do obiektu dołączył goły jak go Pan Bóg stworzył mój Marcus. No, raczej już nie mój...

– Magda, miałaś wrócić jutro. Tak mi mówiłaś przez telefon! – W jego głosie słychać było gniew. Czy powinnam go przeprosić, że coś przekręciłam? Na lodówce przypięłam magnesem kartkę z datami, więc gdyby chciał, mógł sprawdzić. Ale jak widać, czuł się dość bezkarnie.

Jednak Monika nie we wszystkim mnie oszukała, pomyślałam. Lojalnie mnie ostrzegła przed nim, ale sama postanowiłam jej nie słuchać. Ileż on miał okazji do zdrady w te wszystkie piątki i świątki, gdy wykonywałam dodatkowe zlecenia! I po co? Żeby urządzać mieszkanie Marcusa, a jego samego karmić stekami? Kiełbasy polskiej w każdym razie nie dostanie! Chwyciłam ponownie za rączkę walizki.

Rozdział IX

Szlag by to trafił. Wieczorem zapomniał nastawić budzik i zaspał. Spojrzał na wyświetlacz. Była 7.30. Co się z nim tutaj działo? Zachowywał się nietypowo dla siebie, zaniedbywał obowiązki, składał pochopne obietnice – bo skąd miał wiedzieć, czy tu wróci – a na dodatek wszystko działo się zupełnie inaczej, niż przewidywał.

Trudno! Niech się tak dzieje. Tym razem niebo było zachmurzone, więc nie będzie musiał jechać do Warszawy w upale. I zmienił zdanie. Nie będzie się nigdzie spieszył.

Jego ruchy przy goleniu były wolne i zrelaksowane. Potem pozbierał rozrzucone ubrania – o, bałaganienie to też była nowość, w której specjalizował się od paru miesięcy – i starannie powkładał je do walizki. Na wszelki wypadek zabierze wszystko. Nie chciał, by gospodyni grzebała mu w rzeczach. Bo to byłaby ona, nikt inny. Nie widział przecież w pensjonacie żadnej dodatkowej obsługi.

Poprzedniego wieczoru znowu dał się wciągnąć w jej opowieści. O kolejnej naiwnej dziewusze, którą nabrał facet, a w tym wypadku również kobieta. To chyba mogło świadczyć o braku rozumu. Podobnie jak wzdychanie – na miły Bóg, ile ona ma lat – do jakiegoś mężczyzny, z którym nic jej nie łączyło z wyjątkiem nazwiska. A swoją drogą to ciekawe, dlaczego je zatrzymała. Wczoraj mógł przecież spytać, jak również o to, czy później jeszcze widziała tego, jak mu było, Antona. Wszystko to raczej męczące, ale po raz kolejny powtarzał sobie, że jest oswojony z opowieściami klientów, nawet takimi z „tysiąca i jednej nocy". Do końca nie rozumiał więc, dlaczego nie poszedł wcześniej spać. Przynajmniej by nie zaspał, prawda? Coś go tam mimo wszystko trzymało.

Jakub pochwycił walizkę, torbę z laptopem i spojrzał ostatni raz na Wisłę, która się wiła jak mocno zagniewany wąż. Zamknąwszy cicho drzwi, ruszył na dół. Postanowił uregulować rachunek za pobyt. Na wszelki wypadek, choć już teraz przeczuwał, że pojawi się tu wcześniej czy później.

W jadalni na półpiętrze ktoś był. Jakaś kobieta. Coś powiedziała i Lena wybuchnęła śmiechem. Lubił jej śmiech. Był taki naturalny i pochodził nie z gardła, ale z całego ciała.

Zamiast przejść dalej, zatrzymał się z ciekawości przy wejściu, tak żeby nie został zauważony. Jego nozdrzy doszedł przyjemny zapach kawy i podpieczonych tostów. Może powinien mimo wszystko zjeść tutaj śniadanie. Tak przynajmniej stwierdził żołądek, który cicho zaburczał.

– Ty się będziesz śmiała nawet na szubienicy! – stwierdził nieznany głos.

– Na stosie. Wiedźmy zawsze palili. Widzę, że już powoli zbierają suche gałązki.

– Lena, nie żartuj tak nawet.

– Ja o tym wiem.

– Podejrzewasz kogoś? – Kobieta wyraźnie się zafrasowała.

– Niewielu nie podejrzewam.

– Lena, ja rozumiem, że tyle złego ci się ostatnio przytrafiło, ale nie powinnaś tak mówić.

– Wynika więc, że to wszystko moja wina. Dostaną, czego chcieli.

Lena mówiła teraz bardzo cicho. Jakub musiał stać w miejscu, bo każdy szelest z jego strony byłby dowodem na to, że podsłuchuje. Tymczasem wcale tego nie chciał. Samo tak jakoś wyszło.

– Naprawdę chcesz wyjechać? Może to i racja.

Cisza. Co teraz się działo? Zaczęły mu sztywnieć nogi. Marny z niego detektyw.

– Widziałam, że masz gościa. – Obca najwyraźniej zmieniła temat.

– Widziałaś? No tak, co ja pytam. Wszyscy widzą tu wszystko. – Kolejny wybuch śmiechu. – Nie wiem, czego tu szuka. Dziwny jest. Nie zdziwiłabym się, gdybym się dowiedziała, że jest z nimi w zmowie.

Jakub mimowolnie się wyprostował.

– W zmowie? Chyba nie wyobrażasz sobie, że wszyscy się przeciwko tobie zmówili? To zakrawałoby na jakąś paranoję.

– Nie, sama to wszystko sobie wymyśliłam. Tak jak tego faceta, który tu wyraźnie węszy.

– Wyślij go do mnie, to mu się przyjrzę. I sprawdzę, kto to taki.

Jakub zmarszczył czoło. Bezczelna baba z prowincjonalnego miasteczka chce go sprawdzać. Jego! Na co to mu przyszło.

– Spróbuję go zachęcić, ale pewnie będzie trudno. Sztywniak taki.

– Sztywniak?

– Z niewidzialnym krawatem wokół szyi. Trudno mi uwierzyć, że przyjechał tu na urlop.

– Nie spytałaś go?

– To prawnik, niczego nie powie, tylko zamąci. Ja...

W tym momencie żołądek Jakubowi tak przeraźliwie zaburczał, że nie było wyjścia i musiał się ujawnić. Zaczął głośno schodzić na dół.

– Dzień dobry! – Wsadził głowę do jadalni. Po tym, co usłyszał, nie miał zamiaru tam wchodzić, bez względu na potrzeby ciała.

Lena stała przy ekspresie i dosypywała ziaren kawy. Przy pierwszym stoliku z wdzięcznie założonymi nogami siedziała prawdziwa piękność. Również jasna blondynka, ale o ciemnych, szeroko rozstawionych oczach, które nadawały jej twarzy wyraz zdziwienia.

– O, cześć. Właśnie o tobie mówiłyśmy.

Ekspres z szumem wyrzucił z siebie porcję kawy do filiżanki i Lena pewnym ruchem ręki przekazała ją Jakubowi. Tak jakby cały czas na niego tutaj czekała.

No i co? Musiał wziąć tę filiżankę i podejść do nieznajomej kobiety.

– Mówiłam ci o mojej przyjaciółce Ilonie. Pracuje na zamku i zajmuje się organizacją imprez.

– Miło mi. – Skłonił się, lecz nie odstawił filiżanki na stół.

– Ilona Marcińska.

– Jakub Kozak. – Widział, jak drgnęły jej kąciki ust, kiedy usłyszała jego nazwisko. Trudno, mógł jej wybaczyć wcześniejsze uwagi na jego temat. Nie przypuszczał, że może spotkać w tym miasteczku kogoś tak pięknego i eleganckiego. Wyglądała na młodszą od Leny, mimo iż, jak wiedział, były rówieśniczkami. Widać było, że dba o urodę. Włosy, paznokcie, a pewnie jakby zajrzeć pod wiosenną garsonkę, to też by się człowiek nie rozczarował, pomyślał.

– Powinieneś zajść do niej po powrocie. Wie wszystko o okolicznych atrakcjach.

– A pan już wyjeżdża? – spytała Ilona.

– Ale niedługo wrócę. – Uśmiechnął się do niej jak najbardziej uwodzicielsko. Chciał w niej zyskać sprzymie-rzeńca.

– To zapraszam do siebie. Mam biuro przy samej bramie zamkowej. Lenka pokaże panu nasze broszurki – zwróciła się do przyjaciółki, która właśnie wychodziła z kuchni z pachnącym upojnie pieczywem.

– Z przyjemnością – odparł Jakub. Sięgnął po kawę i szybko ją wypił. – Ale teraz już jadę.

– Jak to? A śniadanie?

– Jestem już bardzo spóźniony. Przepraszam i do zobaczenia.

Pochwycił walizkę i zaczął schodzić z półpiętra. Gdy był już przy drzwiach, przypomniał sobie, że na stole zostawił kluczyki. Musiał się cofnąć.

– No, no, no. – Dochodząc do drzwi jadalni, usłyszał szept Ilony. A potem chichot. Nie mógł jednak wyjechać bez kluczyków. I bez zapłacenia za pobyt.

Do Warszawy dojechał dopiero po pierwszej, bo musiał zatrzymać się za Toruniem, żeby coś zjeść. I oczywiście na wjeździe do stolicy był korek. Czekał go jeszcze długi przejazd przez miasto na Ursynów. Zawsze miał problemy z rozpoznaniem ulic, nastawił więc GPS. Niech go prowadzi, a on się zastanowi, co ma zrobić. Powinien wreszcie skupić się na swoich sprawach.

Zaczynał coraz lepiej pojmować, że nie czuje się dobrze w dawnej ojczyźnie. Po prostu z niej wyrósł. Nie rozumiał reguł, które zaczęły w niej rządzić, nie podobało mu się zachowanie ludzi. Albo się zestarzał i nie pamiętał dobrze czasów młodości, ale miał wrażenie, że ludzie wówczas byli inni. Czego teraz brakowało? I nagle już wiedział. Ludzie stracili życzliwość. Gdzieś zniknęły te starsze panie, które zaprowadziły go do matki, gdy się zgubił w parku, starsi panowie, którzy uczyli go nazw drzew i ptaków, dobrotliwe sąsiadki, które wciskały w ręce kawałek świeżo upieczonego ciasta. I pomyśleć, że kiedyś mu się takie zachowania nie podobały. Miał wrażenie, że jest inwigilowany, i najchętniej rozpłynąłby się w anonimowości wielkiego miasta. I zrobił to najszybciej jak mógł. Londyn mu to ułatwił. Czuł się dobrze w ugrzecznionych frazach języka angielskiego. Do tej pory się jednak nie zastanawiał, czy widzi tam życzliwość. Może ona w ogóle zniknęła?

I to był koniec myślenia. Niestety, kolejny raz tego dnia los mu spłatał psikusa. Odbywał się jakiś maraton czy inna impreza sportowa i robiąc objazd, zaburzyli mózg GPS-u. Musiał sobie radzić sam. Kiedy dojechał na Ursynów, był mimo klimatyzacji zlany potem i wściekły. Przede wszystkim na swoje życie.

Zanim Alicja Regulska zdążyła się odezwać, już wiedział, co usłyszy. Wysunięta z niezadowolenia szczęka zdążyła mu to już wyraźnie zakomunikować.

– W ogóle się z nikim nie liczysz. Czekam na ciebie od tylu godzin. – Miała na sobie fartuch, w którym malowała. – Nie jestem w stanie się na niczym skupić.

– Mogę wejść? – spytał, bo tarasowała mu przejście.

– Skoro przyjechałeś. Tylko zdejmij buty.

Nienawidził chodzenia w skarpetkach po jej mieszkaniu. Wszedł do trzypokojowego mieszkania teściowej i od razu zaczęła go swędzieć skóra na karku. Zaczynał mieć psychosomatyczne objawy, które zapewne wzmagały się pod wpływem unoszącego się wszędzie zapachu chemikaliów.

Regulska poprowadziła go do głównego pokoju, którego wszystkie ściany zawieszone były współczesną sztuką, a reszta na każdym centymetrze metodycznie zagracona, i gestem miłosiernej królowej wskazała mu miejsce na sofie. Sama zasiadła w skórzanym fotelu. Prawą nogę demonstracyjnie położyła na pufie. Świadectwo niezasłużonego bólu i cierpienia.

Nie widział teściowej od paru miesięcy, ale wydawało się, że raczej cofnęła się w czasie. Mimo swoich pięćdziesięciu pięciu lat wyglądała teraz na jego rówieśniczkę. Co ona ze sobą zrobiła? A jeszcze bardziej ciekawiło go, za co to zrobiła.

– To co teraz? – zaczęła od dramatycznego pytania.

– Pojedziemy jutro do Zyty.

– Jak to do Zyty?

Jakub był skonsternowany.

– Przecież mówiłaś, że jest kłopot z Zytą i dzwonili ze szpitala.

Regulska spojrzała na niego jak na idiotę.

– Z Zytą jest stały kłopot. A dzwonili z mojego szpitala. Mogą mnie operować już w przyszłym tygodniu. Mój profesor od endoprotezy wraca wcześniej z urlopu.

W pierwszej chwili się rozzłościł, ale potem doszedł do wniosku, że w zasadzie wszystko jedno, co usłyszał, choć doskonale zdawał sobie sprawę, że Alicja skłamała. Całe życie oszczędnie operowała prawdą, naginając fakty do swoich potrzeb. Nawet złapana na kłamstwie potrafiła się zawsze wykręcić, zaklinając się, że było to uzasadnione jakimś wyższym dobrem, czytaj: jej własnym. Na początku, kiedy ją poznał, wydawało mu się to zabawną kokieterią, ale dawno już zmienił zdanie.

– Czyli co? Przesunęli termin operacji?

– Mogą to zrobić. Muszę im jak najszybciej dać znać. Wiem, to jest wcześniej, niż zakładaliśmy. Ewunia miała skończyć rok szkolny, ale...

Jakoś dziwnie w to nie wierzył. Wcześniejsze doświadczenia z Alicją podpowiadały mu, że to jest jej kolejna konfabulacja. W przyszłym tygodniu się okaże, że jednak nie mogą operować kolana. Pewnie znudziła się już opieką nad Ewą. Jakub potarł czoło. Jego córka mieszkała z babcią już od pół roku. W tym czasie odwiedził je jedynie raz, i to na weekend, podczas którego rozmawiali wyłącznie o Zycie. Czy miał prawo krytykować Alicję?

– Nie ma żadnego ale – odparł. – Wiem, co mam robić.

– Tylko ani słowa Zycie.

Tak jakby był z nią w stałym kontakcie! Ale może powinien, skoro tu jest.

Jakub westchnął, żałując, że nie ma przy sobie folii bąbelkowej.

Godzinę później stał przy schodach budynku szkolnego i starał się nie zwracać uwagi na zbiegające na łeb na szyję dzieciaki. Prywatna podstawówka, mundurki, a zachowują się jak dzikusy. Oczywiście nikt go nie pytał, czy zgadza się na tę szkołę, ale rachunek za nią płacił co miesiąc.

Największy tłum już przebiegł koło niego, ale nie Ewa. Pomyślał sobie, co to będzie, jak jej nie pozna. Ostatni raz widzieli się w lutym. Mogła przecież urosnąć, zapuścić włosy. Próbował się skupić na dziecięcych twarzach, z których żadna nie należała do jego córki.

Chwilę wcześniej przeżył stres w gabinecie dyrektorki, kiedy wyłuszczał jej sprawę.

– Mam zwolnić dziecko na dwa tygodnie pod koniec roku szkolnego? Jak pan to sobie wyobraża?

To było żenujące. Musiał obcej osobie opowiadać o domowej sytuacji. Tak bardzo się starał przedstawić najłagodniejszą wersję, że aż go szczęka rozbolała.

– Pani Alicja to taka wybitna postać. – Dyrektorka westchnęła, najwyraźniej pod urokiem teściowej. – Oczywiście musi jak najszybciej pójść na operację, ale przecież ona jest tylko babcią małej. To pan jest ojcem Ewy – dodała protekcjonalnym tonem.

Chyba niedługo wybuchnie, już długo tak nie wytrzyma. Ojcem? Jak nie było innego wyjścia, nagle sobie wszystkie o nim przypomniały.

– Ewunia jest bardzo inteligentnym dzieckiem, ale... – Dyrektorka zawahała się, bawiąc się długopisem.

– ...trudnym – dokończył za nią.

– Raczej wymagającym dodatkowej pracy rodziców. Ktoś z rodziny powinien poświęcić jej więcej uwagi.

Było to wyjątkowe odkrycie. A niby czemu zwolnił się z pracy w londyńskim biurze, dlaczego poświęcając dotychczasową karierę, postanowił wracać do Polski? Czy mógł wybrać co innego, gdy go postawiono pod ścianą? Czy pani dyrektor myślała, że zajmowanie się dzieckiem, które prawie nigdy nie miało z nim kontaktu ani więzi uczuciowej, było czymś, o czym marzył?

– Czy Ewa sprawia kłopoty w szkole? – Zmienił temat, dusząc w sobie, co chciałby powiedzieć. Ale co dyrektorkę o przylizanej fryzurze mogły obchodzić jego rodzinne relacje?

– Niestety. – Skinęła głową. – Mieliśmy skargi od innych rodziców na jej agresywne zachowania. Również wychowawczyni. Widzi pan, Ewa w czasie lekcji potrafi nagle wstać i wyjść z klasy. Zanim nauczyciel zdąży zareagować, znika jak kamfora. Nie uznaje żadnych autorytetów. – Westchnęła i znów pstryknęła długopisem. Jakub miał ochotę podnieść się z krzesła i jej go zabrać, ale tego nie zrobił. Jak zawsze. – Może to się zmieni przez bliższy kontakt z ojcem?

Czuł się tak, jakby na jego szyi coraz bardziej zaciskała się pętla. Paul Hines tłumaczył mu, że to nie koniec świata, z pewnością uda mu się znaleźć dobrą opiekunkę. Za parę miesięcy wszystko zacznie funkcjonować jak w jego patku philippie, a on będzie mógł rozejrzeć się za pracą w Warszawie, a może nawet wrócić z Ewą do Londynu. „Wiesz, że zawsze cię z powrotem przyjmiemy, więc wal jak w dym". Może tak rzeczywiście będzie, ale przynajmniej teraz wyglądało to jak nadchodząca apokalipsa, na którą mimo wcześniejszego ostrzeżenia wcale nie był gotowy.

– Miejmy nadzieję – odpowiedział Jakub i chrząknął, ale oczywiście sam w to nie wierzył. Nadzieja była zbyt długo towarzyszką jego życia. Któregoś pięknego dnia zdecydował się z nią po męsku rozprawić i ją zakopał, tak głęboko, żeby nie mogła nigdy więcej go dręczyć.

– Czyli Ewa wróciłaby do nas, którego...?

Dyrektorka spojrzała na wiszący na ścianie kalendarz z malarstwem. Prezent od Alicji? Prawdopodobnie. Umiała zjednać sobie ludzi, jednak nie na długo, gdyż wcześniej czy później odrzucał ich od niej jej niebywały egocentryzm. Niezależnie od tego, jaki temat by poruszyła, kończyło się zawsze na jej domniemanym geniuszu i zupełnie domniemanej sławie. „Tak mamy my, Twórcy!", zwykła powtarzać i wcale nie żartowała. Słysząc to, wolał pozostać wyrobnikiem.

– Przepraszam? – Wybrał sobie doskonały moment na rozmyślania.

– Do kiedy Ewa będzie nieobecna?

– Najdłużej dwa tygodnie. Myślę, że uda mi się wcześniej wszystko załatwić.

– Czyli piątego czerwca będzie się można jej spodziewać z powrotem? Oby wspólny pobyt z tatą wyszedł jej na dobre.

Oby! Jakub spojrzał na zegarek. Minęło już dziesięć minut od dzwonka, a Ewy ni widu, ni słychu. Może teraz zaczęła znikać również po lekcjach. Alicja nie uprzedzała go o czymś takim, ale może nie chciała go wystraszyć. Bardzo zależało jej przecież, żeby od razu przejął opiekę nad córką.

Z minuty na minutę czuł się coraz gorzej, tym bardziej że mijający go uczniowie spoglądali na niego podejrzliwie, tak jakby powątpiewali w jego ojcostwo. Udał, że ciekawi go zawartość gablot na ścianie, które podobnie jak za jego czasów pokazywały laurkową dokumentację z życia szkoły. Na zdjęciach wszyscy byli uśmiechnięci i pełni entuzjazmu, z jednym wyjątkiem. W rogu jednej fotografii udało mu się dostrzec wykrzywioną twarz Ewy.

– Uszczypnął mnie, żebym zrobiła taką głupią minę.

Niemal podskoczył, słysząc za plecami dziecięcy głos. Odwrócił się. Siedziała na ostatnim schodku i patrzyła na niego wielkimi ciemnymi oczami, które stanowiły kontrast z blond grzywką. Podobne jedynie do siebie dziwne stworzenie. Jego córka i jedyne dziecko.

Czyżby jej nie zauważył? A może przyszła dopiero teraz i go obserwowała? W każdym razie się rozpoznali, co mogłoby świadczyć o wstępnym sukcesie.

– Ewuniu!

Zbliżył się do niej, a ona wstała i szybko wskoczyła o dwa stopnie wyżej.

– Tylko mnie nie całuj. Już nie pamiętasz, co ci mówiłam?

Natychmiast cofnął się jak oparzony. Kiedy widzieli się ostatni raz, nawet nie pozwoliła się uścisnąć. Myślał, że jej to przejdzie.

– A jak mam się z tobą przywitać?

– Po co?

Wzruszyła ramionami i obróciła się do niego bokiem. Audiencja skończona. Stał przy niej i czuł się zawstydzony, że nie wie, jak ją traktować. Chrząknął skrępowany.

– Babcia ci mówiła, że idzie na operację, a ty zamieszkasz ze mną?

– Wszystko mi jedno. – Dwa stopnie w dół i ponowne wzruszenie ramion. – Gdzie masz samochód? Bo chyba masz?

– Przed szkołą.

– To idziemy.

Podniosła z ziemi torbę szkolną i pomaszerowała dwa kroki za nim, zachowując się tak, jakby nie miała z nim nic wspólnego, a on był obcym mężczyzną, za którym przypadkowo idzie.

– Jesteś głodna? – spytał, kiedy podeszli do wynajętego na lotnisku w Gdańsku mercedesa.

Potrząsnęła głową i wskoczyła na przednie siedzenie. Miała taką zaciętą minę, że nie zamierzał jej wchodzić w drogę.

– To pojedziemy do babci, a jutro do mamy.

Zdecydowane „nie" padło, kiedy już uruchamiał silnik.

– Co nie?

– Nie pojadę tam! Jak mnie tam zawieziesz, to ucieknę z domu i dam się porwać jakiemuś zbokowi i nigdy, ale to nigdy mnie już nie zobaczycie.

To była najdłuższa wypowiedź, jaką od niej usłyszał. Podciągnęła do siebie kolana i objęła je ramionami, układając się w bardzo zamkniętą pozycję.

Westchnął, zupełnie nie wiedząc, co ma z nią zrobić. Jeśli codziennie będzie taka przepychanka, to on po prostu zwariuje. I co z tego, że psycholog powiedział mu, że Ewa rozwija się prawidłowo. Jakub absolutnie w to nie wierzył. Ten upór, fumy, awantury, agresja, niechęć do niego, do Zyty – przecież o czymś świadczyły? Nie miał pojęcia, jak ma z nią postępować. Z niepokojem spojrzał na swoje sześcioletnie dziecko. A co będzie potem?

– A jednak bym coś zjadła – powiedziała nieoczekiwanie Ewa i uśmiechnęła się rozkosznie. – A do babci nie chcę, bo jest głupia.

Zajęty wycofywaniem mercedesa z parkingu udał, że nie słyszy. Dziewczynka opuściła nogi i zapięła pas. Jakub zacisnął usta, żeby się nie roześmiać. Może nie wszystko było stracone? Wyglądało na to, że w kilku kwestiach mogliby się jeszcze dogadać.

Rozdział X

– Pani Leno, musi pani podjąć jakąś decyzję. Bez niej straci pani wszystko – mówił do mnie mężczyzna w ciemnym garniturze o wyglądzie grabarza.

Bardzo adekwatnym wyglądzie, bo właśnie przyszedł tu w tym celu. Żeby mnie pogrzebać żywcem.

– Nie mogę jeszcze. Potrzebuję kilku tygodni. Jeszcze jest szansa, wszystko się może odwrócić – próbowałam mu wyjaśniać. – Może jeszcze ciasta?

Po jego telefonie, w którym oznajmił, że przyjedzie tu z Tczewa, upiekłam mój najsmaczniejszy placek z orzechami. Wiedziałam, że jest łasuchem i będzie przez to do mnie lepiej usposobiony.

– Nie, dziękuję, nie dam już rady. – Westchnął. – Pani Leno, nie można już dłużej czekać. Jest już wyrok, za chwilę będzie klauzula wykonalności i dostanę wniosek o wszczęcie egzekucji.

– Tak, wiem.

– A teraz nie może pani nic zrobić?

– Nie! – Potrząsnęłam głową. – Nie mam żadnych możliwości.

– Szkoda.

Wskazał ręką na ściany, na sufit, na podłogę mego rodzinnego domu zbudowanego jeszcze przez pradziadka.

– Nie! Nigdy im tego nie oddam.

– Boże święty, czy pani nie rozumie? Licytacja nie wystarczy. – Był szczerze przejęty i życzliwy. – Chce pani stracić cały dorobek za bezcen?

Ludzie na ogół mają nieprzyjemne doświadczenia związane z komornikami. Mój był miły i autentycznie chciał mi pomóc. Początkowo podejrzewałam, że próbuje mnie zmiękczać dla tych innych, ale okazało się, że wcale tak nie jest.

– Zawsze podziwiałem panią za to, co pani starała się tutaj zrobić, dla tego miasta. Miała pani pecha z tym adwokatem.

– Sprzedajna szuja – wycedziłam. Niech się smaży w piekle, razem ze swoimi mocodawcami.

– Nie mogę w to uwierzyć, że się wycofał przed rozprawą apelacyjną. Rozumiem, jaki to musiał być dla pani szok.

– Byłam wówczas w Chinach. Załatwiałam nowy towar, taki, jakiego do tej pory tu nigdy nie było. Udało mi się wreszcie dotrzeć do najlepszych sprzedawców. I nagle ta wiadomość. Skąd mogłam przypuszczać, że ten typ mnie tak wystawi. Wszyscy mnie przekonywali, że wygram sprawę.

– Wie pani, jak to jest z sądami – zamruczał komornik i zaczął otrzepywać leżące na stole papiery z okruszków po cieście.

– Teraz już wiem.

Po jakie licho tatuś mi zawsze mówił, że jak człowiek jest uczciwy, to mu nigdy nic złego się nie stanie? Bo jest sprawiedliwość! No chyba że na drugim świecie, bo tu na pewno nie.

– Jakby pani zmieniła zdanie, to proszę zadzwonić. – Podniósł się z krzesła.

– Potrzebuję miesiąca. Jeszcze wszystko odkręcę.

Nie wiem, czemu tak mówiłam. I po co dodałam to ostatnie zdanie. Pewnie komornik słyszał je za każdym razem. Obietnice bez pokrycia, żeby oddalić, co nieuniknione. W żaden sposób nie byłam oryginalna. Zachowywałam się tak samo żałośnie, jak inni nieszczęśnicy przede mną. Przed utratą resztek godności powstrzymywała mnie pewna niefrasobliwość.

– A założy się pan ze mną? Jak przegram, upiekę panu dziesięć ciast.

– Pani Leno, pani to zawsze żartuje.

A co mam robić? Płakać? I tak ledwo się powstrzymuję, żeby nie wybuchnąć. Pal licho pieniądze – przecież rzeczywiście ich nie zarobiłam – pal licho dom – rodzice pewnie by mi wybaczyli – nie mogłam jednak odżałować swojej ciężkiej pracy i utraty kawałka życia. Złodzieje jedni!

– Wcale nie. Jak wygram... – Chciałam mu zaproponować, żeby wówczas zatańczył salsę na rynku, ale mi przerwał.

– To wtedy porozmawiamy. – No cóż, mój komornik, mimo iż poczciwy, nie miał za grosz poczucia humoru. Wszystkie sprawy były dla niego śmiertelnie poważne. To pewnie dlatego dorobił się na czole głębokiej bruzdy. – I czekam na telefon, ale nie za miesiąc. Przecież po to przyjechałem, żeby to pani powiedzieć.

Szedł już w stronę wyjścia, ale zatrzymał się przed leżącymi na podłodze kartkami. Chyba przeciąg je strącił.

– A nie, to nie moje. – Odłożył je starannie na komodę.

Zupełnie zapomniałam o tych znalezionych w ramce od fotografii pożółkłych kartkach. Powinnam była już dawno do nich zajrzeć, ale zniechęciło mnie bardzo niewyraźne pismo.

– Bardzo dziękuję, że się pan do mnie osobiście fatygował. – I tyle. Skończyłam z obietnicami, których nie byłam w stanie dotrzymać.

– Jeśli pani się ze mną nie skontaktuje, to następnym razem przyjadę po pani samochód, a potem sama pani wie co dalej.

Wiedziałam, nie musiał tego powtarzać. Nie lubiłam tych słów, a tak naprawdę to ostatnio nie lubiłam żadnych słów. Najlepiej odpoczywałam w ogrodzie, wśród niemych roślin, choć miałam wrażenie, że one też mi zaczynają czynić zarzuty. Może dlatego, że coraz bardziej brakowało mi tych innych, dawno niewidzianych: kwitnącej na fioletowo jakarandy, białych kwiatków plumerii i wbijających się w samo niebo palm.

Komornik wsiadł do bmw zaparkowanego obok pensjonatu i odjechał – wolno i dostojnie. I pomyśleć, że ledwo przekroczył trzydziestkę.

Kolejny dzień dobiegał końca. Zamknęłam drzwi za moim gościem i założyłam na nich łańcuch, po czym posprawdzałam, czy wszystkie okna są szczelnie zamknięte, przede wszystkim te duże, wychodzące na taras. Mimo iż było jeszcze dość jasno, włączyłam światło. Bałam się, żeby mrok nie zastał mnie tu samej. Szkoda, że ten Kozak wyjechał, bo kiedy tu nocował, czułam się dużo bezpieczniejsza.

Dopiero odgłos przychodzącego esemesa wyrwał mnie ze stanu apatii. Był od Baśki: „Wejdź na Skype'a". Nie mogłam nie zareagować. Zwlekłam się z łóżka jak zombi i włączyłam laptopa.

– Ej, nie włączysz kamerki?

Baśka siedziała na tarasie swojego domku na plaży. Za nią widać było złocisty piasek i morski błękit. Nie muszę dodawać, że wyglądała jak zwykle, czyli wystrzałowo. Opalona, szczupła i ze złotymi bransoletkami na rękach. Po prostu banał! Ale taka była moja przyjaciółka Barbara.

– Następnym razem. Jestem cała w pajęczynach – odpowiedziałam.

Baśka uznała to za znakomity dowcip i się perliście zaśmiała. Kiedy już się uspokoiła, spytała:

– Kupiłaś już bilety? Wiesz, kiedy przyjedziesz?

Wlepiłam wzrok w sufit, błagając o pomoc istoty wyższe. A potem brata Mariana, który nie przejawiał wyższości w czymkolwiek.

– Pracuję nad tym.

– Przestań kombinować za dużo. Już ci przecież mówiłam. Możesz u mnie zostać, ile będziesz chciała. Pracę sobie znajdziesz bez problemu.

Byłam kiedyś na Florydzie, ale w zupełnie innych okolicznościach, zamyśliłam się więc.

– Planujesz coś na lipiec?

– Tak późno? Tu robi się coraz goręcej.

To prawda, tu także! A nawet zaczyna się palić, konkretnie pod moimi stopami.

– Najpóźniej za miesiąc – obiecałam.

– Dobrze – zgodziła się. – Będzie fajnie i zobaczysz, znajdziesz tu sobie milionera.

Pewnie, że znajdę!

– Jest ich tu pełno. Trochę wiekowi, ale...

Ale najlepsze lata mam już za sobą, to chcesz powiedzieć, prawda?

Baśka się rozkręciła i radośnie paplała. Jeszcze nie tak dawno słuchałabym jej z radością. Teraz już nie. Chyba coś się we mnie zepsuło, pomyślałam.

Iskra nadziei się jednak pojawiła i zmusiła mnie do aktywności. Znalazłam więc lupę, wzięłam znalezione kartki i poszłam do sypialni. Tym razem zamknęłam prywatną część na klucz. Doprowadzili do tego, że zaczęłam się bać we własnym domu. A przecież kiedyś należałam do odważnych.

– Lena, ty byś mogła góry przenosić, gdybyś tylko chciała – powtarzał mi Carl. – Jesteś jak ze szwedzkiej stali.

Początkowo traktowałam to jak komplement, dopóki nie zrozumiałam, że w zasadzie wolałby, bym się bała i szukała u niego opieki. Czułby się wówczas taki dobry i wszechmocny. A ja uparcie odmawiałam mu tego dobrego samopoczucia.

Usiadłam przy toaletce, odsuwając kosmetyki na bok. Zapaliłam lampkę przy lustrze i rozłożyłam moje kartki. Jaki dziwny ten niemiecki, pomyślałam, próbując coś z nich rozszyfrować. Sięgnęłam po lupę. Powoli zaczynałam rozumieć sens. Żeby go zupełnie nie stracić, postanowiłam zapisywać na osobnej kartce polskie tłumaczenie.

Wyglądało na to, że trafiłam na parę listów napisanych w czasie wojny przez mojego dziadka do babci, ale nie tej Majowej, tylko od mamy, Lange. Jak ona się z domu nazywała? Zdaje się, że Kreft. To ona na wyszła za Edzia, chłopaka, którego pod koniec wojny wcielili do wermachtu. Miałam jego fotografię w rodzinnych szpargałach. Pamiętam, jak mama mówiła, że spalili jego mundur w piecu. Może dlatego pisali ze sobą po niemiecku? O nie, ten list napisany był znacznie wcześniej. Dopiero teraz zobaczyłam datę: 15 IX 1944.

Proszę Cię, bardzo Cię proszę, tylko się ze mnie znowu nie śmiej. Ale naprawdę uważam, że jesteś najpiękniejszą dziewczyną, jaką w życiu widziałem. Dobrze pamiętam, kiedy po raz pierwszy Cię spotkałem. Weszłaś do obory doić krowy. Ja

byłem z tyłu. Naprawiałem stary silnik. Schmittowi zachcia-
ło się traktora w czasie wojny, a wiesz już, że znam się na
majsterkowaniu. Kiedy usiadłaś na tym zydlu, oparłaś głowę
o ciepły brzuch krowy i zaczęłaś masować wymię, zakręciło mi
się w głowie. Z wrażenia, ale być może też z głodu. Tego dnia
dali nam tylko lurowatą kawę z przypalonego jęczmienia, i to
bez mleka, i niewielką pajdę chleba. Kucharz zachorował,
a nikomu nie chciało się go zastępować. Byłem więc nieludzko
głodny i liczyłem na to, że Schmitt jak zwykle nakarmi nas
na obiad.

To takie niezwykłe. Z jednej strony wojna, głód, tęskno-
ta za rodziną, a tu nagle widzę moje przeznaczenie. Mia-
łaś na sobie tę sukienkę w drobne groszki, którą tak lu-
bię – teraz już wiesz dlaczego – i opaskę na włosach.
Słyszałem, jak mleko strzyka do wiadra, i bałem się oddy-
chać, żebyś się nie przestraszyła. Dopiero po dłuższej chwili
przypomniałem sobie, że to o Tobie mówił Schmitt, zapo-
wiadając przyjazd dalszej krewnej do pomocy. Mówił, że
dobrze gotujesz, a my nie mogliśmy się doczekać Twojego
przyjazdu. ·

Ty zobaczyłaś mnie dopiero trzy dni później, na żniwach.
Nie wiedziałaś wtedy, że ja już Ciebie kocham.

A ja nawet nie wiedziałam, że mnie tak zmęczy pisanie,
gdy udało mi się przetłumaczyć tę pierwszą kartkę. Patrzyłam
na nią ze wzruszeniem jak na okruszek historii, której ja
sama stanowię teraz żyjącą część. Wojna, dwoje młodych ludzi na robotach u Niemca, głodują, lecz mimo wszystko rodzi
się między nimi miłość.

Nadal nie rozumiałam, dlaczego dziadek pisał do babci
po niemiecku, skoro był Polakiem. Może się nie nauczył pi-
sanego polskiego w szkole? Oznaczałoby to, że się urodził

na niemieckich terenach, czyli w Prusach, po drugiej stronie Nogatu. To się nawet zgadzało, uznałam, postanawiając natychmiast zabrać się do dalszych poszukiwań tropów dziadka. Szkoda, że tak mało o nim wiedziałam, mama też niewiele. Umarł, kiedy była dzieckiem, i niewiele pamiętała z tamtych czasów. Powinnam posegregować wszystkie rodzinne papiery w razie przepadku domu.

I znowu w moich myślach pojawił się ten sam temat. Kredyt hipoteczny nic już mi nie pomoże. Kiedy to było możliwe, próbowałam sprzedać tę ostatnią nieruchomość, ale albo nikt się nie zgłaszał, albo dostawałam tak niskie oferty, że w żaden sposób nie mogłam się na nie zgodzić. Wiedziałam, że nikt nie da więcej, bo odstraszono normalnych kupców. Posprawdzałam też tych cwaniaków od tanich ofert. Nie było wątpliwości, że byli słupami podstawionymi przez innych, by doprowadzić do umowy sprzedaży.

Być może wcześniej było jakieś wyjście z tej sytuacji, ale wtedy czułam się pewna swego. Jeszcze wszystko się nie zapętliło, a przecież to ja miałam rację, a nie sąd. Dopiero potem wszystko rozpadło się jak domek z kart i wszelkie możliwe działania były już zablokowane.

Przy toaletce leżała stara gazeta. Podniosłam ją i obiecałam sobie, że ją wyniosę następnego dnia, a najlepiej wyrzucę na śmieci. Jednak za każdym razem, kiedy się do tego zbierałam, coś mnie powstrzymywało. Bo ten artykuł o Marii mógł być również o mnie.

„Przez dwadzieścia lat walczyła o zwrot niesłusznie pobranego podatku akcyzowego. Kiedy sprawa trafiła do sądu do kolejnego rozpatrzenia – piętnastego – nie wytrzymała i popełniła samobójstwo... Pięć lat temu Maria D. została zmuszona do zamknięcia działalności. Bez pracy pozostało pięćdziesięciu pracowników, a kobieta będąca w trudnej sytuacji materialnej musiała sprzedać mieszkanie i zamieszkać u krewnej".

Zdjęcie Marii z gazety jest w mojej głowie i nie pozwala zasnąć. Słyszę bijący zegar. Minęła północ. Nie muszę spać, przynajmniej wówczas nie będę musiała się budzić.

A jednak zasnęłam, a kiedy otworzyłam oczy, zorientowałam się, że jest znacznie później niż zazwyczaj. Zaspałam, to była pierwsza myśl, ale zaraz pojawiły się inne: no i co z tego. Przecież nie muszę się do niczego spieszyć. Nie jestem z nikim umówiona, nie mam żadnych gości, których powinnam nakarmić. Nie muszę nawet sprzątać, bo poprzedniego deszczowego dnia wyczyściłam wszystko podwójnie. Mogę zostać w łóżku przez cały dzień. Kiedyś taki pomysł wydawałby się atrakcyjny, teraz mnie przerażał. Poza tym miałam ochotę napić się kawy i to ostatecznie przekonało mnie do wstania. Ubiorę się i umyję później, postanowiłam. Nie muszę być zawsze taka cholernie zorganizowana.

Zeszłam na dół powoli, wolno stawiając nogi na każdym stopniu. Może jednak dostałam depresji? Dobrze byłoby w takim razie przygotować mój ostatni list. Podałabym w nim nazwiska tych wszystkich łotrów – prawie wszystkich, nie jestem taka wszechwiedząca – niech ich gdzieś obsmarują pismacy. Człowiek musi paść trupem, żeby się nim ktoś zainteresował. A ten list zabezpieczę u notariusza. Bo gdyby przy moich zwłokach pojawił się ten dupek prokurator z Tczewa, to cała moja ludzka tragedia na marne, a ja zagotowałabym się ze złości w zaświatach.

No dobrze, koniec marudzenia, kawa, a potem popracuję w ogrodzie, postanowiłam i podeszłam do drzwi tarasowych. Wyjrzałam na świat, jakby nigdy nic oświetlony radosnymi promieniami słonecznymi, i nagle... Chyba miałam zwidy?

Czym prędzej otworzyłam drzwi i wybiegłam po schodkach do ogrodu. Nie przywidziało mi się. Spojrzałam jeszcze na drugą stronę i wyglądało to zupełnie podobnie. Mimo to schyliłam się i dotknęłam ziemi. Wstrząsnął mną szloch. Głośny i bezradny.

Rozdział XI

Jakub po raz kolejny nacisnął przycisk dzwonka. Znów nic się nie działo. Tak jak wówczas w nocy, kiedy dotarł tu po imprezie integracyjnej, tylko że teraz było przedpołudnie. Żałował, że nie zadzwonił do Leny z drogi, ale był święcie przekonany, że nie ma żadnych planów wyjazdowych.

Spojrzał na Ewę, która stała obok z grobową miną. Nie przeszkadzało jej to w dłubaniu w nosie, tak aktywnym, jakby poszukiwała diamentów. Postanowił tego nie komentować. Niech się najpierw z nim oswoi. Jeśli... Przez całą drogę z Warszawy odpowiadała jedynie półsłówkami. Poprzednią noc spędził w hotelu, a u Alicji pojawił się bladym świtem, żeby ją zawieźć na siódmą do szpitala. O wizycie u Zyty nie było nawet mowy. Zauważył, że w stosunku do babci córka również nie była wylewna. Nawet nie chciała wysiąść z samochodu, żeby się z nią pożegnać. Nie miał pojęcia, jak on z nią sobie teraz poradzi. Miała przecież z nim być na stałe.

– Jeść mi się chce – odezwała się w końcu Ewa. Kucnęła przy drzwiach i starannie zakopała w ziemi gile.

Kiedy ponownie podniósł wzrok, nagle dostrzegł numer komórkowy pod przyciskiem dzwonka. Malutkie cyferki, nic dziwnego, że go wcześniej nie widział. Uff, za chwilę się dowie, co ma dalej robić. Wyjął z kieszeni telefon i zaczął wystukiwać numer na wirtualnej klawiaturze wyświetlacza. W tej samej chwili drzwi zaczęły się otwierać.

Stała za nimi Lena. W koszuli nocnej i narzuconym na nią szlafroku. Miała podpuchnięte oczy, tak jakby przed chwilą dopiero przestała płakać.

– A, dzień dobry! Jaka niespodzianka! – Mimo wszystko na jej twarzy pojawił się uśmiech.

– Chyba przeszkadzamy. Jesteś chora?

Podniósł z ziemi swoją torbę i bagaż córki.

– Nie, nic mi nie jest. – Szczelniej okryła się szlafrokiem. – Wejdźcie, proszę.

A kiedy byli już w środku, odwróciła się w stronę Ewy i podała jej rękę.

– Dzień dobry. Lena Walter, a pani to kto?

Ze zdziwieniem zobaczył, że brudna łapka Ewy wyciągnęła się w jej stronę. Otworzył usta, żeby ostrzec Lenę o brudnej dłoni dziecka, ale równie szybko je zamknął, widząc, jak córka energicznie potrząsa podaną jej rękę.

– Nazywam się Ewa Kozak. Po prostu Ewa.

Jakby słyszał jej babkę. Oniemiał na parę sekund.

– Chcieliśmy tu zostać parę dni, mamy taką rodzinną awarię, ale nie wiem, czy...

– Nie, wszystko jest w porządku – odpowiedziała, ale jakoś nieprzekonująco. – Ten sam pokój?

– Oczywiście.

Zauważył, że Ewa przygląda się fotografiom na ścianie, a szczególnie dziesięcioletniej Magdalenie Maj w sukience komunijnej. Jednak gdy ruszyli na górę, bez ociągania powędrowała za ojcem.

– Cały czas czekał na gości – powiedziała Lena, kiedy weszli, a potem zerknęła na Ewę i jej minę, która nagle znów zrobiła się grobowa. Zawahała się tylko przez moment. – Ale mam inny pomysł. Jest tu taki bardzo specjalny pokój. – Natychmiast udało jej się skupić uwagę dziewczynki. – A w zasadzie apartament książęcy. Idealny dla dwójki podróżników. Proszę za mną.

Jakub posłusznie chwycił za torby, żeby tym razem zejść na pierwsze piętro.

– Tu jest lepiej – krótko skomentowała nowe lokum Ewa.

Dopiero teraz zrozumiał, o co jej chodziło, a co bez słów pojęła Lena. W poprzednim pokoju znajdowało się tylko jedno duże łóżko, a to był rzeczywiście apartament z dwoma pokojami, z których jeden był połączeniem sypialni i gabinetu, naturalnie z łazienką. Jego okna również wychodziły na Wisłę.

– Księżniczka? – Ewa zwróciła uwagę na wiszący nad łóżkiem obraz. Była to abstrakcja, ale od biedy można było się w niej dopatrzyć kobiecej sylwetki.

– Bystra jesteś. Kiedyś była rzeczywiście księżniczką – pochwaliła ją Lena. – To rozgośćcie się, a potem zapraszam na śniadanie. Pewnie jesteście głodni po podróży. – I wyszła, nim zdążyli zareagować.

– Podoba mi się – oświadczyła Ewa i rzuciła się na największe łóżko.

To miejsce jest już zajęte, zrozumiał Jakub i zabrał się do rozpakowywania swojej torby, a potem sięgnął po rzeczy córki. Kto ją spakował? Oprócz kilku par majtek, jednego T-shirta i spodenek letnich cała torba pełna była plastikowych nakrętek do butelek. Dla świętego spokoju postanowił nie dociekać prawdy. W razie potrzeby kupi jej jakieś rzeczy w Gniewie albo w Malborku, dokąd miał zamiar wybrać się następnego dnia. Odpisy, które zamówił, były już gotowe.

– To zaraz pójdziemy na dół, dobrze? – krzyknął do Ewy i wszedł do toalety.

Kiedy opuścił ją po szybkim prysznicu i ogoleniu się – nie miał na to czasu rano – dziecka już nie było w pokoju. Wykończy mnie wkrótce, to pewne, przeleciało mu przez myśl, kiedy zbiegał z góry. Bóg wie, co temu chudemu szatanowi mogło strzelić do głowy. Mogła przecież wyjść nawet na ulicę, skoro tak bardzo lubiła znikać.

W jadalni jej nie było, za to leżały już nakrycia dla dwóch osób i unosił się miły zapach pieczonych bułek. Lena szybko się uwinęła z przygotowaniami, pomyślał i podszedł do drzwi tarasowych. Zdążyła się nawet przebrać w dżinsy i stała na końcu ogrodu. Pokazywała coś Ewie, która kucała pod tujami. Uśmiechnął się zadowolony, że córka wreszcie czymś się zainteresowała. Jeszcze ze dwa lata temu wydawała się takim w miarę normalnym dzieckiem. Nie mógł się pogodzić z tą zmianą. Chciał uwierzyć, że dzięki przebywaniu z nim Ewa stanie się taka jak wcześniej, ale nie miał już sił. Historia jej matki zbyt go wyczerpała.

– Co ciekawego robicie, dziewczyny? – spytał i natychmiast sklął się w myślach za ten sztuczny ton; toż mówił jak do idioty.

Ewa tym razem nie zwróciła na to uwagi.

– Ktoś je zabił – powiedziała.

Jakub schylił się pod krzew, pewien, że znajduje się tam jakieś zwierzęce truchło, ale niczego takiego nie dostrzegł.

– Gdzie one leżą?

– Nie leżą. Stoją. Nic nigdy nie rozumiesz. Sto sztuk – powiedziała, przebierając palcami, tak jakby namacalnie próbowała ustalić liczbę. – Zabili tuje.

I dopiero teraz Jakub zobaczył suche gałązki u dołu krzewów. Wszystkich.

Następnego dnia Lena zamierzała wybrać się na policję, by zgłosić przestępstwo. Sprawa krzewów bardzo nią wstrząsnęła i wydawało mu się, że kobieta znajduje się już u kresu wytrzymałości. Jednocześnie kategorycznie odmówiła, by jej towarzyszył jako pełnomocnik. Sama sobie da radę, zapowiedziała stanowczo, więc Jakub nie nalegał. Postanowił jednak wkrótce posprawdzać to i owo, bo sytuacja właścicielki pensjonatu zaczęła go coraz bardziej intrygować. I nie tylko kto, ale i jak, mruczał do siebie pod nosem, jadąc z córką do Malborka. Trzeba było rozszerzyć śledztwo.

Rano po śniadaniu ustalili plan. Ewa zgodziła się zachowywać grzecznie w urzędzie, pod warunkiem że ojciec zabierze ją na zamek. Lena wieczorem pokazała jej album ze zdjęciami. Wertowała go w łóżku blisko godzinę. Coś ją wreszcie zainteresowało. Nie chciała się bawić, zresztą nie bardzo miała czym, ani oglądać telewizji. Na szczęście w domu Alicji nie było telewizora, więc nie zdążyła się przyzwyczaić.

– Wiesz, jak długo trwa takie zwiedzanie? Będziesz zmęczona.

– Jak będę, to chyba wyjdziemy – odpowiedziała mu logicznie i musiał się z tym zgodzić.

W skrytości ducha miał nawet nadzieję, że tak się stanie. To jednak pewna przesada, by zwiedzać zamek po raz drugi w ciągu tygodnia.

Lecz na miejscu okazało się, że tym razem mieli lepszego przewodnika, który potrafił opowiadać o historii bardzo przystępnie. Ewa nie odstępowała go ani na krok, a oczy robiły się jej coraz większe. Może z nią jest wszystko w porządku, Jakub pozwolił sobie na pociechę. Jest tylko bardziej dojrzała niż inne dzieci. Wychowywała się samopas w bardzo niekonwencjonalny sposób, a o tym, co do tej pory już w życiu widziała, bał się nawet myśleć.

– I nie ma już na świecie ani jednego Krzyżaka? – dopytywała się ojca.

– Nie ma. – Chciał zamknąć temat, ale przewodnik mu nie pozwolił.

– Oczywiście, że są. Wielki mistrz ma swoją siedzibę w Wiedniu.

– A jak wyglądają?

– Mają podobny strój. Członkowie zakonu noszą białe płaszcze z czarnym krzyżem.

– Tata, musisz mi taki kupić – oświadczyła sześciolatka, kiedy po zwiedzaniu wyszli na dziedziniec Zamku Niskiego. Od razu dostrzegła stragany z nagromadzonymi pamiątkami, z których największe wrażenie na Jakubie robił zamknięty w śnieżną kulę smok wawelski z podpisem: Malbork. Zdaje się, że to właśnie ten wytworzony w Chinach przedmiot cieszył się największą popularnością wśród szkolnych wycieczek.

Cena stroju krzyżackiego była dość rujnująca dla kieszeni, ale czego się nie robi dla dziecka, które zażądało również kompletnego sprzętu, czyli hełmu, tarczy i miecza. Sprzedająca pani próbowała zainteresować Ewę lalkami w średniowiecznych strojach, ale córka udawała, że jest kompletnie głucha. Szła potem na parking z opuszczoną przyłbicą i co chwila obijała się o różne przedmioty. Nie chciała jednak, by trzymał ją za rękę. Kolejna samosia, Jakub przypomniał sobie poranny upór Leny. Coś mu podpowiadało, że historyczna rola mężczyzn dobiega końca.

Ewa odmówiła posiłku w Malborku, mimo iż Jakub uprzedził ją, że w drodze do Gniewu jeszcze się zatrzymają. Na szczęście w samochodzie wypiła pół butelki soku. Powinna więc wytrzymać.

Zamiast jechać przez Nogat, Jakub skręcił w lewo, przy

urzędzie miejskim. Mała zauważyła, że wybrali inną drogę, ale nie skomentowała tego ani słowem. Przejażdżka trwała zaledwie pięć minut. Najpierw minął cmentarz żołnierzy radzieckich, tak jak opisywał to przewodnik, i zatrzymał się na poboczu niedaleko bramy wejściowej.

– Możesz to zdjąć? – spytał.

Żadnej odpowiedzi, ale ciemne oczy spod przyłbicy patrzyły na niego.

– Wiesz, to jest cmentarz wojenny – próbował wyjaśniać.

– Ale ja mam wojenny strój – odpowiedziała.

Poddał się.

– To chodź. Będziemy tu tylko chwilkę. Tylko wezmę coś z bagażnika.

Nie spuszczając Ewy z oczu, otworzył klapę i wyjął mały wieniec ze sztucznych maków.

– Będziesz mogła położyć go na grobie.

Otworzył bramkę i przepuścił Ewę do przodu. Teren nie był duży. Całość okalał ceglany murek, a pośrodku znajdował się krzyż. Trawa wokół była równo przycięta.

– Na którym?

Jednak znów coś ją zaciekawiło. Kolejne zwycięstwo.

– Będziemy musieli go znaleźć.

– Tylko jak?

No właśnie. Wszystkie tablice nagrobkowe wyglądały identycznie.

Jakub wyjął notatnik i zaczął go wertować. W końcu znalazł zapiski.

– Już wiem. Po lewej stronie. Drugi rząd.

Ewa zdjęła hełm.

– Nazwisko?

– Hines. H-i-n-e-s.

Odruchowo zaczął literować po angielsku, ale dziewczynki już przy nim nie było. Błyskawicznie odnalazła prawidłowy rząd.

– Hej! – krzyknęła. – Tu jest.

I był. Thomas Hines. Urodzony w 1923 roku, zmarł w 1945. Royal Artillery.

– Miał dwadzieścia dwa lata – powiedział na głos. – Mógł jeszcze tyle zrobić.

– A kto to taki?

Ewa zaczęła wyskubywać nieliczne chwasty wokół tablicy.

– To był stryj Paula Hinesa. Nie wiem, czy pamiętasz. Spotkałaś go w Anglii. Wujek Paul.

– *Uncle* Paul – mruknęła Ewa po angielsku, jakby się jej coś przypomniało, a potem jeszcze energiczniej grzebała w ziemi.

Jakub poczekał, aż się podniesie, po czym pod tablicą położył wieniec z maków.

– Był żołnierzem w czasie drugiej wojny światowej, a pod Dunkierką dostał się do niewoli. Na koniec był więźniem stalagu w Marienburgu. Tak się nazywał Malbork przed wojną.

– Wiem, słyszałam przewodnika – przerwała mu mądrala, zrezygnował więc z wyjaśnienia jej znaczenia słowa „stalag".

– Był tu przez cztery lata.

– A dlaczego umarł?

– Zachorował na dezynterię, to taka ciężka choroba, a wtedy brakowało lekarstw, szpitali. Była wojna.

– Czyli jak się idzie do szpitala, to można wyzdrowieć? – Ewa coś sobie główkowała.

– Nie zawsze, ale najczęściej tak.

Nie będzie nigdy jej oszukiwał, postanowił sobie.

Ta odpowiedź jej wystarczyła. Kucnęła znowu i poprawiła jeden mak, któremu odleciała plastikowa główka.

– A nie mogliśmy przywieźć innych kwiatków?

Przez chwilę opowiadał jej o makach pamięci i o tym, że symbolizują przelaną krew na frontach wojennych, a w Dniu Pamięci, 11 listopada, przypina się je do ubrania. Ewa słuchała z opuszczoną głową, a potem podniosła ją i oświadczyła:

– A teraz chcę już wracać do tujek. Chcę je zobaczyć, zanim zupełnie umrą.

Leny nie było w domu ani jak wrócili z Malborka, ani kiedy przyszli z kolacji w Marysieńce. Ewa oczywiście pobiegła do ogrodu i się uspokoiła, widząc, że stan tuj niewiele się zmienił.

– Może jeszcze wyzdrowieją. Lena przyprowadzi lekarza – oświadczyła i jakby zawstydzona, że powiedziała tyle słów naraz, uciekła na górę do pokoju.

Jakub chodził z kąta w kąt. Zaparzył sobie herbatę i usiadł z kubkiem na balkonie, patrząc na zachód słońca. Nie mógł się jednak wyciszyć. Cały czas myślał o Ewie, która zamknęła drzwi od sypialni i zakazała mu wchodzić. Przez uchylone okno słyszał teraz dochodzące z jej pokoju tajemnicze dźwięki: jakby ktoś poruszał plastikową torebką.

Poza tym, musiał w końcu to przyznać, był niezadowolony z nieobecności Leny. Wydawało mu się, że ucieszy się z ich przyjazdu, ale wcale na to nie wyglądało. Czyżby sprawa krzewów zajęła jej aż tyle czasu? Bo przecież nie mogli zatrzymać jej na komendzie?

Dopił herbatę i wrócił do pokoju, a potem jeszcze raz wyszedł na schody, próbując dosłyszeć z dołu jakieś dźwięki. Znowu nic. To było dość dziwne, tym bardziej że Lena wydawała mu się taka godna zaufania. Nie porzuciłaby gości bez ważnego powodu. A może przesadzał? Przecież wcale nie porzuciła. Dała śniadanie, z obiadu sam zrezygnował, a dopiero dochodziła dziewiąta.

Właśnie, dziewiąta, podejrzane dźwięki dochodzące z pokoju Ewy ustały. Postanowił mimo wszystko interweniować. Musi przecież choć umyć zęby. Był ojcem, ale i dżentelmenem, więc zastukał delikatnie do drzwi, a ponieważ nikt nie zabronił mu wejścia, wszedł do środka.

Nawet nie zauważył, jak nadepnął na jakiś twardy przedmiot. Spojrzał w dół i zobaczył plastikową nakrętkę. Nie była jedna. Rozłożone były po całym pokoju, w różnych geometrycznych formach, a na łóżku, w kole, które tworzyły, leżała Ewa w krzyżackim płaszczu i spała z otwartą buzią.

Nie zamierzał jej budzić. Zacznie ją wychowywać od jutra. Sięgnął po zrzuconą z łóżka kołdrę i przykrył córkę. Wydawało mu się, że zapięcie na rzep musi drapać ją w brodę, postarał się więc je rozpiąć.

– Zostaw mnie – usłyszał wówczas. – Zostaw mnie, tato!

Po raz pierwszy nazwała go „tatą". Było to tak zaskakujące, że przy niej usiadł. Spojrzał na chude, oddychająco miarowo ciało.

O nie, nawet o tym nie myśl. Już cię nigdy w życiu nie zostawię, postanowił.

Rozdział XII

Jakub patrzył na gałęzie pełne seledynowo-złocistych papierówek, po które sięgała kobieca dłoń. Twarz dziewczyny częściowo zasłaniały gęste włosy. Miał wrażenie, jakby już kiedyś widział ten obraz. Nie, to nie mogło być w dzieciństwie. Z tamtego czasu nie miał przecież żadnych ekscytujących wspomnień. To wyobrażenie pochodziło jakby z innego wymiaru rzeczywistości. Coś w rodzaju *déjà vu*, ale znacznie głębsze i trwalsze.

Bzdury jakieś, zdenerwował się na siebie, odwrócił od ściany i trafił na niepewny wzrok stojącej obok dziewczyny.

– To pani namalowała? – spytał po angielsku, mimo iż wiedział, że malarka pochodzi z Polski. Nazwisko obiło mu się już o uszy. Aldona Kierc.

– Nie, nie, to nie ja. Ja jestem tu tylko na praktyce – odpowiedziała z wahaniem, choć bardzo płynnie. Mimo to od razu wiedział, skąd pochodzi.

– Z Polski, prawda?

– Tak.

Przeszedł więc na ojczysty język i przedstawił się dziewczynie. Jakiś impuls. Nie wiedział, co go do tego skłoniło.

– Zyta Regulska – bąknęła, ale wystarczająco głośno, by zrozumiał nazwisko.

– Regulska?

– Tak, to moja matka. – Była widać przyzwyczajona do takich pytań i sądząc po jej zgaszonej minie, nie sprawiały jej przyjemności. – A pan jest zainteresowany polskim malarstwem?

Na tyle, na ile go było stać, to był. Trafił do tej niewielkiej galerii w Hampstead zupełnie przypadkowo. Po prostu wybrał się na spacer i przechodząc obok, zobaczył plakat reklamujący wystawę polskiej artystki. Nieczęsto zdarzało mu się kierować impulsem, ale tym razem tak zrobił.

W galerii było pusto, więc chwilę się pokręcił, przyglądając się obrazom, aż w końcu trafił na „papierówki" i Zytę Regulską. W obcisłych czarnych spodniach i białej bluzce wyglądała tak młodo, jakby dopiero kończyła ogólniak, ale wkrótce się dowiedział, że jest ubiegłoroczną absolwentką historii sztuki w Warszawie.

I tak od słowa do słowa po półgodzinie wyszedł z galerii w towarzystwie Zyty, niosąc pod pachą opakowany fachowo obraz. Nic nie stało na przeszkodzie, by go od razu ze sobą zabrać, skoro przyjechał tu samochodem.

– Chyba postradałem rozum – poskarżył się nowej znajomej.

Kupował już wcześniej sztukę, ale nigdy nie postępował tak spontanicznie i pochopnie.

– Dobrze pan robi. Należy kupować takie obrazy, które nas urzekły, a nie traktować je wyłącznie jako lokatę kapitału.

– To też by się przydało – zauważył praktyczny Jakub.

– Prace Kierc się sprzedają. Nie jest pan jedyny.

– Proszę mi mówić na ty. Chyba nie jestem aż tak stary?

Ale był. Trzydzieści siedem lat w porównaniu z jej dwudziestoma pięcioma wydało się niewiarygodnie dużą różnicą wieku, więc Jakub początkowo traktował Zytę jak młodszą, wymagającą opieki siostrę.

Wydawało mu się trochę dziwne, że mając tak znaną matkę, dziewczyna jest jakby wycofana i nie bardzo potrafi się odnaleźć w dużym mieście. Jednak bardzo chętnie zgadzała się na wszystkie propozycje spotkań, które padały z jego strony.

Ze zdziwieniem odnotował, że Zyta w ogóle nie zna Londynu. Potrafiła się sprawnie poruszać metrem pomiędzy Camden Town, gdzie wynajmowała pokój od dawnej znajomej matki, a galerią, ale poza tym nigdzie indziej nie była.

Zabierał ją więc do egzotycznych knajp, do teatru, pokazał panoramę miasta z London Eye. Była zawsze uśmiechnięta, choć nie entuzjastyczna, ale to akurat Jakubowi nie przeszkadzało. Sam był bardzo powściągliwy i nie lubił jakiejkolwiek przesady. Irytowali go ludzie, którzy nie potrafią okiełznać emocji, wciągając w to całe otoczenie. Zyta jako towarzyszka wypraw bardzo mu więc odpowiadała. Nie miał pojęcia, że mogłaby chcieć od niego czegoś więcej. A chciała.

Jej pocałunek, kiedy się rozstawali któregoś wieczoru, był połączeniem drapieżności i czystej desperacji. Nie pozostawiał jednak żadnych wątpliwości.

– Pójdziemy do ciebie, dobrze? Masz takie czyste i uporządkowane mieszkanie – powiedziała.

Tak bardzo zdziwiony obrotem zdarzeń nie zwrócił wówczas uwagi na ten dziwny argument. Zupełnie nie brał tego pod uwagę, ale jeśli to się już wydarzyło, było zbyt podniecające, żeby się nad tym zastanawiać.

Od dawna nie miał żadnej kochanki, a Zycie udało się

pobudzić jego zmysły do działań, które bardziej zaskoczyły jego niż ją.

Kiedy weszli do mieszkania, nie zdążył nawet nastawić nastrojowej muzyki czy włączyć dyskretnego światła, kiedy Zyta już w korytarzu zaczęła się rozbierać.

Wkrótce zrozumiał, że choć dziewczynie udaje się go rozpalić, zostawia go samego z jego własnym pożądaniem, pozwalając mu zrobić ze sobą wszystko, byle tylko nie być zmuszoną do uczestnictwa w akcie, do którego, jak miał wrażenie, wcale nie jest przekonana. Zauważył to już za pierwszym razem, ale chciał uwierzyć, że Zyta przezwycięży wewnętrzne lęki i wyjdzie mu naprzeciw. I niby to robiła, zawsze to ona inicjowała zbliżenie, ale potem leżała pod nim wielka nieobecna. Nie było w tym widocznego cierpienia, ale przyjemności też nie. Z czasem Jakub zaczął mieć wrażenie, że kocha się z plastikową lalką zakupioną w sex-shopie. Nie o taką powściągliwość mu przecież chodziło.

– Zrób to jeszcze raz.

Może każdy inny mężczyzna były uszczęśliwiony, słysząc te słowa, ale po miesiącu Jakub zaczął się ich obawiać. Jego mało spontaniczna kochanka okazywała się bowiem nienasycona w poszukiwaniu przyjemności, której nie potrafiła zaznać. Na szczęście wkrótce wracała do Polski, więc nie groziło im dramatyczne rozstanie.

Obiecał, że ją odwiezie na Heathrow. Miała trochę dodatkowego bagażu, a poza tym tak przecież wypadało.

Kiedy zadzwonił do kamienicy w Camden Town, drzwi otworzyła mu Zyta. Ze zdumieniem zauważył, że jest jeszcze w szlafroku, a przecież nigdy do tej pory się nie spóźniała na spotkania. Była niezwykle punktualna.

– Jeszcze nie jesteś gotowa? Musimy wyjechać w ciągu półgodziny, jeśli nie chcesz się spóźnić na samolot.

– Nie mogę wracać do Polski – oznajmiła.

Dopiero teraz dostrzegł, że jest dziwnie blada. Czyżby dopadł ją rotawirus? To rzeczywiście niezbyt przyjemna dolegliwość w czasie lotu. Ale może coś zdążą zaradzić?

Po raz pierwszy zaprowadziła go do swojego pokoju. Teraz zrozumiał, dlaczego wcześniej go tu nie zaprosiła. W porównaniu z dość pokaźnym domem znajomej jej matki ten pokój był śmiesznie małych rozmiarów i wprost pozbawiony mebli. Biurko z jednym krzesłem, łóżko, szafa i koniec. Bardzo przygnębiające wnętrze jak dla osoby obdarzonej zmysłem estetycznym.

– Co ci się stało? Masz gorączkę? Zdążę kupić jakieś lekarstwa. Lot nie jest taki długi.

Pokręciła głową i usiadła na jedynym krześle.

– Jestem w ciąży – oświadczyła. – Moja matka mnie zabije, jak się dowie.

– W ciąży? – Przełknął ślinę. Z nim? No a był ktoś inny? – Ty nie brałaś żadnych środków antykoncepcyjnych?

– Ginekolog powiedział mi kiedyś, że jeśli zajdę w ciążę, to będzie prawdziwy cud. No i właśnie jest – dodała z przekąsem.

– A dlaczego matka miałaby cię zabić?

Tak, Jakub musiał zadać jeszcze kilka pytań, żeby zyskać na czasie. Chciał jak najdłużej odwlec ten moment, kiedy będzie musiał to powiedzieć.

– Bo ona nie chce, żebym miała dzieci. Jej to nie pomogło w karierze.

Ale ją zrobiła, miał na końcu języka, lecz tylko przełknął ślinę i powiedział zupełnie coś innego:

– W takim razie zostajesz.

Skinęła głową.

– Pobierzemy się jak najszybciej.

– My?

– Przecież będziemy mieć dziecko, prawda?

Niech zaprzeczy, o mój Boże, niech ona zaprzeczy i powie, że za jego plecami spotykała się jeszcze z kimś innym. Najlepiej z jakimś młodym jurnym malarzem o silnych plemnikach, które przedarły się przez jej chore jajniki.

– No tak. – Nagle uśmiechnęła się od ucha do ucha. – To chcesz się ze mną ożenić?

– Oczywiście – odparł Jakub. Bo tak przecież wypadało.

A osiem miesięcy później urodziła się Ewa.

Jakub nagle się zatoczył i żeby nie upaść, podparł szybko o framugę drzwi. Był półprzytomny po godzinnym boju z noworodkiem, ale w końcu udało mu się go spacyfikować. Najchętniej zasnąłby razem z Ewą, po regularnych pobudkach o czwartej rano ósma wieczór była dla niego środkiem nocy, ale nie mógł już robić tego, na co miał ochotę.

– Śpi? – spytała Alicja Regulska i poprawiła poduszkę, o którą się opierała, oglądając program telewizyjny.

Skinął głową. Nie miał sił na mówienie, ale teściowa czekała na rozmowę o przyszłości.

– Dzwoniłam do kliniki, do Zyty. Czuje się o wiele lepiej.

– To dobrze.

Jakub spojrzał z tęsknotą na barek z wyeksponowanymi butelkami whisky. Wiedział jednak, że nie może się napić. Poza tym następnego dnia miał być w sądzie już o dziewiątej rano.

– Teraz rozumiesz, dlaczego nie chciałam, by Zyta miała dzieci. Podejrzewałam, że tak się to może potoczyć – powiedziała to po raz enty od przyjazdu, jakby próbując się usprawiedliwiać za to, co zaszło.

Jakub niczego nie podejrzewał. Po ślubie wszystko układało się lepiej, niż mógł przypuszczać. Zyta postanowiła, że nie ma sensu szukać pracy, skoro spodziewa się dziecka, i zajęła się domem. Doskonale się w tym odnajdywała. Uwielbiała gotować, ale największą jej pasją było sprzątanie. Walczyła z każdą odrobiną kurzu i każdą plamką. I choć czasem miał wrażenie, że mieszka w muzeum, cieszył się z jej dobrego samopoczucia. Kiedy z rumieńcami na policzkach układała kupione ubranka dla dziecka, stwierdzał, że macierzyństwo dobrze jej robi. Zrobiła się mniej spięta i bardziej pewna siebie.

Poród odbył się niemal idealnie. Trzy godziny i mógł przeciąć pępowinę córeczki. Popłakał się przy tym i sam nie rozumiał, dlaczego tak bardzo go to wzruszyło, bo przecież nigdy wcześniej nie chciał mieć dzieci. A teraz siedział przed tym czerwonym brzydactwem pełen zachwytu. Czuł, że całe jego życie ulega metamorfozie. Tak był tym przejęty, że dopiero po paru dniach zauważył, że jego żona również się zmieniła. Tylko nie w taki sposób jak on.

– Zabierz tego bachora! Nie chcę go widzieć na oczy!

Zyta nie chciała zostawać z Ewą ani jej karmić. Zamykała się w pokoju gościnnym, leżała na łóżku i popłakiwała z cicha.

Wziął wówczas wolne w kancelarii, licząc, że żona wkrótce wróci do normy. Kiedy wracał do domu, zadzwonił w sekrecie do Alicji. Miała przyjechać do nich za parę dni. Wcześniej była zajęta urządzaniem wystawy w Zachęcie.

Regulska wysłuchała go wyjątkowo z uwagą.

– Jakub, wracaj do domu i nie zostawiaj jej samej z dzieckiem. Pod żadnym pozorem.

– Ale o co chodzi?

– Natychmiast.

Teściową widział poprzednio tylko przez parę dni przed samym ślubem, zanim wyruszyli w podróż do Toskanii. Wydała mu się bardzo egzaltowana. Często robiła z igły widły. Ruszył więc do domu, ale zupełnie nieśpiesznie. Jednak stopniowo zaczął narastać w nim lęk. Ostatnie sto metrów już biegł, a potem nerwowo przestępował z nogi na nogę, czekając na przyjazd windy.

– Zyta! – krzyknął z korytarza, ale odpowiedziała mu głucha cisza.

Nie było jej w pokoju ani w sypialni, ani też w pokoju dziecinnym. Ewy zresztą też nie. Co tu się dzieje?

Łazienka była zamknięta, ale umiał sobie z tym poradzić. Tylko że tak bardzo trzęsły mu się ręce, kiedy wkładał śrubokręt do szczeliny w śrubie umożliwiającej otworzenie zamka z zewnątrz.

– Zyta?

Klęczała przy wannie napełnionej wodą. Nagi noworodek był już prawie całkowicie pod wodą.

– Co ty robisz, Zyta? – rzucił się do wanny, łapiąc dziecko, zanim się zanurzyło.

Żona rzuciła dzikie spojrzenie.

– Noworodki pływają. Widziałam na filmie! – niemal krzyknęła, próbując wyrwać mu Ewę z ramion.

Dziecko zaczęło się wywijać i przez chwilę miał wrażenie, że zaraz je upuści. Utrzymał je, ale odepchnął Zytę, która potknęła się i wpadła do wanny.

– Co ty mi robisz? Co wy mi robicie? – zaczęła zawodzić. – Nienawidzę was. Nienawidzę tego bachora! Zostawcie mnie w spokoju.

Przestała krzyczeć dopiero, kiedy przyjechał lekarz i dał jej zastrzyk uspokajający, sugerując Jakubowi, iż najlepiej byłoby zabrać Zytę do kliniki psychiatrycznej. Zadzwonił do

Alicji z pytaniem, co robić, i nawet nie przypuszczał, że natychmiast zgodzi się z opinią lekarza.

– Z Zytą były już takie problemy, kiedy weszła w wiek pokwitania – wyjaśniła mu teściowa, gdy pojawiła się w Londynie trzy dni później. – Zawsze taka wrażliwa i delikatna. Podejrzewałam, że nie nadaje się do rodzenia dzieci.

– Powiedzieli, że to depresja poporodowa. Może zdarzyć się każdemu – zauważył Jakub. – Jest już znacznie lepiej.

– Ale nie można jej zostawiać samej z dzieckiem. Chętnie bym pomogła, ale sam rozumiesz.

Wcale nie czekał na jej pomoc. Uważał nawet, że byłoby najlepiej, gdyby wyjechała przed powrotem Zyty do domu. Widział je krótko razem, ale od razu rzuciło się mu w oczy, że jego żona ma wyraźny problem z matką. Kiedy Alicja była w pobliżu, Zyta stawała się małomówna. Miał nawet wrażenie, że się kurczy, próbując zmienić się w małą dziewczynkę. Ale już nią nie była.

– Nie ma obawy. Możesz wracać do domu. Załatwiłem już nianię, która będzie z nami mieszkać. Ma doskonałe referencje, więc będzie umiała poradzić sobie również z Zytą.

– Sam załatwiłeś? Przecież się na tym nie znasz. Ja wiem więcej na temat dzieci i opieki.

– Ale ja znam lepiej angielski – spointował, chcąc uniknąć kłótni.

Zyta wróciła do domu po kilku tygodniach leczenia w klinice i natychmiast zachwyciła się nową opiekunką Ewy. Była znacznie spokojniejsza i Jakub nie próbował nawet rozmawiać z nią o tym, co się stało, żeby tego nie zmieniać.

Po pół roku udało jej się znaleźć pracę w galerii. Pensja na pół etatu była śmiesznie niska, ale zajęcie wprost idealne dla Zyty. I to było najważniejsze, bo przecież jego zarobki zupełnie im wystarczały. Ucieszył się, że żona zajmie się czymś innym, a nie tylko przesadnym pucowaniem mieszkania, które coraz bardziej działało mu na nerwy. Ale skoro to lubiła? Najważniejsze, że opiekunka Ewy była osobą godną zaufania. Jakub mógł więc szukać uspokojenia w tym co zawsze, w pracy. Nie było to trudne, gdyż klienci sami go szukali.

I tak minęły dość monotonne trzy lata, które skończyły się nagle i bez żadnego ostrzeżenia. Letni dzień jak co dzień. Wrócił z pracy zmęczony trudną sprawą, która, jak przypuszczał, była od początku przegrana. Marzył, by się wyciągnąć na kanapie i tępo gapić w telewizor.

Wchodząc do mieszkania, natknął się w przedpokoju na rozstawione walizki. Pomyślał, że ma do czynienia z kolejnym ze spontanicznych przyjazdów teściowej. Często zjawiała się nagle i bez ostrzeżenia, a Jakub miał coraz większe pretensje do promocyjnych cen tanich linii lotniczych, które zgotowały mu ten los.

Alicji jednak nie było. Na sofie w pokoju dziennym siedziała Zyta i przeglądała jakieś dokumenty.

– Dlaczego powyjmowałaś walizki?

– Wyjeżdżam do Polski.

Przełknął ślinę.

– Jak to? Nic wcześniej nie mówiłaś.

– Mówiłam już miesiąc temu. Jedziemy do domu letniego znajomego Alicji.

– Niemożliwe, nic o tym nie wiem.

– Mało co już wiesz, Jakubie. Zajmują cię zupełnie inne rzeczy.

Zaczerwienił się mimo woli, gdyż przez głowę przeszła mu myśl, że musiała się o wszystkim dowiedzieć. O tym bezsensownym romansie, w który wplątał się przypadkiem i przez dłuższy czas nie mógł z nim skończyć. Ale w końcu się udało. Znów był przykładnym mężem i, jak poprzednio, sfrustrowanym wyraźną niechęcią żony do seksu.

– O co ci chodzi?

Miał nadzieję, że nie zostanie wzięty w krzyżowy ogień pytań.

Zyta wzruszyła ramionami. Była teraz jeszcze śliczniejsza niż kiedyś. Ach, gdyby wystarczało samo patrzenie.

– O nic, chcę po prostu spędzić trochę czasu sama z Ewą. Poza tym źle się tu czuję. Już ci o tym mówiłam, że w ścianach jest trujący grzyb, a ty się nie zgadzasz, żeby coś z tym zrobić.

Znów wróciła do swojej paranoi. Przyprowadzał tu już paru fachowców, których werdykt był jednoznaczny. Nie było żadnego grzyba ani najmniejszej pleśni. Mieszkanie, urządzone bardzo minimalistycznie, było loftem znajdującym się w budynku starej papierni. Przeprowadzone prace budowlane były tak gruntowne, że żaden antyczny grzyb by się im nie oparł. Poza tym ze wszystkich lokatorów tylko Zyta zgłaszała skargi w tej sprawie.

– Mam ochotę na świeże mazurskie powietrze! Zawieziesz nas za godzinę na Heathrow czy mamy wziąć taksówkę?

Do pokoju wbiegła Ewa. Jakub chciał ją wziąć na ręce, ale wywinęła się mu i uciekła za sofę. Pomyślał przez chwilę, że Zyta powinna zwracać większą uwagę na dziecko, a nie na nieistniejącego grzyba.

– Oczywiście, że was zawiozę.

Tak łatwo się na to wtedy zgodził. Nie dopytał, dokąd jadą, nie skontaktował się w tej sprawie z Alicją. Po prostu pozwolił im odjechać.

Następnym razem zobaczył ponownie Zytę pół roku później. I to na sali sądowej, podczas ich sprawy rozwodowej. Wyglądała jeszcze bardziej rewelacyjnie, więc to świeże powietrze z pewnością jej pomogło. Nie chciała z niego zrezygnować i po dwóch tygodniach pobytu w Polsce zadzwoniła do Jakuba, prosząc go o rozwód.

– Chyba zdajesz sobie sprawę, że nie pasujemy do siebie. Pobraliśmy się tylko ze względu na Ewę, a ja chcę zacząć nowe życie.

Był pewien, że kogoś sobie w Polsce znalazła, ale nie umiał nawet być zazdrosny. Zgodził się więc na wszystko. Na płacenie jej wysokich alimentów, na oddanie jej opieki nad dzieckiem. Nie mógł już znieść tych częstych telefonów od Alicji, która przekonywała go, że to jest najlepszy wybór dla obu stron. Obie obiecywały mu, że będzie widywał się z Ewą, kiedy tylko będzie chciał.

Trudno było jednak przewidzieć, że samo dziecko może nie mieć na to ochoty. Tygodniowe wakacje z córką i wyjazd do Disneylandu okazały się całkowitą porażką. Od początku wystawiła kolce jak jeż i nie schowała ich nawet na chwilę. Kręciła głową na każdą jego propozycję, a on próbował wszystkiego: dyscypliny, pobłażania, przekupstwa. Na nic się to zdało. Stopniowo doszedł do wniosku, że całkowicie nie nadaje się do bycia ojcem. Nie miał więc pretensji, kiedy następnym razem się okazało, że Zyta ma dla małej zupełnie inne plany wakacyjne.

Oczywiście dzwonił do nich, ale co z tego, skoro córka nie miała ochoty wziąć telefonu do ręki. Alicja mówiła, że z wiekiem zmądrzeje. Nie myślał wówczas o tym, że jego własna żona nigdy do tego stopnia nie zmądrzała, gdyż z rodzonym ojcem nie miała żadnych kontaktów od lat.

Jeśliby się dobrze zastanowił, to z trudem przypomniałby

sobie, że od czasu rozwodu widział się z Ewą zaledwie pięć razy, co może razem zsumowałoby się do miesiąca. Ale co miał innego robić? Wytoczyć Zycie sprawę i próbować odebrać jej prawa do dziecka? Łatwo oczywiście być mądrym po czasie. Robił wówczas to, co uważał za słuszne. Całkiem możliwe, że udałoby mu się coś wywalczyć, jeśli zdecydowałby się wrócić do Polski, tylko co wtedy...

I to „wtedy" pojawiło się nieoczekiwanie wraz z telefonem od Alicji.

– Jakub! Musisz natychmiast przyjechać do Polski – usłyszał, kiedy włączył komórkę po wyjściu z gmachu sądu. Już nabrał powietrza do płuc, żeby jej powiedzieć, że to w żadnym wypadku nie wchodzi w grę, gdy padły słowa: – Wczoraj zabrali Zytę. Do szpitala psychiatrycznego. Tym razem to jest bardzo poważna sprawa.

Ale ta powaga była przez długie miesiące skrzętnie skrywana przez Alicję.

– Jestem jej matką, nic nie rozumiesz! – próbowała się bronić, kiedy następnego dnia pojawił się w jej mieszkaniu na Ursynowie.

– Od początku wiedziałaś, że jest niezrównoważona. Pozwoliłaś jej wychowywać dziecko samej – odrzekł.

– Zajmowałam się wnuczką, co ty myślisz. Teraz też wzięłam do siebie Ewunię.

Nie miała wyboru, skoro córkę zawiezione na sygnale do wariatkowa. Przez trzy lata mało się nią interesowała, mimo iż Zyta mieszkała zupełnie niedaleko, bo na Służewie. Za to z dużym upodobaniem wrzucała na Facebook rozkoszne fotki wnusi, które wzbudzały entuzjazm wielbicieli. Jakub sam by uwierzył w tę rodzinną idyllę, gdyby nie usłyszał innej historii od Zyty.

– Ty nic nie rozumiesz, jakie to było straszne. Co ja przeżyłam. Nie jestem nawet w stanie malować, a mam zamówienia – próbowała wyjaśniać teściowa.

Oj, jakie straszne. Jakub aż przygryzł wargę, żeby nie wygarnąć jej, co o niej myśli. Nie zamierzał jej niczego zarzucać, sam miał zbyt wiele za uszami. Oboje byli winni i teraz musieli wziąć na siebie odpowiedzialność. Ona za Zytę, a on za Ewę.

Zyta musiała być chora już od dawna i niestety jedynym naocznym świadkiem rozwoju choroby stało się dziecko. Nigdy się nie dowiedzą, co mała widziała, i pewnie jeszcze przez dłuższy czas byliby tego nieświadomi, gdyby nie interwencja sąsiadów. Wezwali policję po tym, jak zastali zniszczone drzwi wejściowe. Okazało się, że zostały polane wybielaczem przez Zytę. Ona sama wprawdzie wpuściła policjantów do domu, ale już na progu chciała ich również zdezynfekować, na co oni, oczywiście, nie mogli sobie pozwolić.

– Nie rozumiecie! Niczego nie rozumiecie! Ja wam ratuję życie. Ja widzę, co was zabija od środka! – krzyczała, wyrywając się sanitariuszom, aż musieli jej włożyć kaftan. – Za chwilę będzie już za późno!

Omal nie okazało się zbyt późno dla Ewy, gdyż stwierdzono, że ma poparzoną środkiem przeciwgrzybiczym lewą rękę. Na szczęście uciekła matce i schowała się w szafie. Kiedy znalazła ją policja, miała już pierwsze objawy odwodnienia. Wyglądało więc na to, że znajdowała się tam od wielu godzin.

Jakub chciał natychmiast wracać z Ewą do Anglii, ale znowu uległ Alicji, która wmówiła mu, że lepiej będzie dla dziecka, kiedy skończy zerówkę w Polsce.

– Jej potrzebna jest pomoc psychologa. Poza tym kiedy Zyta zacznie wracać do zdrowia, musi mieć kontakt z dzieckiem. Nie możemy jej tego odmówić, inaczej to by ją zabiło. Ja się nią zajmę. Gdzie ją będziesz ciągał za granicę! Jesteś zbyt zajęty, żeby ją wychowywać.

Przyganiał kocioł garnkowi, jednakże Jakub wziął sobie jej słowa do serca i postanowił zmienić swoje życie. Z powodu chorego kolana Alicji ta zmiana musiała nastąpić szybciej, niż się tego spodziewał.

Rozdział XIII

Kiedy tylko otworzył oczy, wiedział już, że poprzedniego dnia popełnił błąd. Opowiedział o sobie Lenie, i to tak dużo, jak nikt od niego jeszcze nie usłyszał. Ani Paul Hines, ani żaden z innych przyjaciół i znajomych. Odkrył się tak bardzo, że do tej pory aż wszystko bolało. I to komu? Zupełnie obcej osobie, bo przecież poznał ją zaledwie parę dni wcześniej, i to w dodatku przy słabym wsparciu alkoholu, bo przecież nie można było powiedzieć, że wieczorem się upił. Nie, był zupełnie trzeźwy.

Wstał z kanapy ze skwaszoną miną i zajrzał do sypialni. Ewy oczywiście tam nie było. W zasadzie nic dziwnego, skoro minęła już dziewiąta. Dzieciak z pewnością był głodny.

„Jasna cholera, co się ze mną dzieje!" Z całej siły przyłożył pięścią Bogu ducha winnym drzwiom. To miejsce, ten dom, ta kobieta... na psa urok!

Znów usłyszał obcy głos, kiedy szedł po schodach do jadalni. Tym razem nie miał żadnej ochoty na podsłuchiwanie. Tego poranka cała jego skóra była zbyt wrażliwa, by mógł znieść kolejne prawdy o sobie.

– O, jest tata Ewy, Jakub – przywitała go Lena.

– Dzień dobry – powiedział, nim zauważył siedzącą przy stole nieznaną kobietę. Ta akurat nie była żadną pięknością, nieco zaniedbana i z mysimi włosami, ale kiedy się uśmiechnęła, poczuł natychmiast, że zrobiło mu się raźniej na duszy.

– To moja przyjaciółka Marylka. Pewnie o niej wspominałam. Jest mamą Dawida, naszego... – zaczęła wyjaśniać Lena, ale kiedy zauważyła rozbiegane spojrzenie Jakuba, natychmiast zmieniła temat: – Ewa jest w ogrodzie. Z nową koleżanką. – Uśmiechnęła się i postawiła filiżankę z kawą na stole.

Komunikat ten wcale nie uspokoił Jakuba. Ewa i koleżanki to zazwyczaj był zły pomysł. Pamiętał doskonale, jak córka pobiła się z dziećmi znajomych Paula w Paddock Wood. Mimo iż była ich dwójka, nieźle im przyłożyła, tłumacząc się potem, że jej „dokuczali". To był ostatni raz, kiedy Jakub próbował zapewnić córce odpowiednie towarzystwo. Miał dość tłumaczenia córki i kupowania drogich prezentów jako zadośćuczynienia.

Szybkim krokiem podszedł do drzwi prowadzących na taras.

– Proszę się nie martwić. Ewunia się pięknie zajmuje Malwinką.

Dwie dziewczynki kucały przy kopczyku świeżej ziemi i zawzięcie kopały w niej łopatkami. Były chyba w podobnym wieku. Ewa, jak zwykle w spodniach, a ta druga w różowym fartuszku w kwiatki. W pewnej chwili dziewczynka opadła z kucek na pupę. Roześmiała się, nie mogąc się podnieść. I wówczas Ewa wstała i podniosła ją, a potem poklepała po ramieniu. Chyba miał zwidy! Przetarł oczy i zobaczył, że „różowa dziewczynka" o ciemnych kręconych włosach obraca buzię w stronę tarasu. Ojej...

– Córka miała dwadzieścia lat, kiedy urodziła się Malwinka. – Za plecami Jakuba pojawiła się przyjaciółka Leny. – Tak naprawdę ma na imię Kasia. Teraz urodziły się jeszcze bliźniaki, ale właśnie to dziecko skradło nam wszystkim serce. Niech się pan nie martwi, Ewa nic złego jej nie zrobi. Nikt jej nigdy nie skrzywdził. To anioł, nie dziecko.

Twarz Ewy również zwrócona była w stronę okna. Dziewczynka rzuciła łopatkę i pobiegła po schodach do jadalni.

– Wreszcie jesteś! Będę mogła pójść do tej pani pobawić się z Malwinką? – zapytała, nie tracąc czasu na jakiekolwiek powitania.

– Ale tak rano? – Jakub nieudolnie próbował przeciwstawić się jej planom. Jeśli skrzywdziłaby Malwinkę, to... Pół biedy normalne dziecko, ale niepełnosprawne, z zespołem Downa? – Pewnie nie jadłaś jeszcze śniadania.

– Jadłyśmy razem! – Jej ciemne oczy próbowały go przewiercić na wylot. – Dwie bułki z dżemem zjadłam, prawda, pani Leno?

Jakub miał na końcu języka pytanie, czy także umyła rano zęby, ale go nie zadał. Bo czy można pytać o to dziecko, którego matka miała obsesję na punkcie higieny i próbowała myć je środkiem przeciwgrzybiczym?

– Maryla wszystkiego dopilnuje – wtrąciła się Lena. – To taki niewiarygodnie macierzyński typ. – Obie kobiety zachichotały jak z najlepszego dowcipu.

– Oczywiście, odprowadzimy Ewę za parę godzin. Dziewczynki się pobawią w naszym ogrodzie.

– Tato?

Nie było w tym żadnego „proszę", ale samo nazwanie go tatą pozbawiło go wszelkich kontrargumentów.

Malwinka dołączyła do nowej koleżanki i zaczęła skakać z radości, kiedy się dowiedziała, że idą razem.

Po kwadransie dom ponownie opustoszał i zostali z Leną sami.

– Może niepotrzebnie namawiałam – powiedziała, patrząc na zwieszoną głowę Jakuba. – Zepsułam wam plany wyjazdowe?

– Nie, skąd – żachnął się Kozak. – Popracuję trochę w pokoju, a potem się przejdę. A ty się gdzieś wybierasz?

– Na cmentarz. Chcę posadzić kwiaty na grobie mamy. Jutro jest rocznica jej śmierci – odpowiedziała i wskazała spory kosz stojący obok pryzmy w ogrodzie.

Jakub, mimo iż po wczorajszym wieczorze najchętniej unikałby towarzystwa Leny, nagle się zainteresował. Profesjonalizm był silniejszy niż wstyd. Dokumenty mówiły swoje, ale czasem warto było zweryfikować dane.

– Wiesz, chętnie ci z tym pomogę. Wcale nie chce mi się pracować. Za jakie grzechy!

Pewnie ich by się nazbierało, ale rzeczywiście nie było sensu ich spłacać w tak piękną pogodę.

– Ewa chyba polubiła Malwinkę – odezwała się Lena, kiedy Jakub ostrożnie umieścił bratki i aksamitki w bagażniku mercedesa.

– Tak wygląda – odpowiedział, skręcając precyzyjnie w wąską ulicę przy murze miejskim.

– Powinny się dobrze bawić... ale co ja się znam. Nigdy nie miałam własnych dzieci.

– Ja mam, ale jak już wiesz, nie jestem nawet odrobinę mądrzejszy. Stale mi się wydaje, że coś źle robię. – W gardle uwięzły mu niewypowiedziane słowa o lęku o córkę. Że dorośnie i wówczas ujawni się przejęte po matce genetyczne dziedzictwo, a on będzie wobec tego zupełnie bezradny. Tak bardzo bał się przywiązać do tego dziecka. Uczucia nie były jego specjalnością.

– Cmentarz jest na Gdańskiej – pokierowała go Lena.

– Wiem, wiem. Parę razy już tamtędy przejeżdżałem.

– To prawda. Łatwo poznać tak małe miasto – powiedziała i po chwili wskazała wolne miejsce do parkowania. – I ciebie tu szybko poznają. Przynajmniej pozornie, bo pozory odgrywają tu znacznie większą rolę niż w anonimowym dużym mieście.

Jakub sięgnął po koszyk z sadzonkami i ruszył za Leną w głąb cmentarza. To był jego drugi cmentarz w ciągu tygodnia. Ciągle ogląda groby obcych ludzi, a na pójście do własnych rodziców nie ma czasu. A kiedy tam był ostatni raz? Pięć lat temu, rok po pogrzebie matki.

Grób Majów odwiedzano jednak dość często. Granit wyglądał bardzo świeżo, a tulipany posadzone obok płyty dopiero zaczynały przekwitać. Jakub przyjrzał się napisom. Wojciech Maj i Elżbieta Maj, z domu Lange. Kobieta umarła dwa lata po swoim mężu – w 2008 roku. Miała zaledwie sześćdziesiąt trzy lata. Urodzona w marcu 1945. Hmm, na jej akcie urodzenia figurował czerwiec.

Lena patrzyła zdziwiona, jak Jakub sięga do kieszeni po telefon komórkowy i robi zdjęcia nagrobkowi.

– Piękny granit – zauważył jak gdyby nigdy nic.

– Dziadkowie leżą parę metrów dalej. – Lena machnęła ręką. – Już im posadziłam fiołki.

– Twoja babcia umarła, jak już mieszkałaś w Hiszpanii, prawda? – stwierdził Jakub, stawiając kosz przy płycie nagrobnej.

Lena przyklękła przy nim i od razu zabrała się do pracy. W pierwszej chwili chciał zaoferować pomoc, ale szybko zrezygnował. Nie znał się na sadzeniu kwiatów. Kolejna sprawa, o której nie miał pojęcia.

– Tak. Niestety nie zdążyłam jej tam zabrać. Czekali na mnie z pogrzebem, a ja nie mogłam się wydostać, bo na lotnisku był akurat strajk kontrolerów. Kiedy w końcu dotarłam do domu, od razu pobiegli po księdza. I z tego pośpiechu pochowali babcię bez zębów.

Jakub spojrzał na nią, nie bardzo rozumiejąc, o co jej chodzi.

– Jej sztuczna szczęka została w nocnej szafce. I kiedy przyszła do nas starsza Klamannowa i się o tym dowiedziała, od razu narobiła rwetesu. Bo jak to? Bez zębów? Toż babcia wróci do domu i będzie próbowała ją znaleźć. Nie da nam spokoju. Doczekamy się.

– Po śmierci?

– No a jak! – powiedziała Lena zupełnie poważnym tonem, wykopując stare kwiaty. – Nikt nie chciał ryzykować. Ani mój brat Marian, dzielny wojskowy, ani tatuś, no to ja poszłam.

– Dokąd?

– Jak to dokąd. Tutaj, na grób. I wkopałam szczękę. Padał akurat deszcz, a ja naruszałam spokój zmarłej.

Jakub nie mógł się już powstrzymać i zaczął się śmiać na cały głos, a Lena mu zawtórowała. Wkrótce zamilkli, widząc, że zza dużego pomnika pod płotem wyłania się kobieta w czerni i spogląda na nich z dezaprobatą.

– Będą plotki – zauważył Jakub, ale Lena wzruszyła ramionami i podniosła się z ziemi.

– Zawsze były na mój temat. Przeżyję.

– Twarda jesteś!

Spojrzała na niego tak jakoś dziwnie, jakby palnął jakieś głupstwo.

– Nigdy bym nie wytrzymał w małym mieście. Ty przecież też mieszkałaś w różnych miastach. Dlaczego zdecydowałaś się na powrót do Gniewu?

Lena otrzepała ręce z ziemi i niedbale wytarła je o podniszczone dżinsy.

– Dlatego – powiedziała bardzo cicho, wskazując na grobowiec.

Jakub spojrzał na nią pytająco.

– Musiałam zająć się mamą.

Kiedy umarł Wojciech Maj, wszyscy przeżyli szok. Człowiek, który całe życie był zdrowy i silny, po prostu pewnego dnia się nie obudził. Przez długi czas próbowano szukać wcześniejszych objawów złego samopoczucia, przebytych infekcji, ale niczego takiego po prostu nie było. Nie można było nawet powiedzieć, że to zamknięcie piekarni spowodowało tak duży stres u Wojciecha. Zlikwidował działalność pięć lat wcześniej i mimo iż poświęcił jej całe życie, nie obeszło go to tak, jak można by przypuszczać. Miał bowiem nowe hobby – podróżowanie po świecie. Dopiero na emeryturze do niego dojrzał. „Ludzie są różni", mówił Lenie, która próbowała od niego wyciągnąć, dlaczego wcześniej nie chciał odwiedzić jej za granicą, „a ja robiłem zawsze swoje. Nikt mnie nigdy nie przerobił na swoje kopyto. Ale każdy człowiek się zmienia. Tylko że to tak trudno innym zrozumieć".

– Rodzice mieli spędzać ze mną Nowy Rok w Marbelli. Dlatego nie przyjechałam do nich na święta. Tatuś ich nie doczekał.

Nikt się nie dziwił, że Elżbieta się źle czuła po pogrzebie. To zupełnie normalna sprawa, że wdowa przeżywa śmierć swojego ukochanego. „Taki oddany mąż!" Nawet Kaniowa przyszła złożyć kondolencje i wydawało się, że kobiety zakopały topór wojenny. Nikt też już nie pamiętał, jak pogardliwie patrzono niegdyś na młodziutką pannę młodą przywiezioną do Gniewu. Gdyby im ktoś to przypomniał, pewnie by zaprzeczali z oburzeniem. Kto by wspominał takie głupstwa! Wszyscy obdarzyli więc wdowę należnym współczuciem. I nikt niczego nie zauważył. Lena również nie, mimo iż spędziła z matką dwa tygodnie, próbując ją namówić do wyjazdu.

– Zajmę się tobą – prosiła córka. – Lepiej się poczujesz.

– Nigdzie się stąd nie ruszę. Jestem w żałobie po mężu. Nie chcę czuć się lepiej.

Elżbieta Maj, jak na kruchą kobietę, umiała postawić na swoim. Została w Gniewie i każdego dnia można ją było spotkać, kiedy szła na cmentarz do Wojciecha.

– Ja też codziennie z nią rozmawiałam – zaczęła opowiadać. – I nie miałam pojęcia.

Któregoś dnia zadzwonił do Leny przerażony Marian. Stało się coś strasznego. Najstraszniejsze wcale nie było to, że któregoś ranka grabarze znaleźli Elżbietę w starym grobie. Zapadł się pod nią nagle, kiedy przechodziła na skróty do głównej ścieżki. Nie mogła się z niego wydostać przez parę godzin. Akurat zaczął padać deszcz i wypłoszył odwiedzających. Kiedy ją znaleźli, była przemoczona, zmarznięta i nie mogła poruszać nogami. Na początku myśleli, że to na skutek szoku po upadku, ale w następnym tygodniu lekarze wydali werdykt. Elżbieta nosiła w sobie od lat chorobę neurologiczną, która rozwijała się w ukryciu i powoli, nie dając wyraźnych symptomów. Kiedy się w końcu objawiła tak dramatycznie, nie było już szans na wyleczenie. Do końca życia miała się poruszać na wózku.

– Oczywiście nie wierzyłam w to, co wymyślili jacyś tczewscy lekarze. Załatwiłam więc inne konsultacje. – Policzki Leny były mokre od łez. Otarła je wierzchem dłoni.

Jakub odwrócił głowę. Znowu emocje, od których robiło mu się niedobrze.

– Opinia innych była jeszcze bardziej okrutna. Uznali, że z tą chorobą mama nie będzie żyła dłużej niż rok. Udało mi się wytargować od śmierci parę dodatkowych miesięcy.

Lena zbliżyła rękę do granitowego nagrobka i pogłaskała go, jakby był kimś żywym, i się przeżegnała.

– To było oczywiste, że muszę tu wrócić. Chyba rozumiesz?

Jakub nie rozumiał, ale bardzo się starał. Tylko mu wciąż nie wychodziło. Pochylił głowę.

Rozmawianie z tym facetem o czymkolwiek to jak ze ślepym o kolorach. Jak ściana! Można przy nim wyrywać sobie duszę, a ten stoi jak słup i nawet się nie zająknie, by pocieszyć. Ale mi się towarzystwo trafiło. Ojciec, który nie umie zająć się własnym dzieckiem, mąż, który nie widzi rozwijającego się szaleństwa żony. A czego się tu spodziewać, przecież zimny prawnik, którego interesuje wyłącznie kasa. Niech sobie robi, co chce.

Wcale nie miałam ochoty, żeby mi towarzyszył na cmentarzu, ale skoro się przypętał... Na szczęście udało mi się go spławić i poszedł znów w miasto myszkować. Wcześniej byłam święcie przekonana, że czegoś ode mnie chce, ale teraz, po jego wczorajszych zwierzeniach, nie jestem już tego taka pewna.

Ale co ja znowu o nim rozmyślam, tak jakbym nie miała własnych spraw na głowie. Na przykład powinnam dokończyć tłumaczenie niemieckich listów.

Usiadłam w sypialni przy biurku.

Moja ukochana,

nie powinnaś się wzbraniać przed tymi drobiazgami. Aniele mój, przecież Ty zasługujesz na znacznie więcej niż parę puszek i czekoladę. Musisz teraz dużo jeść. Ty i nasza mała dziewczynka – nie śmiej się, jestem pewien, że tak będzie – tego najbardziej potrzebujecie i jestem zrozpaczony, że paczki za rzadko do mnie docierają. Jestem pewien, że wiele z nich ginie po drodze, często są uszkodzone, tak jakby ktoś w nich grzebał i wybierał lepsze jedzenie. Wiem, wiem, często mi powtarzasz, to wojna, ale ja nie mogę już jej znieść, choć jej koniec może być gorszy, niż myślimy. Nie chcę Cię straszyć, ale musimy być przygotowani na wszystko.

Tutaj zdają chyba sobie z sprawę z rychłego końca i odbijają sobie na nas. Co tydzień wpadają do baraków bez ostrzeżenia i szukają odbiorników radiowych, map i innych przedmiotów, które mogłyby być nam przydatne w czasie ucieczki. Wywalają materace na środek i dźgają w słomie bagnetami. Na szczęście niczego do tej pory nie znaleźli.

Tak bardzo za Tobą tęsknię i nie wiem, jak sobie z tym poradzić. Moją jedyną nadzieją jest teraz T, który obiecał pomóc mi w dostaniu się do Schmitta. Ale kiedy to będzie... może w następnej turze po Nowym Roku, a ja do tej pory oszaleję ze zmartwienia. Dobrze to sobie obmyślili, że zmieniają dla nas gospodarstwa co parę miesięcy. Nie chcą, żeby się ludzie polubili. Nie przypuszczali jednak, że dla prawdziwej miłości nie jest to żadną przeszkodą.

I dalszy fragment był urwany. Cała kartka była mocno poplamiona i pogięta. Zupełnie nie wyglądała na list, raczej na gryps.

Zezłościłam się, bo bardzo mnie ta historia wciągnęła. Wyglądało na to, że moja mama była rzeczywiście dzieckiem miłości. Pewnie przez wojnę pobrali się dopiero później. Tylko gdzie dziadek wtedy był? Może pracował jako więzień. Ha, to by pasowało. Był więźniem u Niemców, a potem, pod koniec wojny, wcielili go do wermachtu. Sięgnęłam po jego zdjęcie i zaczęłam się w nie wpatrywać, szukając odpowiedzi.

Nagle drgnęłam, słysząc pukanie do drzwi sypialni. Czyżby moi goście już wrócili od Marylki? Nawet nie zauważyłam, pochłonięta listem. A myślałam już, że zrobiłam się bardziej ostrożna.

W korytarzu stała Ewa. Uśmiechała się do mnie.

– Cześć! Co słychać?

Nie odpowiedziała.

Ja też nie bardzo wiedziałam, jak należy postępować z dziećmi, ale postanowiłam się nie przejmować.

– Przyszłaś mnie odwiedzić i zobaczyć, jak mieszkam?

Kiwnęła głową.

– Jak było z Malwinką? Dogadujecie się?

– Malwinka słabo mówi, ale to pewnie z powodu zespołu Downa. Ma dodatkowy chromosom – oznajmiła zarozumiała smarkata.

– A skąd o tym wiesz?

– A nie widać po niej? W szkole mnie uczyli. – Jestem przekonana, że zadarła nos do góry. – Umówiłyśmy się na jutro. Pójdziemy na plac zabaw.

– Sama jesteś?

– Jakub coś pisze w pokoju, to sobie poszłam.

– Chcesz coś jeść? – To nie fair. Mieli przecież pójść na obiad do Marysieńki.

– Nie, nudzi mi się.

O, i to był realny problem.

Ewa podeszła bliżej i usiadła na łóżku.

– Duże jest.

– Bo ja lubię się kulać w nocy.

– To tak jak ja.

Widziałam, że miałaby ochotę po nim poskakać, jak ja niegdyś po pełnym pierzyn łóżku babci i dziadka, ale tamten to był stary, wytrzymały mebel, a nie takie byle co na sklejkach. Nagle przyszedł mi do głowy pomysł.

– Chciałabyś zobaczyć moje suknie balowe?

– Balowe? – Pokręciła nosem. – A po co ci takie?

– Kiedyś byłam księżniczką, przecież ci mówiłam.

– To taka bajka, prawda?

– Niezupełnie – mruknęłam pod nosem i złapałam w lustrze moje odbicie. Mnie samej trudno było w to uwierzyć. No nic, próbowałam, głupi pomysł.

– To gdzie te sukienki? – A jednak się zainteresowała. – Alicja ma też szafę ze strojami. Nawet czasem chce, żebym coś włożyła, ale to głupie.

– Dlaczego?

Ja zawsze byłam pierwsza do wszelkich przebieranek.

– Bo od razu chce mnie malować. A wtedy trzeba siedzieć tak długo, że aż nogi umierają. Wiesz, jak to jest.

Kiwnęłam głową. Kiedy mnie Jonathan Yeo malował, miałam tego dosyć już po półgodzinie. I zupełnie nie obchodziło mnie, że zostanę uwieczniona. Ale zaraz, zaraz, gdzie został ten obraz, przecież ten facet stał się później bardzo sławny. Zamyśliłam się i dopiero szturchnięta przez Ewę przypomniałam sobie, co mamy robić.

– No to chodź.

Wyciągnęłam do niej rękę, którą mi bez wahania podała. Ręka była wilgotna i poklejona, jak zwykle dziecięce łapki, ale zniosłam to mężnie i zaprowadziłam Ewę do garderoby po drugiej stronie korytarza.

– To są twoje skarby?

Poniekąd. Część mojej historii. Zgromadziłam ją w tym ciemnym kącie, do którego czasem zaglądam, próbując jej dotknąć i zrozumieć siebie i swoje wybory. Czasem potrafi mi poprawić humor, a czasem doprowadza do łez.

Suknie wiszą w przezroczystych workach, mogę więc łatwo znaleźć tę, której szukam. Połyskują przez plastik, wabiąc dawną świetnością, kolorami, brokatem i koronką, ale są martwe. Żeby ożyć, potrzebują ciepła i dotyku, dopiero wówczas mogą zacząć opowiadać.

Rozsunęłam kilka suwaków, demonstrując sukienki Ewie.

– Ale się świecą – zauważyła.

Chciała już dotknąć materiału jednej z nich, ale cofnęła rękę. Chyba zorientowała się, że jest brudna. Fajna z niej dziewczynka.

– Taka była wówczas moda. Świecidełka, ozdoby, lamy i brokaty. – Westchnęłam.

– Nosiłaś je?

– No pewnie. – Roześmiałam się. – Na przyjęcia, do klubów, na zabawy na jachcie. Lubiłam się bawić i tańczyć.

Ewa spojrzała na mnie spod brwi, jakby była znacznie starsza ode mnie.

– A tę gdzie nosiłaś?

Wskazała na czarną sukienkę do kolan z białymi cienkimi paskami przy ramionach. Dekolt nie był zbyt głęboki, a ona sama zbyt skromna i zwykła, by znaleźć się wśród tego wiszącego przepychu. Ale akurat ona była tu najważniejsza i to od niej wszystko się zaczęło.

Pamiętałam doskonale, kiedy miałam ją na sobie po raz pierwszy...

Rozdział XIV

Patrzyłam na połyskujące w zachodzącym słońcu morze i raz po raz poprawiałam na sobie czarną sukienkę. Kupiłam ją w butiku, na którego witrynę do tej pory nawet nie spoglądałam, bo na wystrojonych manekinach nie było wywieszek z cenami, ale przecież zachodzących tam klientów takie rzeczy zupełnie nie obchodziły. Byli po prostu bogaci.

– Przestań się wiercić. – Jolka spojrzała na mnie z naganą. – Masz się wyluzować.

– Czuję się idiotycznie. Spłukałam się przez tę kieckę, a teraz jeszcze oni nie przyszli.

– Ale jesteś niecierpliwa. Musisz być bardziej zdystansowana, bo inaczej facet wyczuje desperację.

– Nie jestem w ogóle zdesperowana – mruknęłam ze złością. Bo wcale nie byłam, ale postąpiłam pochopnie, podpuszczona przez Jolkę, i to mi się zupełnie nie podobało. Jeden impuls i poszły wszystkie oszczędności, a miałam przecież wysłać paczkę do Ilony i prezenty na trzecie urodziny Dominika, mojego bratanka.

– Uprzedzali, że się spóźnią. Ten Carl rozgląda się za jakimś szpanerskim apartamentem. Dlatego chcieli, żebyśmy tu przyszły przed nimi i sobie porozmawiały, pijąc drinki. Źle ci? – Jolka uniosła do ust piña coladę z kolorową parasolką.

Z mojej margarity zostało już niewiele i osuszyłam kieliszek do ostatniej kropli.

Jolka uniosła rękę do przechodzącego kelnera i ze swobodą starej bywalczyni Pianoli wskazała mój pusty kieliszek.

– Tylko się nie upij.

– A kiedy mnie widziałaś pijaną? – warknęłam. Coś nam ta rozmowa przyjaciółek nie wychodziła.

Gdybyśmy mieszkały w Polsce, pewnie nigdy byśmy ze sobą nie siedziały w knajpie, ale tutaj, w Marbelli, nie było wielkiego wyboru, nie znałam innych samotnych Polek. I choć Jolka pochodziła z zupełnie innej bajki, trzymałam się jej już od roku. Zagadała do mnie na plaży, widząc, że czytam polską książkę. Mimo iż morze miałam pod bokiem, nieczęsto zdarzała mi się okazja do leniuchowania na plaży, ale zwabiła mnie ojczysta mowa tej długonogiej dziewczyny. Zaczęłyśmy rozmawiać. Okazało się, że Jolka mieszka w Marbelli niecałe pół roku i całe dnie spędza na pielęgnowaniu siebie. Co trzeci dzień fryzjer, raz w tygodniu manikiur, co drugi dzień aerobik. Kiedy mi przedstawiła swój grafik, od razu uznałam, że kobieta się przemęcza. Aż mi ciarki chodziły po plecach, gdy wysłuchiwałam o jej problemach, o których opowiadała z werwą i zaaferowaniem. Nieśmiało zaproponowałam jej swoje usługi i tak się zaczęła bliższa znajomość, a mówiąc konkretniej – Jola zyskała doskonałego słuchacza. Dwugodzinny seans pedikiuru i manikiuru bardzo zbliża.

– Przestań się stawiać! – odpowiedziała Jolka i uśmiechnęła się zalotnie do kelnera, który postawił na stoliku moją margaritę.

Kelner mrugnął do niej i podjął grę. Biedaczek nie znał jednak jej reguł. Mnie zdążyła wcześniej wyjaśnić co nieco. „To jest ciężka praca, Leno. Co ty myślisz? Nie wiesz, jacy są

faceci? Przypomnij sobie swojego Marcusa i tę siedemna-
stolatkę. Im się bez przerwy zmienia i trzeba ich prowadzić
na krótkiej smyczy. A co nią jest? Konkurencja. Stale muszą
mieć wrażenie, że są zwycięzcami w ciężkiej walce. Dopiero
wtedy potrafią nas docenić".

Nie wiem, czy Jolka opracowała swoje strategie i kampa-
nie podczas zabiegów pielęgnacyjnych, ale prawdą jest, że to
brzmiało, przynajmniej dla mnie, niezwykle przekonująco.
Jeśli chodzi o próżność, przypominała mi trochę Baśkę, ale
w przeciwieństwie do niej cechowała ją niezwykła determi-
nacja. Dopiero kiedy któregoś dnia zwierzyła mi się, że jej
ojciec jest pułkownikiem, zrozumiałam lepiej, skąd w niej
taki bojowy zapał.

W tej chwili sama musiała czuć znaczną przewagę, skoro
postanowiła zabrać mnie do knajpy. Na spotkanie ze swoim
facetem i jego bliskim znajomym.

Jej faceta wcześniej widziałam. Był dość tęgim mężczyzną pod pięćdziesiątkę i trudno było mi sobie wyobrazić,
aby marzył o wymianie pięknej długonogiej dwudziestosze-
ściolatki na nowszy, choć cztery lata starszy towar.

„Wiek i wygląd? Po prostu jesteś śmieszna. Przy takiej
kasie to się zupełnie nie liczy. Wiesz, jak się do niego wdzię-
czą?!", oburzyła się Jolka.

Ja jeszcze do takich wniosków nie dorosłam i trochę mnie
szokowało, że umówiłam się na randkę w ciemno z mężczyzną starszym od mojej matki.

– Przecież nikt cię do niczego nie zmusza. – Jolka sięgnęła po paczkę marlboro. – Zjemy kolację, potańczymy w klubie i tyle.

– Masz rację. – Podkradłam od niej papierosa. – Jestem
niemądra.

– Czy ty myślisz, że mogłabym z każdym?

– No nie, broń Panie Boże – zaprzeczyłam żywiołowo. Z pewnością nie z ubogim studentem, pomyślałam złośliwie w duchu.

Jolka była kochanką i luksusową utrzymanką Raula od dwóch lat i oceniając trzeźwo sytuację, stwierdzała, że ich relacja potrwa jeszcze przez rok. A potem... potem znajdzie sobie innego. Około czterdziestki będzie mogła wreszcie spasować i się przestać malować. Taki był plan długofalowy.

– Jolka... – Westchnęłam. – Ale jak ja się z nim dogadam? Sama mówiłaś, że on nie zna hiszpańskiego – zaczęłam znowu jojczyć i w tej samej chwili dostrzegłam wchodzącego do Pianoli Raula. Rozglądał się za nami, ale siedziałam jak przykuta, gdyż przyglądałam się jego towarzyszowi.

Wyglądał na niższego ode mnie. Jasne, ścięte krótko przy skórze włosy, naczynkowa, spalona przez słońce cera. I chudy nie był. No tak, westchnęłam w duchu. Można było się spodziewać, że skoro Jolka mnie namówiła na tę randkę, to piękniejszy niż Raul nie będzie. Bo być może ona sama by się nim wówczas zainteresowała, jeśli miałby dodatkowo odpowiednie konto w banku. Pieniędzy jego nie widziałam, mogłam jedynie ocenić wygląd zewnętrzny. Carl miał na sobie kremowe lniane spodnie i błękitną koszulę z krótkim rękawem. Taki spokojny wakacyjny strój.

I wówczas – widać, że się zbyt intensywnie gapiłam – mężczyzna spojrzał na mnie. Jego szare oczy patrzyły tak łagodnie, że od razu poczułam ulgę.

– *Good evening!* – powitał nas chłopak Joli, Raul Fisher. – *This is my friend, mister Carl von Altenburg.*

Tyle zrozumiałam po angielsku i jeszcze to, że przyjaciel Raula ma wskazujący na arystokratyczne pochodzenie przyimek przed nazwiskiem. Hmm, no i co z tego, stwierdziłam pobudzona dwoma kieliszkami margarity. Toż pochodziłam z Polski, kraju komunistycznej równości. A poza tym nie będzie Niemiec pluł nam w twarz...

– *Guten Abend!* – powiedziałam i podałam rękę Carlowi, a ten się zaśmiał, ukazując zupełnie przyzwoite zęby.

– Lenko kochana. – Raul uznał, że ze względu na „starą" znajomość może mnie pocałować w policzek. – Carl ma tylko niemieckie nazwisko, ale jest Szwedem.

To nie do końca była prawda, jak się okazało później. Mój nowy znajomy był pochodzenia niemieckiego, choć z paszportem szwedzkim. Ba, nawet urodził się pod koniec wojny w Niemczech. I ta część jego biografii była dość jasna, a reszty zdołałam się domyślić ze strzępków różnych opowieści.

Ojciec Carla był wysokim oficerem SS, całkowicie oddanym partii i Führerowi. Ożenił się z bardzo młodą dziewczyną, która marzyła o lepszej przyszłości dla Niemiec i świata, ale na swoje nieszczęście zakochała się w przystojnym wojskowym. Zawsze potem bolała, że tak długo pozostawała ślepa na to, co się dokoła dzieje. Gdy to ignorowała, liczyła, że minie, że przecież ludzie nie są tacy źli, zupełnie nie zdając sobie sprawy z tego, że jej własny mąż jest dość ważnym trybikiem zbrodniczego systemu. Kiedy zaproponowała pomoc wyrzuconym z domu sąsiadom, których poglądy różniły się od ogólnie wyznawanych, początkowo natrafiła z ich strony na mur niechęci. Podejrzewali, że jest prowokatorką, której mąż zlecił szpiegowanie. Gdy pomogła im w ucieczce do Portugalii, po miesiącu odezwali się ich krewni, którzy ukrywali się przed gestapo od paru miesięcy. Stopniowo ludzie przekonywali się do niej – pewnie dlatego, że była ich ostatnią deską ratunku – i Rita zajęła się ratowaniem życia. Tylko dlatego została ze swoim mężem przez całe trzy lata, wiedziała bowiem, że w ten sposób dysponuje większymi możliwościami. Po śmierci von Altenburga na froncie w 1944 to ona otrzymała pomoc. Przerzucono ją z kilkumiesięcznym synem, którego ojciec nigdy nie zobaczył, do Szwecji. Wstrząśnięta zbrodniami swojego narodu postanowiła zapomnieć o niechlubnym rodowodzie i zostać prawdziwą Szwedką. Do końca życia nie odezwała się do syna po niemiecku.

– *Lena... what a nice name!* – odezwał się Carl i pocałował mnie w rękę. – *Like in Poland, isn't it?*

Mogłam się domyślić, co do mnie mówi, gdyż ludzi na Zachodzie bardzo bawił polski zwyczaj całowania kobiet w rękę. I często się sami zabierali do jego małpowania. Średnio więc oryginalnie, ale czego ja się mogę spodziewać po podstarzałym mężczyźnie, który próbuje być dowcipny. Wiedziałam jednak, że powinnam się uśmiechnąć. I to wystarczyło, bo potem wszystko poszło jak z płatka.

Oczywiście klęłam w duchu, że nie znam ni w ząb angielskiego, i obiecywałam sobie wkrótce nadrobić te zaległości, ale się okazało, że Carl coś tam duka po hiszpańsku, więc wieczór okazał się naprawdę udany.

Nie wiem, czy to za sprawą margarity i białego wina, ale dobrze się bawiłam, a następne godziny po prostu zniknęły. Nie mogąc się porozumiewać płynnie z obu mężczyznami, wykonałam wiele popisów mimicznych, żywo przy tym gestykulując. Chyba nadawałabym się na komika cyrkowego, pomyślałam, widząc, jak Raul ociera łzy lecące mu po policzkach ze śmiechu.

Kolacja, potem tańce w dyskotece w Navy, a późną nocą spacer po promenadzie pod gwiazdami. Jolka oddaliła się ze swoim Raulem, a potem, jak się okazało, zniknęła na dobre. Nie mając wspólnego języka z Carlem, pozostało nam milczenie. Zauważyłam, że mój towarzysz nie krępuje mnie. Czułam się przy nim może jeszcze nie swobodnie, ale miło i bezpiecznie. Może to przez jego silne ramiona. Mimo wieku był dość muskularny, jakby był przyzwyczajony bardziej do pracy fizycznej, a nie liczenia pieniędzy w zaciszu luksusowego gabinetu. Zresztą, jakie ja miałam o tym pojęcie. Nigdy w życiu nie poznałam aż tak bogatych ludzi.

– Lubić morze? – spytał w pewnej chwili Carl, kiedy patrzyliśmy w mroczny akwen oświetlany jedynie przez stojące w marinie jachty.

Skinęłam głową.

– Patrzyć, tam na lewo. – Wskazał na marinę. – Mój jacht.

– Twój?

Nawet z oddali wydawał się wielki. Musiał kosztować fortunę. Nie wiedziałam, jak zareagować. Ale ponieważ minęła już druga w nocy, pomyślałam, że czas zakończyć spotkanie.

– Dziękuję ci za ten wieczór – wyjąkałam cicho, nie bardzo wiedząc, co mam dalej zrobić. Bo jeśli sobie myślał, że ja... To się grubo pomylił.

Carl przytulił się do mnie na ułamek sekundy, zanim zdążyłam zesztywnieć ze strachu, i pocałował mnie w policzek.

– Zobaczyć jutro wieczorem?

Trochę minęło, zanim zrozumiałam jego pytanie. Kiwnęłam głową.

– Przysłać samochód. – Pokręcił rękami, jakby trzymał w nich kierownicę. – Ósma! – Pokazał mi cyfrę na zegarku, a potem spojrzał mi w oczy. – Bardzo dziękować. Taka sympatyczna i zabawna dziewczyna. – Przy słowie „zabawna" złapał się za brzuch, udając, że dusi się ze śmiechu.

Zawsze to jakaś zaleta, pomyślałam, kiedy machał na przejeżdżającą taksówkę.

Mieszkałam wówczas w wynajętym maciupkim mieszkaniu, które choć składało się z jednego pokoju, wnęki kuchennej i łazienki, miało zdecydowany atut: znajdowało się zaledwie dwieście metrów od plaży. To była duża różnica w porównaniu ze „schowkiem na buty", w którym spędziłam pierwsze dwa lata po przyjeździe do Hiszpanii.

Wyprowadziłam się od Marcusa tego samego dnia po złapaniu go in flagranti z małolatą. Zamieszkałam u koleżanki z salonu Sandry. Szybko podejmuję decyzje, a potem się ich konsekwentnie trzymam, nie dzielę włosa na czworo, żałując i się zastanawiając, co by było gdyby. W przeszłości nie mogę niczego zmienić, ale mogę zbudować teraźniejszość inaczej. W związku z tym postanowiłam wyjechać na Costa del Sol na stałe.

– Chyba zupełnie oszalałaś! Pojedziesz tam w ciemno?

Bywało, że tak robiłam, a przecież w Hiszpanii już byłam, i to zaledwie dwa miesiące wcześniej. Wiedziałam, że sobie poradzę. Postanowiłam spróbować sił w handlu i odszukałam numery telefonów sklepikarzy, z którymi rozmawiałam w Nerji. Może zdecydują się kupić ode mnie ciuchy? Na początek musiałam jednak poznać niemieckich dostawców. A to jakiś problem dla mnie?

Miesiąc później wyruszyłam wyładowaną ubraniami simcą do Hiszpanii. Tym razem wybierałam się w daleką podróż z prawdziwą przyjemnością. Było lato, a simca dzięki mojemu paruletniemu związkowi z mechanikiem samochodowym sprawowała się idealnie jak na tak wiekowy wóz. Pewnie, że miałam obawy, taką zupełną idiotką to nie jestem, ale przekonałam siebie, że jest to najlepsze rozwiązanie. Nie mogłam wrócić do domu przegrana życiowo, przecież wszyscy tam myśleli, że doskonale mi się powodzi. A Hamburg zbrzydł mi doszczętnie za sprawą Marcusa i Moniki – podwójnego oszustwa. Z moim byłym chłopakiem nie zamierzałam niczego wyjaśniać, ale miałam parę słów do powiedzenia mojej kuzynce. Niestety, mogłam porozmawiać sama ze sobą. Monika znowu zniknęła i nie odbierała telefonu. Wysłałam jej list. Niech żyje ze świadomością, że wiem, iż oszukała mnie w sprawie Antona. Odpowiedzi do wyjazdu nie otrzymałam.

Postanowiłam zostawić za sobą Magdę i zacząć nowe życie jako Lena Walter, choć po roku rozwiodłam się zaocznie z Antonem. Mój czepek szczęścia zadziałał również w Hiszpanii. Znajomi sklepikarze zainteresowali się towarem; oczywiście nie udało mi się sprzedać wszystkiego od razu. Znalazłam wówczas niewielki pokój w Nerji i dzięki referencjom od Sandry mogłam rozpocząć pracę manikiurzystki. Na klientki nie musiałam czekać ani chwili, w środku sezonu brak było rąk do pracy. Wszystkie Niemki moja pracodawczyni wysyłała do mnie, ale ja już dzień po przyjeździe zaczęłam się uczyć hiszpańskiego. Szło mi świetnie i dzięki temu po dwóch latach przeprowadziłam się do Marbelli i mogłam założyć tam własny biznes, takie mini *centro estetico.*

Czy teraz przyszedł czas na angielski? – zaczęłam się zastanawiać następnego dnia po spotkaniu z Carlem. Wprawdzie poradziłam sobie tego wieczoru, ale czy starczy mi konwersacyjnej inwencji na dłużej? I w tym momencie się zorientowałam, że chciałabym jeszcze się z nim spotkać. To nie był wcale obleśny staruch, którego obraz miałam w głowie, kiedy Jolka opowiadała o nim. Nie był wprawdzie młody ani piękny, ale dobrze się czułam w jego obecności. Jego opiekuńcze zachowanie sprawiało, że nie miałam świadomości gaf, które niewątpliwie popełniałam.

Kiedy tak sobie rozmyślałam, szykując się do pracy, rozległo się pukanie do drzwi.

– Dla señority Leny – powiedział posłaniec i wręczył mi ogromny kolorowy bukiet kwiatów.

Jest ich wiele, bo nie wiem, jakie lubisz najbardziej. Wybierz te, które Ci się podobają, a resztę wyrzuć.

C.

Liścik był napisany po hiszpańsku, widać Carl korzystał z miejscowej pomocy.

Uśmiechnęłam się. Uwielbiam kwiaty, a życie nieustannie zadziwiało mnie swoim pięknem. Tylko że wówczas zaczynałam je dopiero poznawać.

Tego wieczoru pojechaliśmy z Carlem, Jolką i Raulem na kolację do Gibraltaru. Raz po raz natrafiałam na uważne, taksujące spojrzenia Szweda. Jakby próbował oszacować, czy jestem wystarczająco ładna, seksowna i mądra.

– Czym ty się zajmujesz, Carl? – pozwoliłam sobie na konkretne pytanie.

– Firmami. – Uśmiechnął się. – To długa historia.

– Raczej kolekcjonowaniem firm – zażartował Raul, ale Carl więcej nie próbował wyjaśniać.

Pewnie było to za trudne lub też nie lubił rozmów o interesach podczas smakowania steku. Tylko że wówczas lepiej zrozumiałam jego spojrzenie. Von Altenburg patrzył na mnie jak na potencjalną inwestycję. Zastanawiał się, czy jestem warta jego czasu i pieniędzy.

Kolejny dzień spędziliśmy już sami i znów zaczęły mną targać nerwy. Świetnie się czułam w towarzystwie Carla, ale wiedziałam, że nie jestem gotowa na nic więcej. Od czasu porzucenia Marcusa nie wpakowałam się w żadne relacje męsko-damskie, nie było żadnych romansów, żadnych pocałunków, tylko praca. No nie, trochę przesadzam. Miałam wielu nowych znajomych – zawsze łatwo nawiązywałam przyjaźnie, ale przyznam, że te pierwsze lata koncentrowałam się głównie na zarabianiu kasy. Potrzebowałam jej sporo, bo w tym roku miałam wreszcie podjąć pierwszych gości z Polski. Wybierała się mama z Marianem i jego żoną Renatą, miała też wpaść do mnie Baśka. Pójdę z torbami, to pewne, pomyślałam. W związku z tym nie kupiłam żadnej specjalnej sukienki na kolację na jachcie, tylko ją pożyczyłam od znajomej właścicielki butiku.

– To jest klasyczna chanel – zachwalała kieckę. – Oczywiście sprzed paru lat, ale na tym fasonie nikt tego nie dostrzeże. Spokojnie możesz ją włożyć nawet na dwór królewski.

A ja nawet nie przypuszczałam, że tego wieczoru będę się tak czuła jak na królewskim dworze.

Taksówka przyjechała po mnie punktualnie o ósmej i zawiozła mnie do portu. Przy trapie powitał mnie mężczyzna w marynarskiej bluzie w paski i wprowadził na górę. Po chwili pojawił się Carl. Miał na sobie granatową marynarkę i białe spodnie i zdecydowanie wyglądał na właściciela tego kosztownego jachtu. W ręku trzymał butelkę szampana i dwa kieliszki. I stał przy pokładowym basenie. Basen na jachcie?

– I jak się podobać?

Zrozumiałam pytanie, ale nie mogłam nic wykrztusić. Po prostu zatkało mnie, kiedy oprowadzana przez niego oglądałam luksusowe wnętrza. Białe skórzane kanapy i pufy w salonie wyłożonym dywanem, w którym nogi grzęzły po kostki, obite hebanem kajuty sypialne właściciela i gości, z wielkimi łożami, kremowa łazienka z nowoczesną armaturą i jacuzzi. Wydawało mi się, że śnię i z każdym pstryknięciem włączanego światła zaczyna się nowy sen. Na koniec Carl zaprowadził mnie do oddzielonej od części salonowej jadalni i na wielkim dębowym stole dostrzegłam jedynie dwa nakrycia.

– A Jola i Raul? – spytałam ochrypłym z nagłego przejęcia głosem.

– W Sewilli. Może być tylko ty i ja? – Uśmiechnął się i zamrugał.

– *Why not?*

Z Carlem spędziłam kolejny niesamowity wieczór. A poza tym nie napadł mnie ani nie zgwałcił na puchowym książęcym łożu, tylko nakarmił i napoił, a potem pokazywał mapy z zaznaczeniem portów, do których zawijał jego jacht *Equinox*. Zrozumiałam, że jest jego właścicielem, ale korzysta z niego przez miesiąc w roku. W pozostałym czasie jacht jest czarterowany. Nie służy więc jedynie przyjemności, ale stanowi dość korzystną inwestycję dla właściciela. Jedną z wielu, jak było w wypadku Carla.

Po kolacji von Altenburg zawiózł mnie taksówką do domu, a przed drzwiami pocałował lekko w usta. *Au revoir, Lena*, usłyszałam.

O godzinie dwunastej leżałam więc we własnym łóżku z głową pełną wrażeń i zastanawiałam się, co spotka mnie następnego dnia.

A następnego dnia znowu dostałam kwiaty, tym razem z kartką oznajmiającą, że mój nowy przyjaciel odezwie się do mnie wkrótce. Fajnie było i minęło, pomyślałam, mimo wszystko nieco rozczarowana.

Powinnam napisać do rodziców o tych niezwykłych wydarzeniach. Bardzo lubili słyszeć, jak świetnie mi idzie, że się dobrze bawię i jestem szczęśliwa, jak to rodzice. Żałowałam, że nie mogę o wszystkim opowiedzieć babci, bo ona, niestety, od roku nie żyła.

Wytłumaczyłam sobie, że takie doświadczenia są niezwykle cenne dla człowieka, zwiedziłam luksusowy pełnomorski jacht i wyciągnęłam pewien istotny wniosek. Koniecznie muszę zacząć się uczyć angielskiego. I to od razu, postanowiłam, biorąc się do paznokci mojej pierwszej klientki. Angielki zresztą, jak się okazało.

Wkrótce otrzymałam dodatkową motywację do nauki, gdyż po tygodniu przyszła widokówka od Carla. Zabawna fotografia z pozdrowieniami z Londynu od angielskiego policjanta. Potem była kolejna, ze Sztokholmu, następnie z San Antonio. Wprawdzie nigdy nie umiałam usiedzieć na miejscu, ale światowe przemieszczanie się von Altenburga wywarło na mnie wrażenie. Najgorsze, że nie podał adresu, na który mogłam mu odpowiedzieć, ale może nic dziwnego, skoro co parę dni był gdzie indziej.

Na koniec nadeszła przesyłka z San Francisco, tym razem polecona. Aż usiadłam z wrażenia, kiedy otworzyłam grubą kopertę. Całe szczęście, że jej nie rozerwałam.

Znajdował się w niej czek na pięć tysięcy dolarów, a do tego bilet lotniczy do San Francisco z datą za dwa tygodnie. I tylko krótki dopisek: „Masz ochotę przyjechać?". Długo się nie zastanawiałam. Nie miałam pojęcia, co mnie czeka i na co mogę liczyć. Czułam jednak, że muszę zaryzykować. Ta przygoda musi być moja, zdecydowałam.

Włożyłam buty i poszłam szukać zastępczyni do mojego salonu manikiuru. Z każdym krokiem coraz bardziej zdeter minowana. Byłam młoda i potrzebowałam nowych przeżyć. Wiedziałam już, że Carl jest żonaty, ale nie zaprzątałam sobie tym głowy. Nie chciałam wychodzić za mąż. Nie miałam nic przeciwko temu, żeby zostać jego kochanką. Tylko kochanką.

Rozdział XV

– Masz już wszystko? – Hines mówił przyciszonym tonem, a w tle słychać było warkot przejeżdżających samochodów. Musiał więc rozmawiać z Jakubem po drodze do kancelarii.

– Prawie – odpowiedział Kozak i podszedł do stale kuszącego go malowniczym widokiem okna. – A zdjęcia dostałeś?

– Oczywiście. Właśnie chodziło mi o znalezienie takiej niespójności z dokumentami. Przydałby się jeszcze wyciąg z ksiąg parafialnych. Chodzi mi o akt ślubu.

– Powinienem to dzisiaj załatwić.

– Świetnie. – Hines pewnie zatarłby ręce, gdyby nie trzymał komórki. – To kiedy przyjedziesz z oryginałami? Jutro? Pojutrze?

Jakub szybko zamrugał i ścisnął mocniej telefon. Musiałby zabrać ze sobą Ewę, a Alicja leżała już w szpitalu. Postukał palcami w szybę, szukając natchnienia.

– Słyszysz mnie?

– Tak, słyszę. – Trudno, zabierze ją ze sobą. Znajdzie dla niej jakąś opiekunkę. Już przecież wcześniej tak robił. – Za trzy dni? – To było bardziej pytanie niż odpowiedź.

– Byle nie później, proszę. Opowiadałem staremu, co udało ci się odkryć do tej pory, i nie daje mi teraz żyć. Codziennie do mnie dzwoni. Chryste! – jęknął z przesadą.

– Stary? Jaki on stary? Widziałem, jak macha kijem do golfa – zauważył Jakub.

– To prawda, dziarski facet. Ale pospiesz się – dodał na koniec Hines.

Jakub odłożył telefon. Jeśli miał przez moment jakiekolwiek złudzenia, że jest na wakacjach, to w tej chwili wszystkie pierzchły. Ale jeszcze pojedzie z Ewą na urlop, obiecywał sobie. Może nie w ciepłe kraje, do których wiecznie trafiał, choć za nimi nie przepadał. Miał coraz większą ochotę pozwiedzać Polskę – tę, którą tak mało już rozumiał. Kiełkowało w nim coraz większe przekonanie, że w ten sposób uzyska spokój.

Spróbować nie zaszkodzi, uznał i rozejrzał się dokoła. Ewa zdążyła wyprysnąć z pokoju podczas jego rozmowy.

Od samego przyjazdu uznała się za mieszkańca willi Historia i myszkowała beztrosko po wszystkich kątach. Poprzedniego dnia, kiedy nie mógł jej znaleźć w pensjonacie, napędziła mu niezłego stracha. Gdy po raz kolejny schodził po schodach, na próżno szukając córki, zobaczył wychodzącą z korytarzowej szafy zjawę w brokatowym szalu i turbanie na głowie. W ostatnim momencie zdążył zdusić w sobie krzyk. Ale by się wygłupił!

A to panie wymyśliły sobie pokaz mody! Kiedy go zobaczyły na schodach, bardzo się ucieszyły, że wreszcie zyskały widza. Posadziły go w fotelu, a potem przechadzały się przed nim, udając modelki. Musiał przyznać, że było to dość zabawne. Klaskał im, a one wbiegały ponownie do garderoby i się przebierały w nowe stroje. To, że Ewa była zachwycona zabawą, mogło być zrozumiałe – choć niezwykłe ze względu na jej dotychczasową niechęć do wszystkiego – ale że Lena się tak zachowuje, trochę go krępowało. Czy nie powinna być trochę poważniejsza? Kobieta przed pięćdziesiątką, a tu takie wygłupy.

– Jakub, teraz ty! – Został zaskoczony rzuconymi mu na kolana ubraniami. Lena była uśmiechnięta od ucha do ucha, zachwycona swoim dziecinnym pomysłem.

Rany boskie! Strój markiza razem z peruką.

– Tata, tata, włóż to!

I znowu dał się zwabić na tego „tatę" i wzbudził dziki entuzjazm u córki. Nigdy w życiu nie widział, że potrafi się tak śmiać. Oczy jej się zwęziły i łapała się za brzuch na jego widok.

– Zdjęcie, tata. Zrobię zdjęcie.

A potem się posikała. Zastanawiał się, czy Lena również, bo obie zniknęły na dłużej w łazience.

Jakub sięgnął po komórkę i zaczął przeglądać zrobione poprzedniego dnia zdjęcia. Po migawkach z gniewskiego cmentarza nastrzelali niemal pięćdziesiąt fotek.

I ten facet w peruce na bakier aż tak je rozbawił? Mimowolnie zaczął wykrzywiać się do zdjęć. Chyba zwariował, podobnie jak właścicielka tego miejsca, doszedł do przykrego wniosku i ruszył po schodach na dół, żeby sprawdzić, jaką nową niespodziankę mu zgotowały.

Na szczęście nic strasznego. Obie pracowały w ogrodzie. Patrzył przez chwilę, jak Ewa wynosi chwasty do kompostownika, a potem otworzył drzwi na taras.

Lena podniosła głowę.

– Śniadanie czeka! – krzyknęła. – Już idę zrobić kawę.

Chciał powiedzieć, że już umie obsłużyć jej ekspres, ale rzuciła grabki i ruszyła na górę. Na Ewę również nie trzeba było czekać.

– Ewa, nie wychodź sama z pokoju. Nie możesz przeszkadzać Lenie w jej zajęciach. – Trzeba było ją trochę utemperować. Nie mogła się tak narzucać Walterowej.

– To nie jest dla mnie kłopot. Naprawdę – powiedziała Lena i poszła do łazienki umyć ręce.

– Wykopałam robaka. Dżdż... – To było trudne słowo.

– Dżdżownicę.

– Tak. Malwinka jest w szpitalu – powiedziała Ewa na wdechu.

– Ojej, co się stało?

– Pojechali na badania do Gdańska, ale zaprosili Ewunię na popołudnie! – krzyknęła Lena z łazienki.

– Pójdę, prawda? I jutro też.

Jutro? Co on miał robić jutro? Ale kiwnął głową na zgodę.

– Jak zjadłaś śniadanie, to pojedziemy na przejażdżkę samochodem, dobrze? – zwrócił się do córki.

– Z Leną?

Gospodyni szybko interweniowała:

– Ja mam trochę pracy. I muszę się z kimś spotkać, ale przygotuję dzisiaj specjalny obiad. Co wy na to? Dokąd chcecie się wybrać?

– Może w okolice Pelplina?

– Koniecznie odwiedźcie katedrę. Jest przepiękna. Rodzice mojej mamy brali tam ślub.

– O, to ciekawe – zauważył i zabrał się do śniadania.

Ewa tymczasem trochę posmutniała, ale nie protestowała, a potem poszła się przebrać przed wyjazdem, zdecydowanie zabraniając mu sobie pomóc. Kiedy pojawiła się po kwadransie, miała na sobie krzyżacki strój. I hełm.

– Możesz mnie wziąć za rękę, bo słabo widzę – łaskawie zaproponowała, a kiedy przypiął ją w foteliku, podniosła przyłbicę.

– Na koń! – wykrzyknęła.

Zanim zdążył uruchomić silnik, w drzwiach ukazała się Lena z zawiniątkiem w dłoni.

– Tak się szybko zebraliście. O mały włos bym nie zdążyła – powiedziała i przez okno podała Jakubowi paczuszkę.

Widząc jego zdziwiony wzrok, wyjaśniła: – To są kanapki na drugie śniadanie.

– Ale... – zaczął Jakub, tylko że jego rozmówcy już nie było.

Lena zamykała właśnie drzwi do pensjonatu.

Kiedy ostatni raz ktoś mu robił kanapki? Nawet nie pamiętał. Matka zawsze dawała mu dwa złote na drożdżówkę, ale nigdy nie przygotowywała kanapek. Wszyscy w szkole mu tego zazdrościli, bo jego ciastko było czymś znacznie bardziej atrakcyjnym niż bułki z żółtym serem, ale on od dziecka nie przepadał za słodkościami.

Ewa przejęła szybko torebkę z jedzeniem i zanim zdążyli wyjechać z Gniewu, rozpakowała jedną kanapkę.

– Lubię Lenę – oświadczyła i z lubością wgryzła się w bułkę.

Nagle zaczęła jeść. To ciekawe, pomyślał Jakub.

Prowadził mercedesa i wpatrywał się zachwycony w jaskrawożółte pola kwitnącego rzepaku. Dopiero teraz doszedł do wniosku, że powinien być wdzięczny Hinesowi za tę ostatnią misję. Po raz pierwszy od dawna czuł w sobie spokój, a folii bąbelkowej nie dotknął od przyjazdu.

Przez całą drogę Ewa zachowywała się bardzo grzecznie. Była również spokojna, kiedy zatrzymali się przy wiejskim kościele czy podczas spaceru po Pelplinie. Może tylko niepotrzebnie przeżegnała się po wejściu do biura parafialnego i rzuciła się na kolana przed księdzem. Na szczęście ten był odwrócony, zajęty prowadzoną rozmową telefoniczną, i nie dostrzegł tej niecodziennej manifestacji wiary. Jakub szybko podniósł małą z podłogi.

W biurze parafialnym okazało się, że na wypis trzeba będzie poczekać. Należało bowiem ściągnąć księgi z archiwum. Chyba że chce wrócić następnego dnia? Nie, nie chciał i bardzo był wdzięczny, że ksiądz poszedł mu na rękę i postanowił znaleźć potrzebne mu dane jeszcze tego samego dnia.

– Może obejrzycie katedrę? – zaproponował ksiądz. – Wprawdzie pan z Londynu, a tam pełno zabytków, jednak jestem pewien, że to miejsce pana zachwyci. I tego ślicznego Krzyżaka.

Jakub miał tylko nadzieję, że ksiądz nie wpadnie na pomysł pogłaskania Ewy po głowie – na szczęście hełm zostawiła w samochodzie – bo mogła go wówczas ugryźć, i to całkiem dotkliwie, jak się już kiedyś zdarzyło.

– Chcesz wejść do katedry? – spytał córkę.

– To ceglany gotyk – odpowiedziała z powagą i skinęła głową.

– Skąd ty to wiesz?

Oprócz dziwnego zachowania jego córka przejawiała niezwykłą jak na jej wiek znajomość pewnych faktów. Niektórych, bo nie umiała jeszcze dobrze liczyć ani nie znała się na zegarku.

– Oglądałam albumy Alicji – odpowiedziała i schyliła się, żeby wygrzebać ze szczeliny przy drzwiach jakiś papier. – Przecież umiem czytać od dawna. Za pół roku będę miała siedem lat. Co ty myślisz! – Na szczęście nie zrobiła żadnej awantury i dała się wprowadzić do świątyni.

– A czy ty wiesz, że w tutejszym muzeum znajduje się najcenniejsza księga świata, Biblia Gutenberga? – chciał wyjaśnić córce, ale dostrzegł, że go w ogóle nie słucha.

Jej oczy stały się okrągłe i ogromne i patrzyły z zachwytem na katedralne wnętrze. Jakub uniósł wzrok i nagle jego samego dotknęła magia zaklęta w tych murach.

Główny ołtarz był olbrzymi, chyba takiego do tej pory nie widział i nawet nie przypuszczał, że zobaczy w tak małym miasteczku; pełen ozdób i malowideł, z góry do dołu kapiący złotem.

– Ewa, patrz do góry.

Pokazał córce sklepienia. To niewiarygodne, że występowały aż w tylu odmianach: gwiaździste, sieciowe i te zapierające dech – kryształowe.

Ponad pół godziny chodzili po katedrze, przyglądając się bocznym ołtarzom, stallom i licznym ozdobom. Co chwila odkrywali kolejne ciekawostki. W końcu Jakub postanowił usiąść w ławce i samotnie pokontemplować niezwykłą atmosferę tego miejsca. Nigdy nie był religijny, ale stare kościoły zawsze go przyciągały.

Ewa, mająca więcej energii, krążyła dokoła, zaglądając we wszelkie zakamarki. Byleby tylko nie narobiła żadnego kłopotu, pomyślał Jakub, mimowolnie obserwując wchodzącą za ołtarz główny córkę. Wprawdzie w ostatnich dniach zachowywała się znacznie lepiej, jednak nie wiadomo było, co może jej przyjść do głowy. Wrodziła się przecież w matkę. Z ulgą zobaczył, że mała wychodzi zza ołtarza i kieruje się w jego stronę. Miała tak poważną minę, jakby się coś wydarzyło.

– Tam są groby – stwierdziła i usiadła obok niego w ławce.

– Przecież ci mówiłem. Jest krypta i groby, ale tablice nagrobne są wszędzie.

– Chodzimy po nich.

To prawda. Jakub przypomniał sobie dzień, kiedy po raz pierwszy rodzice zabrali go do kościoła Mariackiego. Jego ówczesne odczucia musiały być bardzo podobne do obecnego przerażenia córki. Stąpa po zmarłych. Po całym martwym podziemnym mieście. Rodzice nie omieszkali mu wyjaśnić, że pod jego stopami znajduje się kilka tysięcy zmarłych. Potwornie się tym przejął. Jak ma jej to teraz wyjaśnić, żeby nie odchorowała tego jak on? Nie zdążył jednak nic powiedzieć, bo Ewa szybko zmieniła temat.

– Nie wszyscy ciężko chorzy umierają, prawda?

Zdziwił się, słysząc to pytanie zadane przez osóbkę, która niedawno popisała się znajomością ceglanego gotyku. To jest przecież dziecko, dziecko, powtórzył w myślach, jakby sobie dopiero o tym fakcie przypomniał.

– Oczywiście, że nie. Alicji wstawią endoprotezę kolana i będzie się lepiej ruszać. Musi jednak przejść dłuższą rehabilitację.

– Wiem, ja myślałam o... – zrobiła pauzę – mamie.

Mamie! Coś ścisnęło Jakuba za przełyk. Ewa myślała o kobiecie, która potraktowała ją środkiem przeciwgrzybiczym. Jednak to wszystko nie przeszkadzało jej nadal ją kochać.

Dziewczynka tarła czoło kciukiem tak mocno, jakby chciała sobie wywiercić dziurę w głowie.

Jakub pochwycił jej rękę i wziął małą na kolana. Nie wyrwała mu się jak zwykle.

– Mama nie umrze – powiedział bardzo łagodnym tonem.

– A kiedy wyjdzie ze szpitala?

– Jest z nią już lepiej, ale będą ją leczyć jeszcze przez parę miesięcy. – Jakub westchnął i pogładził włosy córki, które byłyby białe jak len, gdyby były czyste. A może to on powinien je umyć? Dziwne, ale dopiero teraz o tym pomyślał. – Chcesz ją odwiedzić?

Ewa kiwnęła głową.

– Babcia mówiła, że nie może rozmawiać przez telefon.

Mogła rozmawiać, ale nie z córką. Zyta doszła już na tyle do siebie, żeby zacząć zdawać sobie sprawę, co się stało i jak niewiele brakowało do największego nieszczęścia. Jakub rozumiał, że ma potworne wyrzuty sumienia.

– Jak wrócimy z Gniewu, to odwiedzimy mamę – obiecał. – Dzisiaj do niej zadzwonię. Co ty na to?

Chciał ją jeszcze pogładzić po głowie, ale wyswobodziła się z jego uścisku i pobiegła na drugi koniec katedry.

Zyta się wstydziła, a co on sam miał powiedzieć...

– Czy będziesz miał dzisiaj czas? Chciałabym ci coś powiedzieć.

Zyta zaczęła do niego mówić, kiedy już wkładał marynarkę i chwytał za torbę z laptopem. Już był spóźniony! Spojrzał na żonę niewidzącym wzrokiem.

– Później, później. – Zbliżyła się do niego, a on momentalnie cofnął się w kierunku drogi ucieczki: drzwi wejściowych. – Muszę już lecieć.

Po kilkugodzinnej naradzie z klientem Jakub przypomniał sobie o prośbie Zyty. Zorientował się, że pyta go o to samo już kolejny raz. Jednak gdy wracał do domu, żona nie mówiła nic, tylko zamykała się w swoim pokoju, by malować obrazy.

Ostatnio zrobiła się jeszcze bardziej tajemnicza. Może ze względu na swoje nowe zajęcie. Trochę się wstydziła, że zajęła się malowaniem jak jej matka. Zawsze się przecież zarzekała, że nigdy w życiu.

Po południu Jakuba zaabsorbowało kolejne spotkanie, potem papierowa dłubanina, a potem zadzwoniła Jane i zaprosiła go na drinka. Wiedział dobrze, co to oznacza.

– Ale tylko jednego – szepnął do słuchawki, wiedząc doskonale, że nie ma siły, która go powstrzyma przed pobiegnięciem do niej.

Od kiedy trzy miesiące wcześniej rzuciła na niego urok, był od niej całkowicie zależny. Zrobiłby dla niej wszystko – rozwiódł się, zostawił dziecko – tylko że Jane wcale tego nie chciała. Miała przecież szczęśliwe małżeństwo. Jakub był jedynie przyprawą do jej barwnego życia, a ona jego obsesją. Tego wieczoru pozwoliła mu z sobą spędzić aż dwie godziny, które minęły niestety zbyt szybko. Doszedł do domu nadal pogrążony w swoim słodkim cierpieniu związanym z Jane. Po raz kolejny obiecywał sobie, że musi zakończyć ten oparty na niewolniczym uzależnieniu związek.

Kiedy wszedł do mieszkania, panował w nim mrok. Spojrzał na zegarek i zdziwiony stwierdził, że minęła już dwudziesta druga. Zyta i Ewa pewnie już spały. Opiekunki nie było, gdyż to był jej dzień wolny.

Od dawna Jakub przestał myśleć o incydencie, który zdarzył się po narodzinach córki, traktując go jako przeszłość związaną z depresją poporodową żony. Jednak teraz, gdy stał w ciemnościach, coś go zaniepokoiło. Sięgnął ręką do przełącznika światła, a potem błyskawicznie przemieścił się do pokoju dwuletniej Ewy.

Mała spała, leżąc w poprzek łóżka. Jakub dotknął jej rozgrzanego policzka i odetchnął z ulgą. Wszystko było w porządku. Tylko gdzie jest Zyta?

Bezszelestnie podszedł do jej pokoju. Spod drzwi wypływał nikły strumień światła. Jakub zapukał cicho i nacisnął na klamkę.

Zyta nawet nie odwróciła głowy. Siedziała tyłem do niego na puszystym dywaniku. Miała wzrok utkwiony w ścianie, przy której stał odwrócony obraz.

– Dlaczego tak tu siedzisz?

Nie mogła przecież pracować, w pomieszczeniu paliła się jedynie niewielka nocna lampka.

Obejrzała się w jego stronę. Miała tak rozszerzone źrenice, że przyszło mu do głowy, iż coś musiała zażyć. Ale jej głos brzmiał zupełnie normalnie.

– Widzisz tę ścianę?

Może rzeczywiście czegoś się naćpała, zaniepokoił się.

– Jest biała – stwierdził oczywisty fakt.

– No właśnie! – wykrzyknęła triumfalnie Zyta, jakby dokonał epokowego odkrycia. – Jest zupełnie biała. Taka niepokalana, wiesz. Czysta. Bardzo ją lubię. Nie dotykaj jej! – krzyknęła, widząc, że Jakub podchodzi bliżej.

– Nie mam zamiaru. Pokażesz mi, co namalowałaś? – próbował ją uspokoić.

Zyta wzruszyła ramionami i w końcu odwróciła głowę od ściany. Opuściła ją na kolana, które objęła rękami.

Jakub obrócił obraz. Był zupełnie niezamalowany. Czyste płótno.

– Zyta, tu nic nie ma.

– Jest czysty. – Podniosła wzrok. – Kiedy zacznę malować, pobrudzę go, nie rozumiesz?

Jakub patrzył na inne stojące płótna. Wszystkie idealnie białe. Spojrzał na żonę i wykrzywił usta.

– Może znajdziesz sobie inne hobby, kochanie? – powiedział tylko i wyszedł z pokoju.

Wkrótce dołączyła do niego i jakby nigdy nic zaproponowała mu wypicie herbaty. Przez chwilę rozmawiali o różnych banalnych sprawach, a następnego dnia Zyta pozbyła się z domu wszystkich malarskich akcesoriów. Pół roku później wyprowadziła się z domu. Potem wylądowała w szpitalu psychiatrycznym.

A co on zrobił? Pracował, zarabiał, późno wracał do domu. I nawet sam zakończył romans z Jane. Taki przykładny mąż. Nie zrobił nic.

Jakub nawet nie poczuł, jak łzy zaczęły mu kapać z oczu. Z ust wyrwało mu się łkanie, które zdusił wnętrzem dłoni.

Nie, nikt go nie widział. Ewa leżała na ławce po drugiej stronie i wpatrywała się w sklepienie. Nikt sobie o nim nic nie pomyśli, prawda?

Siedział przez dłuższy czas ze spuszczoną głową, a potem ją podniósł. I dopiero teraz zrozumiał, co widzi. A był to obraz ze sceną ścięcia świętego Jakuba malowany przez Strobla. Jakub za chwilę umrze, ale jest ktoś, kto nad nim czuwa, kto nie pozwoli mu być samotnym w tym dramatycznym momencie. To jego anioł stróż. Dopiero teraz go dostrzegł, tak jakby nagle sfrunął z nieba i znalazł się na kościelnym płótnie. Przeszedł go dziwny dreszcz.

Jakub poruszony wstał z ławki i zaczął patrzeć na obraz pod różnymi kątami. Anioł stróż zniknął. Nie pomogło zamknięcie oczu i mruganie powiekami. Nie chciał się ponownie ukazać i już.

Stał na podłodze, pod którą leżeli ci, co zmarli w przeszłości, oczy unosił w górę, w anielską przyszłość. Tylko że ani na jedno, ani na drugie nie miał żadnego wpływu.

– Tata? Idziemy już?

Nawet nie zauważył, gdy Ewa stanęła za nim i złapała go za rękę.

I nagle wszystko stało się jasne i oczywiste. W tym zamkniętym klamrą wieczności czasie teraźniejszym było przecież jeszcze parę spraw, o których mógł przecież zdecydować i które można było jeszcze zmienić.

– Wyjdziemy na dwór.

Myślał, że puści jego rękę, ale trzymała go całą drogę do wyjścia. Przy samych drzwiach pojawił się ksiądz z dokumentami w rękach.

– Udało się – powiedział duchowny i uśmiechnął się do Jakuba, ale gdy spojrzał na niego z bliska, nagle spoważniał. Czyżby dostrzegł jeszcze wilgoć łez na moich policzkach? – pomyślał Kozak, ale wcale się tym nie przejął. Czuł się dziwnie lekko i niefrasobliwie.

– Udało się – powtórzył za księdzem.

Na zewnątrz przywitał ich rzęsisty deszcz. Do parkingu było zaledwie kilka kroków, ale i tak zmokli.

– Chcesz coś zjeść? – spytał Ewę, ale nic nie odpowiedziała, tylko wskazała na kanapki.

Podzielili się nimi, a potem, wolno je żując, wsłuchiwali się w krople deszczu uderzające w samochodową szybę.

– I popsuła się pogoda – stwierdził Jakub i kiedy silnik zastartował, włączył wycieraczki. Ruszyły dynamicznie, po chwili można było znów zobaczyć świat dokoła, a potem coś zacharczało i wycieraczki zamarły, wyzionąwszy ducha. – O szlag by to! – zaklął i skręcił w boczną ulicę, gdyż błyskawicznie stracił widoczność.

– Co się stało? – zainteresowała się Ewa.

– Nie możemy jechać, nic nie widać.

Jakub postanowił poczekać. Może wycieraczki same się naprawią. A jak tak się nie stanie, znajdą jakiegoś mechanika, który wymieni bezpiecznik. Nie było jednak sensu moknąć na dworze, choć z drugiej strony, nic nie zapowiadało zmiany pogody. Chyba zanosiło się na dłużej.

– Zimno się zrobiło.

Przekręcił kluczyk w stacyjce. Bez rezultatu. Spróbował jeszcze raz i jeszcze, i nic. Coś się stało z układem elektrycznym wozu. Kiepsko. Najprawdopodobniej będzie musiał zostawić go gdzieś na dłużej. Może Lena coś mu doradzi?

Sięgnął po telefon i wystukał jej numer. Głuchy sygnał. Czyżby go odłączyli? No masz ci los. Najgorsze, że będzie musiał ciągnąć na dwór Ewę. Ale przecież nie mógł jej zostawić samej w samochodzie. Może jeszcze poczekają?

Poczekali całą godzinę. Krople deszczu były już drobniejsze, jednak o jeździe bez wycieraczek nie było mowy. Na szczęście telefon udzielił Jakubowi cennej wskazówki. Warsztat elektryczny znajdował się zaledwie o dwie przecznice dalej.

– Panie, tak od ręki się nie da! – Elektryk podrapał się po bujnych włosach. – Inny wóz mam rozgrzebany.

– Nie mogę go tu zostawić – próbował protestować Jakub, śledząc każdy ruch Ewy, która zaczęła się huśtać na bramie wjazdowej.

– A jak pan nim odjedzie? – Elektryk mógł się równie dobrze popukać w czoło, bo odpowiedź była oczywista. Na szczęście nie zrobił nic. Stał tylko i czekał na decyzję właściciela.

– Jak się stąd dostać do Gniewu? – spytał Jakub. Telefon Leny nadal nie miał sygnału, nie było więc wyboru.

– Autobusem. Najpierw do Tczewa, a potem przesiadka.

– Kawał drogi w ten sposób, ale co mam począć. Dobrze, zostawię go tutaj. – Jakub się poddał. – Czy mógłby mi pan podać swój telefon komórkowy?

– Ale od razu mówię, że najwcześniej będzie gotowy w południe. Pan też poda swój, to zadzwonię, jak będę coś wiedział.

I tak skończyła się piękna wycieczka, pomyślał Kozak, kiedy po półgodzinie opuszczał teren warsztatu z dzieciakiem przebranym za Krzyżaka. Nie dała się przekonać, by strój został w bagażniku. „Nie, bo zginie". I nie, bo nie. Ale teraz podała mu klejącą się rękę. Trzymał ją mimo wszystko, bo zaraz wychodzili na główną ulicę.

– Panie! – usłyszał za sobą głos elektryka, który skończył z kimś rozmawiać przez telefon.

– Słucham? – Jakub odwrócił głowę.

– Mój brat zawiezie pana do Gniewu.

Jakub uśmiechnął się od ucha do ucha, ale był trochę zły na siebie, że od razu nie spytał elektryka o możliwość podwózki. Spytał tylko, ile ma mu zapłacić. Nie wziął pieniędzy z bankomatu i obawiał się, że może mu nie wystarczyć.

– Nic mu pan nie płaci. Rozliczymy wszystko jutro razem z naprawą.

Kierowca pojawił się chwilę później. Podgolony młody człowiek w motocyklowej kurtce. Wyłonił się z dobrze utrzymanego passata.

– To lecimy, co? Muszę zdążyć na mecz!

Jakub przełożył tylko fotelik ze swojego auta i ruszyli. Zmęczona Ewa, która pewnie wstała bardzo wcześnie, zasnęła, zanim wyjechali z Pelplina. W słodkim śnie nie przeszkadzała jej nawet głośna muzyka disco polo i przekrzykujący ją monolog prowadzony przez brata elektryka.

Jakub zorientował się szybko, że popełnił błąd, kiedy przyznał się kierowcy do tego, że mieszka w Londynie. Młodzian poczuł się bowiem zobowiązany do przedstawienia mu „prawdziwej" sytuacji w Polsce.

– Panie, co to za kraj! Jeden drugiego by zagryzł, gdyby nie musiał za to siedzieć. Ale co tu się dziwić? Naszych polityków naród nie obchodzi! Byle tylko kasy nakraść i kieszenie napełnić.

Jakub nie zamierzał się odzywać, by domalować kolejny mroczny detal do tego obrazu nędzy i rozpaczy, ale bratu elektryka to zupełnie nie przeszkadzało. Musiał się wypowiedzieć, i już. Na szczęście do Gniewu zaledwie piętnaście kilometrów, męka nie będzie trwała wiecznie, pomyślał Jakub i znów wpatrywał się w pola rzepaku. Przez moment zatopił się w rozmyślaniach.

– Tak myślałem, że mieszkacie w hotelu.

Głos kierowcy dobiegł do niego jak z daleka. O co mu chodziło? Może w zamyśleniu Jakub mu coś odpowiedział. Chciał już sprostować, gdy usłyszał:

– Wcześniej to wszyscy jeździli gdzie indziej, ale jak się okazało, że właścicielka burdel prowadzi, to zmienili lokal.

– Kto?

– A jest taki hotelik przy rynku. Willa histeria czy inna franca. – Brat elektryka machnął tak ręką, że samochód zarzuciło na środek. – Takiej dzianej babki.

– Dzianej?

– No tak, oskubała takiego starego durnia. Chyba to szkop był, ale nie pamiętam. Dał jej tyle kasy, pan se nie wyobraża. Co chwila w innej furze ją widziałem. No kasy jak lodu. Ale chciało się babie mieć jeszcze więcej, jak to bywa.

– I co?

– No i ten burdel założyła dla złodziei polityków. Panie, słyszałem, że jeździli do niej nawet z Warszawy.

W Jakubie zaczęła wzbierać irytacja.

– Ale pan to wie czy słyszał?

– No ludzie mówili. Ale tacy, którym ja wierzę – podniósł głos.

Akurat wjeżdżali do Gniewu.

– Zatrzymaj się pan – rzucił Jakub do kierowcy opryskliwym tonem.

Ewa nawet nie otworzyła oka, kiedy ją wziął na ręce. Na szczęście przestało padać.

– Rozliczam się z pana bratem za ten kurs. – Spojrzał na opuszczoną szybę, na której opierała się owłosiona ręka. – I lepiej niech pan uważa z takimi opowieściami. To się może źle skończyć. Już ja to najlepiej wiem. Bo tak się dziwnie składa, że akurat jestem prawnikiem i zajmuję się zniesławieniami. Nie uwierzyłby pan, jakie wysokie odszkodowania udało mi się uzyskać.

Zostawił faceta z otwartą gębą. Nie było nawet wiadomo, czy cokolwiek zrozumiał. Pewnie powiedział zbyt dużo zdań naraz, mimo iż już dawno zauważył, że coraz mniej ludzi rozumie sens dłuższych wypowiedzi. W każdym razie brata elektryka zatkało i Jakub miał nadzieję, że z zemsty nie ukryje mu w mercedesie tykającej bomby. Ale przecież musiał zareagować na słowa mężczyzny. Nawet nie przypuszczał, że ta pełna nienawiści mowa go tak dotknie. Jednak tym razem nie zamierzał pozostać obojętny.

Rozdział XVI

Stałam przez chwilę w drzwiach, czekając, aż mercedes zniknie za rogiem. Spojrzałam na niebo i stwierdziłam, że wkrótce zacznie padać. Ale nie tak od razu, odwróciłam się więc na pięcie i poszłam się przebrać na spotkanie.

Nie, nie zamierzałam się wygłupiać ze strojami. Ilona znała mnie zbyt dobrze, żebym musiała się przed nią popisywać, bo i zresztą po co. Przecież była moją najlepszą przyjaciółką. Wystarczyła więc spódnica dżinsowa i bawełniana bluzka z krótkim rękawem. Wygładziłam włosy palcami – to wystarczy – i upudrowałam policzki.

Nie rozumiem, dlaczego chciała się ze mną spotkać w hotelowej restauracji, a nie mogła przyjść do mnie. Wprawdzie mówiła, że wolałaby, bym się zrelaksowała i nie czuła zobowiązana do podawania jej kawy czy herbaty, ale to kiepski powód. Nigdy nie miałam z tym problemu i bardzo lubiłam opiekować się moimi gośćmi, żeby czuli się u mnie jak najlepiej. Ale się ten Kozak zdziwił, kiedy wręczyłam im kanapki. Patrzył na nie, jakby były bombą owiniętą w papier śniadaniowy. Może go brzydziły. Trudno, sam może nie jeść, ale dziecko nie powinno głodować. Zabawna ta mała. Okropnie dziwaczna, ale po prostu ukradła mi serce, rozmyślałam, skręcając w stronę zamku.

– Nie chcesz mieć dzieci? – spytał mnie Carl wkrótce po tym, jak zostałam jego kochanką.

– Nie – odpowiedziałam.

Kłamstwo. Oczywiście, że chciałam, ale wiedziałam, że nie będę miała dzieci z Carlem. On już miał dwóch synów, którzy studiowali, i tyle mu wystarczyło. Ja z kolei nie zamierzałam go do czegokolwiek przekonywać. Być dyskretną kochanką całkowicie mnie wówczas satysfakcjonowało. Nie przypuszczałam jednak, że nasz związek potrwa tak długo, iż na dzieci będzie już za późno. Miałam wówczas dopiero trzydzieści lat. Kto to jednak mógł przewidzieć, szczególnie kiedy tak miło się wszystko zapowiadało.

Nawet nie zauważyłam, jak szybko przemieściłam się do restauracji. Ilony jeszcze nie było. Spojrzałam na zegarek. To ja byłam za wcześnie o dziesięć minut. Usiadłam więc przy stoliku z widokiem na Wisłę i wpadłam w zadumę, przypominając sobie dawne czasy.

Raz kozie śmierć, poleciałam zatem z Malagi do San Francisco. Może z duszą na ramieniu, ale zamożniejsza o pięć tysięcy dolarów. Wiedziałam więc, że gdyby Carl nie pojawił się na lotnisku, zdołam sobie poradzić. I to nawet po dwunastu godzinach spędzonych w samolocie.

– Dziękuję, że jesteś. – Usłyszałam jego głos, nim zdążyłam się rozejrzeć po czekającym tłumie, w którym wyróżniały się osoby trzymające w rękach kartki z obcojęzycznymi nazwiskami. Wyglądał na zapracowanego, ale szare oczy uśmiechały się do mnie. – Przepraszam, że nie kupiłem ci klasy biznes, nie było biletów na ten rejs, a już nie chciałem dłużej czekać. – Z zadowoleniem stwierdziłam, że wszystko rozumiem. – Pewnie jesteś zmęczona.

– Jestem szczęśliwa – wydukałam moje pierwsze słowa na amerykańskiej ziemi.

Powtarzałam je później wielokrotnie, kiedy jechaliśmy do miasta wynajętą limuzyną, podczas kolacji w luksusowej restauracji z widokiem na Golden Gate Bridge i kiedy przed snem piliśmy szampana na tarasie naszego hotelu. A potem poszłam spać... sama – Carl wynajął nam dwa pokoje, żebym czuła się niezależna – i też byłam szczęśliwa. Ale choć bardzo chciało mi się spać, przez świadomość próbowało się przebić pytanie: czego on ode mnie chce.

Następnego dnia chciał iść na zakupy. Nie trzeba było mnie do tego namawiać. Wprawdzie na ulicach nie brakowało różnych przebierańców, jednak nie było ich w tych miejscach, do których prowadził mnie Carl. Tam musiałam wyglądać inaczej. Bardziej elegancko.

Pojechaliśmy do wielkiego sklepu o niezbyt amerykańskiej nazwie Nordstroms i mało nie oszalałam, widząc te stosy ubrań, bielizny czy akcesoriów. Ochłonęłam dopiero, kiedy przypomniałam sobie nasze ciuchy od krawcowej, pani Bojanowskiej. Jak bardzo nam na nich zależało i jak żałośnie wyglądały nasze skromne pragnienia w zestawieniu z tą rozbuchaną obfitością.

– *How are you doing?*

Nagle zobaczyłam, jak Carl serdecznie wita się z kobietą, która musiała pracować w sklepie jako ekspedientka, gdyż nosiła plakietkę z imieniem „Tracy". Zaczęli ze sobą gruchać jak starzy znajomi, a ja niestety nie rozumiałam z ich rozmowy nawet słowa, tak szybko wymieniali się informacjami. Zacisnęłam zęby i poczułam nagłą zazdrość. Co on sobie myślał, casanova jeden! Nie zdążyłam niczego mu powiedzieć, bo kiedy Tracy odeszła, zadzwonił telefon komórkowy von Altenburga. Przez chwilę rozmawiał, a potem spojrzał na mnie.

– Lena kochana... Przepraszam, ale mam pilną sprawę. Wrócę po ciebie za dwie godziny. Chyba że się zmęczysz, to jedź do hotelu. Dam ci pieniądze. Kup, na co masz ochotę.

Nie potrzebowałam dodatkowych pieniędzy. Nie wydałam z jego pięciu tysięcy ani centa, ale teraz zamierzałam to zrobić. Ucałowałam Carla w policzek, a potem zaczęłam się włóczyć po sklepie, patrząc, co w nim jest, bo czego nie było, nie potrafiłam sobie wyobrazić. W końcu doszłam do stoiska z sukniami wieczorowymi.

– *Hello, how are you?* – usłyszałam za plecami słodki głosik.

Zanim zdążyłam odpowiedzieć, mała blondynka paplała już w najlepsze. A przecież jej nie znałam. Stopniowo moje zaciśnięte ze stresu usta zaczęły się rozluźniać, aż w końcu kąciki uniosły się w promiennym uśmiechu.

– *Yes. Can you help me, Ellen?*

Och, jak nagle zrobiło mi się lekko na duszy! Carl wcale mnie nie zdradzał, po prostu te sprzedawczynie są takie miłe. Uznałam wówczas, że muszę się jeszcze wiele nauczyć.

– Poradziłaś sobie. – Dwie godziny później Carl uśmiechnął się, patrząc na wypchane torby reklamowe.

Wydawało mi się, że właśnie tego ode mnie oczekuje – bym sobie sama radziła. Nie zamierzałam go zawieść.

Kiedy przed kolacją w hotelu Huntington przymierzyłam moją nową turkusową suknię bez pleców, wiedziałam już, czego chce ode mnie Carl. Mówiły to jego oczy spoglądające na mnie z zachwytem. Nie musiałam tego dnia jeść kolacji, pasłam się podziwem i pożądaniem mojego towarzysza, popijając je koktajlem Brandy Alexander. Nic więc dziwnego, że kręciło mi się nieco w głowie, kiedy dotarliśmy do naszego pokoju hotelowego. Dopiero po chwili zauważyłam, że Carl zaczął całować mnie po roznegliżowanych plecach. Gdy rękami dosięgnął piersi, drgnęłam i odwróciłam twarz w jego stronę. I to ja pocałowałam go pierwsza.

– Lena! Zasnęłaś?

Otworzyłam szybko oczy. Ale odleciałam w kosmos. Przede mną stała Ilona w jednej ze swoich superobcisłych pastelowych garsonek. Dałabym głowę sobie uciąć, że od dwudziestu lat nie postarzała się nawet o dzień. Stale ten sam lekko zdziwiony wzrok.

– Tak się zamyśliłam – odpowiedziałam szybko i wyściskałam przyjaciółkę.

– Za ciężko pracujesz.

– Ja? Chyba żartujesz, mam tylko jednego gościa. Poznałaś go przecież.

– Ach, ten, rzeczywiście potworny z niego sztywniak – zauważyła Ilona i sięgnęła po menu, które podała kelnerka.

Sama się wyśmiewałam z Kozaka, to ja pierwsza tak go nazwałam, ale nie wiadomo czemu uznałam nagle, że powinnam wziąć go w obronę.

– Nie do końca. Okazuje się jednak, że miły z niego człowiek.

– Lena, Lena. Spójrz mi w oczy.

– O co ci chodzi?

– Sprawdzam tylko.

– Niemądra jesteś. Gdzie mi takie rzeczy w głowie?

– No tak, Carl się pewnie pojawił.

Spojrzałam na nią z uwagą. Nie mówiłam jej o jego telefonie. Czyżby dowiedziała się od Mariana? Mógł się pochwalić nowym szczęściem siostry, prawda? Nieważne.

– To prawda. Zadzwonił do mnie.

– Wspaniale. – Uśmiech Ilony był taki szeroki. – Pewnie

chce, żebyś do niego przyjechała. Po śmierci żony będzie chciał się z tobą ożenić.

Nie wiedziałabym nawet, gdyby mi o tym nie napisała Jolka. Wysłałam wówczas kondolencje, ale nie raczył podziękować. Nie, nie miałam do niego żadnych pretensji. W żałobie ludzie zachowują się różnie. Może wstyd mu się zrobiło, że zdradzał tę żonę prawie piętnaście lat. Przez piętnaście lat akurat ze mną. Nie dopytywałam się nigdy, ile było przede mną, bo że było, to dałabym sobie rękę obciąć. Ale dlaczego teraz miałby się ze mną żenić?

– Jesteś taka inna – powiedział Carl i pocałował mnie. Wystawiłam spod kołdry potarganą głowę.

– A niby czemu?

– Wybrałaś najładniejsze mieszkanie, a nie najdroższe. A masz być przecież współwłaścicielką.

Następnego dnia po naszej pierwszej wspólnej nocy Carl przyniósł mi prospekty mieszkań w San Francisco. Średnia cena wynosiła trzysta tysięcy dolarów. Poprosił mnie, żebym poszukała takiego, które będzie mi się najbardziej podobać. Sama miałam również zdecydować o jego urządzeniu. Koszty nie były ważne. Chcę lamp Swarovskiego, to mogę je mieć.

– Myślisz, że tak bardzo mi zależy na pieniądzach? – spytałam.

A co miał sobie myśleć? Poszłam przecież do łóżka z żonatym facetem, starszym ode mnie o dwadzieścia lat.

– Wcale tak nie myślę – oburzył się.

I pewnie dlatego tyle od niego dostałam.

– A po co miałabym wyjść za niego za mąż, Ilonka? – spytałam moją najserdeczniejszą przyjaciółkę.

– Bo go przecież lubisz i miałabyś zabezpieczenie na starość – usłyszałam i żachnęłam się. Chciałam coś powiedzieć, ale Ilona dotknęła mojej ręki. – Lena, nie masz pojęcia, jak ludziom jest trudno, jak ciężko związać koniec z końcem. Odwróciłam od niej wzrok i spojrzałam na Wisłę. Czułam, co chce powiedzieć, że w życiu się nie napracowałam, że zawsze miałam szczęście i mi się wszystko udawało. Tylko czy to była prawda?

Nikt nigdy nie widział moich zmartwień. Zawsze pokazywałam światu jedynie uśmiechniętą twarz, uważając, że nie wypada ludzi zasmucać i epatować ich swoimi problemami. A nie powinnam była tak robić. Trzeba było szlochać i zamęczać bliźnich, kiedy zdradził mnie Marcus, kiedy oszukała Monika, pisać rozpaczliwe listy, że nie mogę sobie poradzić w Hiszpanii i umieram z tęsknoty za domem – może ktoś by odpisał, żebym wróciła. Gdybym komuś się przyznała, jak bardzo trudno mi przeżyć rozstania z Carlem i że mimo wszystko zawsze na pierwszym miejscu dla niego jest jego rodzina, być może nie zabrnęłabym tak daleko. Tylko że moje zmartwienia miały tak egzotyczny wymiar w porównaniu z kłopotami moich przyjaciół... Co oni by sobie pomyśleli, gdybym im o nich opowiedziała.

Do dwunastej brakowało dziesięciu minut. Wyrwałam się Jolce i Baśce, które wygłupiały się na parkiecie. To był bardzo szalony wieczór w Piano Barze.

– Chyba nie zamierzasz stąd wyjść? – Baśka zrobiła zrozpaczoną minę. – Zaraz będzie północ.

– Za chwilę przyjdę, przecież wiem, że jest sylwester.

Przemknęłam przez tłum, łapiąc swoje odbicie w którymś z luster. Chyba mnie zauważy w czerwonym kolorze. Tylko dlatego wybrałam taką sukienkę! Szminki na moich ustach zapewne nie, dlatego nie zatrzymałam się w toalecie, tylko od razu przecisnęłam na zewnątrz. Przy luksusowej marinie Puerto Banús zgromadziło się już sporo ludzi, by świętować nadejście Nowego Roku na świeżym powietrzu. Gdy zamknęły się za mną drzwi, natychmiast poczułam zimniejszy powiew wiatru na dekolcie. Może więc wyjście w samej kiecce na dwór nie było najlepszym pomysłem? Ale skoro to już zrobiłam, należało brnąć naprzód, stwierdziłam i poszukałam wzrokiem *Equinoxa*. Na pokładzie udało mi się dostrzec kilkunastu gości i kelnerów szykujących się do nalewania szampana. Carl spędzał sylwestra z rodziną i przyjaciółmi. Ja – w knajpie na lądzie. Z koleżankami.

Nagle niebo rozświetliły fajerwerki. Wybiła dwunasta. Obserwowałam, jak towarzystwo na jachcie wstaje i zaczyna się całować. Zadrżałam i objęłam moje nagie ramiona. Robiło się coraz zimniej. I nagle go dostrzegłam. Podszedł do relingu i zaczął się rozglądać. Podniosłam rękę, by mnie zauważył. Chyba mnie widział. Tak, widział, bo uniósł kieliszek i wzniósł toast w moją stronę.

Stałam, patrząc na niego przez dłuższą chwilę. Nawet przestało mi być zimno. W końcu ktoś podszedł do Carla i przyciągnął go znów do grupy. Moja wyciągnięta do góry ręka zacisnęła się w pięść. Nic w niej nie było. Po prostu nic.

– Lena, nie rozumiem, co się z tobą dzieje. Jesteś zupełnie rozkojarzona. – Nagle poruszające się usta Ilony zaczęły wydawać z siebie słowa. – Bądź wreszcie poważna. Jeśli nie chcesz wrócić do Carla, to powinnaś załatwić sprawę nieruchomości. Nie chcesz chyba zmarnować dorobku całego życia?

Wydaje mi się, że podobne słowa usłyszałam od mojego komornika. Co się oni tak uwzięli na mój dorobek? Nie miałam żadnych dzieci, by się tym przejmować.

– Rozmawiałam dzisiaj z Łukaszem i oboje się zgodziliśmy, by wziąć kredyt i ci pomóc.

– Ale to przecież dużo pieniędzy – zdumiałam się. Jakim cudem mąż Ilony, inżynier zatrudniony w urzędzie miejskim, mógł się do tego dołożyć?

– Sprzedałabyś nam dom i w ten sposób spłaciłabyś długi. Wszystkie sprawy zostałyby uporządkowane, a ty mogłabyś pojechać do Carla albo do Baśki z czystą kartą.

To rzeczywiście była kusząca propozycja. Ponownie w życiu mieć niezwiązane ręce. Zaczynać wszystko od nowa, niemal z pięćdziesiątką na karku.

– Chciałbym, żebyś się czuła wolna finansowo – tłumaczył mi Carl, kiedy oboje szliśmy do agenta od nieruchomości. – Dlatego chcę, żebyś była współwłaścicielką tego apartamentu. Ile to kobiet nie miałoby żadnych skrupułów?

Ale ja miałam i wlokłam się za moim kochankiem z nadąsaną miną. Bo co on sobie myślał? Że może mnie kupić?

– Pracowałem ciężko w krajach arabskich jako inżynier, a potem inwestowałem fundusze w różne spółki tylko po to, żeby moi bliscy mogli prowadzić wygodne życie. Chyba nie muszę ci tłumaczyć, jak bardzo jesteś mi bliska.

Pozwoliłam objąć mu się wpół i pocałować w policzek.

A potem z bijącym sercem podziwiałam budynek z prywatnym basenem i sauną, gdzie na piątym, najwyższym piętrze znajdowało się moje nowe mieszkanie. Przeszklone ściany wychodziły na zatokę i wyspę Alcatraz. W dawnych czasach znajdowało się tam ciężkie więzienie dla najniebezpieczniejszych przestępców. Nie było stamtąd ucieczki.

– Nie sądzisz, że to ma sens? – Ilona tak mocno stukała paznokciami o blat stołu, że bałam się o jej lakier hybrydowy. – Będziesz mogła nas odwiedzać, kiedy będziesz chciała.

– Nie – mruknęłam pod nosem.

– Co mówisz?

– Że niczego nie sprzedam. Dziękuję, że chcieliście mi pomóc, Ilonko, ale nie – powiedziałam, podnosząc wreszcie głowę.

Rozdział XVII

Coś się tu działo, to było więcej niż pewne. Nieosolone ziemniaki, przypalone kotlety, niedoprawiona surówka. I to miał być ten specjalny obiad, na który gonili z Pelplina? Nawet nie mógł spojrzeć wymownie w oczy gospodyni, bo niemal bez słowa postawiła przed nimi talerze i zniknęła.

– To ja już sobie pójdę – zapowiedziała Ewa. Wyjadła jedynie zwęglone brzegi kotletów i pół ziemniaka, ale przecież nie będzie jej zmuszał do jedzenia czegoś tak okropnego. – Mogę? – dodała.

Skinął głową, a ona natychmiast pobiegła do ogrodu. Sam chciał jeszcze dopić kompot. Ten akurat był bardzo smaczny. Kiedy odstawiał szklankę na stół, pojawiła się Lena.

– Gdzie jest Ewcia? Maryla chce ją zabrać.

Ledwo zdążył stanąć na tarasie, kiedy jego córka jak strzała przemknęła do drzwi wejściowych.

– Przyjdę po ciebie za dwie godziny! – zdążył jedynie przemówić do jej pleców. – Nie będzie zbytnio przeszkadzać? – spytał Lenę, która wróciła, wyprawiwszy Ewę i Marylę z domu, i zebrała ze stołu brudne naczynia.

– Skąd! – Wzruszyła ramionami, po czym zniknęła w kuchni.

Jakub był coraz bardziej zirytowany. Najpierw wkurzył go tępy brat elektryka, potem kiepskie żarcie, a teraz ta baba, której jeszcze przed chwilą bronił jak lew. Wstał od stołu i pomaszerował do kuchni. Co ona sobie myśli?!

Nie wiedział, co myśli, ale stała pochylona nad zlewem.

– Lena!

Spojrzała na niego i szybko odwróciła głowę, ale już zauważył, że płakała. Jej twarz była zupełnie mokra.

– Lena, co się dzieje? – Zupełnie nie rozumiał, jak to się stało. Podszedł do niej i objął ją za ramiona, a ona oparła twarz na jego piersi i bezgłośnie płakała. – Powiedz mi...

Pogładził jej włosy. Oczywiście tylko po to, żeby przestała beczeć. Nienawidził takich sytuacji.

Po chwili jednak się opanowała, odsunęła się od niego i otarła łzy. Wielkie jak groch!

– Płaczę nad moją głupotą – powiedziała cicho. – Niezmienną głupotą. Kretyn życiowy to ja. Podejmuję decyzje, kierując się intuicją. Nawet gdyby ktoś ofiarował mi linę ratunkową, tobym ją przegryzła.

– Chodzi o kłopoty finansowe?

– Skąd wiesz?

– Nietrudno zauważyć, że coś się dzieje. – Jakub wzruszył ramionami. Nie chciał się w to wpakować, ale teraz już było za późno. Ten jełop od elektryka, te łzy... – Może mi opowiesz o wszystkim. Jestem przecież prawnikiem.

– I myślisz, że to coś dobrego? Mnie właśnie prawnicy doprowadzili do takiej sytuacji. Nigdy w życiu bym się na coś takiego nie pisała. Carl miał rację, że mi się nie uda, a ja chciałam postawić na swoim. No i postawiłam. I mam teraz nóż na gardle. – Lena chaotycznie wyrzucała z siebie słowa.

– Poczekaj. Usiądź, zrobię ci kawę i porozmawiamy. Muszę wszystko dokładnie zrozumieć.

Jakub nagle zapomniał, że jest na wakacjach, i natychmiast przypomniał sobie, jakie sukcesy odnosił zawsze z rozhisteryzowanymi klientkami. Zaprowadził Lenę do saloniku przy jadalni. Najpierw przyniósł jej chusteczki higieniczne do otarcia twarzy, a potem tacę z filiżankami kawy i z ciasteczkami owsianymi, które wypatrzył w kuchni.

– A teraz zacznij od samego początku, proszę – powiedział.

Od początku, łatwo było mądrali powiedzieć. I czy był w ogóle sens z nim rozmawiać? Na początku wierzyłam tym wszystkim chcącym mi pomóc doradcom i się angażowałam. Miałam nadzieję, że ktoś mnie z tego bagna wyciągnie. Nie miałam pojęcia, że tak się skończy to wszystko, choć to właśnie Carl ostrzegał mnie przed różnymi niebezpieczeństwami. Przed sądem nie, bo do głowy by mu nie przyszło, że w Polsce sędziowie mogą być stronniczy i ustawiani przez strony. Zaangażowałam się jednak w ten biznes również po to, żeby coś udowodnić mojemu kochankowi. Oczywiście to, jaka jestem wspaniała.

Przebudowę domu rodzinnego na pensjonat Carl uznał za doskonały pomysł, bo przecież będę miała swoją „zabaweczkę", i ją hojnie sfinansował. Tatuś był już na emeryturze, więc z góry było wiadomo, że to on zajmie się zarządzaniem, kiedy ja będę w Hiszpanii czy w innych krajach. W 2005 roku willa Historia ruszyła pełną parą, od razu zyskując klientelę i renomę. Goście czuli się tu zadbani i dopieszczeni, może przez to, że niemal całe lata spędziłam w najlepszych hotelach świata. Miałam więc duże doświadczenie i świetną obsługę w postaci moich cudownych rodziców. Po śmierci taty przyjeżdżałam do Gniewu znacznie częściej, by pomagać nowemu kierownikowi, a kiedy ujawniła się choroba mamy, wróciłam tu na dobre.

– Czyli te problemy finansowe nie dotyczyły pensjonatu? – spytał coraz bardziej zirytowany Jakub.

Chyba nikt nie potrafił zmusić tej kobiety do mówienia na temat. Co chwilę popadała w dygresje.

– Nie, to zupełnie nie chodziło o pensjonat.

– To dlaczego klienci zaczęli się wycofywać?

Ależ ona kręciła. Jeśli tak zeznawała w sądzie, to nic dziwnego, że wpadła w tarapaty.

– Tego sama nie rozumiem. Być może dlatego, że pisano w gazetach o moich problemach. Wokół mnie zrobił się nagle taki czarny PR. Ludzie zaczęli opowiadać różne bzdury. Ni z tego, ni z owego stałam się nagle bardzo niewygodna.

– A kiedy to było?

Jakub wyjął w końcu kartkę papieru i zaczął na niej wszystko zapisywać. Może w ten sposób cokolwiek zrozumie.

Przecież to proste. Pensjonat to jedno, a moja hurtownia to zupełnie odrębna sprawa. Krótko po powrocie do Polski w 2007 postanowiłam rozszerzyć działalność i założyłam w mieście hurtownię z ozdobami. Były przeróżne: świąteczne i ogrodowe, do wyboru, do koloru, chińskiego oczywiście. Tu również przydało mi się doświadczenie. Jeździłam z Carlem sporo po świecie, towarzysząc mu w jego biznesowych podróżach. Tam również podpatrzyłam to i owo, więc moja hurtownia wystartowała szybko i skutecznie. Ludzie przyjeżdżali do mnie nawet z Gdańska, wiedząc, że znajdą tu o wiele ciekawszy towar. Może nie najtańszy, ale zdecydowanie lepszej jakości i estetyczniejszy. Miałam więc rękę do prowadzenia interesu. A zgubiło mnie zupełnie coś innego.

Beta była to spółka budowlana, pierwsza, którą zatrudniłam do budowy hurtowni. Mieli wykonać stan surowy, czyli postawić budynek bez wykończenia i instalacji. Wydawało się, że osiągnęliśmy porozumienie, a prace nie są zbyt skomplikowane. Ponieważ wyjeżdżałam na trzy miesiące do Hiszpanii, poprosiłam moją koleżankę Kaśkę – tę, co została niedawno zamordowana – by wszystkiego dopilnowała. Tak to zrobiła, że po moim przyjeździe się okazało, że źle wyliczono grubość ścian i powierzchnię pomieszczeń, a poza tym roiło się od usterek. Pracownicy firmy również zniknęli, a do szefa nie mogłam się dodzwonić. Po licznych wezwaniach do naprawy musiałam zatrudnić innych wykonawców, którzy spisali się na medal.

Hurtownia zaczęła więc działać, i to niemal od razu z zyskiem, a ja zupełnie zapomniałam o zatrudnionych przeze mnie partaczach, znajomych Kaśki, gdy nagle otrzymałam od nich pismo, w którym Beta domagała się zapłaty za odstawioną chałturę. Inspektor budowlany stwierdził, że nie muszę niczego dopłacać, gdyż za te prace nie powinni otrzymać nawet zaliczki, więc się uspokoiłam, traktując wszelkie wysyłane mi żądania jako bezzasadne. I nagle po paru latach sprawa trafiła do sądu okręgowego. Wniosłam powództwo wzajemne i...

– Przegrałaś? – spytał Jakub, patrząc na zaczerwienione policzki Leny.

– Tak – odparła, opierając twarz na ręce. – Wiesz, ja nawet się nie denerwowałam przed tą sprawą. Uważałam, że ludzie z Bety zrobią z siebie idiotów.

– Ale oni przysłali swoich biegłych, prawda? – Jakub pokiwał głową.

– Skąd wiesz?

– Znam takie sprawy. Nie jesteś jedyna.

Nigdy nie chciałam być zbytnio oryginalna, ale irytowało mnie, że nie potrafiłam przewidzieć, jak to się wszystko potoczy. Kiedy sędzia zaatakowała mnie, że to ja jestem wszystkiemu winna, choć nie odpowiadałam ani za projekt, ani za wykonawstwo, ani nawet za nadzór, stałam jak osłupiała, patrząc na wszystkich z niedowierzaniem. Wyrok, który zapadł, był jednym bełkotem, z którego jasno wynikało, że sędzia nie ma bladego pojęcia o budownictwie, co nie przeszkadza jej w ferowaniu wyroków i w bardzo dobrym samopoczuciu.

Zawsze wcześniej myślałam, że w sądzie wygrywają niewinni, ale kiedy po raz pierwszy wspomniałam o tym mojemu adwokatowi, widziałam wyraźnie, że ma ochotę nakreślić kółko na swoim czole. Mruknął tylko: „W takim razie po co są prawnicy", a potem dodał:

– Pani Leno, proszę się nie przejmować. Ta sędzia jest wyraźnie stronnicza. Wygramy gładko apelację, to będzie bułka z masłem.

Parę dni przed apelacją bułka okazała się bardzo czerstwa, gdyż mój adwokat wycofał się ze sprawy. Byłam wówczas w Chinach i na gwałt szukałam kogoś, kto by go zastąpił. Następca adwokata okazał się jeszcze większym dupkiem i przegrał. Sędziowie apelacyjni przyklepali sprawę sądu okręgowego bez jakiegokolwiek zapoznania się ze sprawą.

– Rozumiem, że nie spłaciłaś tego długu? – spytał Jakub. Coś go w tej historii zaniepokoiło, coś nie było jasne. Potarł długopisem usta. O, jak bardzo brakowało mu teraz folii z pęcherzykami.

– Nie zapłaciłam, bo nie miałam z czego. Czy wiesz, że koszty prawników i opinii dwukrotnie przekroczyły kwotę sporną? Pensjonat podupadł, hurtownia również. W tym samym momencie, kiedy przegrałam, straciłam mój duży kontrakt w Chinach. Klienci porzucili mnie z dnia na dzień. Wszystko wyglądało, jakby ktoś rzucił na mnie klątwę.

– A nie mogłaś poprosić o pożyczkę swojego przyjaciela?

Lena spojrzała na niego tak surowym wzrokiem, że poczuł prawdziwy ból w piersiach. Odsunęła się od niego bez słowa i ponownie spięła włosy gumką.

– Już go wówczas nie było.

– Jak nie było? Przecież mówiłaś, że ostatnio dzwonił.

– A do ciebie nie dzwonią po latach starzy znajomi?

Jakub zdusił uśmiech. Jakoś mu się weselej zrobiło, kiedy usłyszał, że ten cały Carl nie ma z nią już nic wspólnego. Takie atawistyczne męskie uczucie, pomyślał i jeszcze bardziej go to rozśmieszyło.

Nie miałam jak spłacić długu. Wystąpiłam o wznowienie sprawy z uwagi na błędy proceduralne, ale wniosek został odrzucony. Odpadła również ostatnia instancja w Sądzie Najwyższym. Skarga została oddalona.

Komornik – i co z tego, że przychodził do mnie na ciasto – wyliczył same odsetki na horrendalną kwotę. O swoich kosztach nawet nie mówił, żeby mnie nie dobić. Uprzedził mnie jednak jasno, że zlicytuje pensjonat. Jeszcze się nim nie zajął. Na dobry początek pozbawił mnie dwóch działek, które kupiłam z myślą o wesołej starości. Wesoła to będzie, i to bardzo, bo właśnie skończyłam konsumpcję kredytu, który wzięłam na utrzymanie.

– A co z hurtownią?

– Zamknięta od pół roku. Komornik też ją zajął... Ale wiesz, najgorsze było to, że od dłuższego czasu mam wrażenie, jakby ktoś chciał się mnie pozbyć z miasta.

– Niby kto? – Nagle słuch Jakuba bardzo się wyostrzył. –
Kogo masz, Leno, na myśli?

Nie wiem kogo, przecież to oczywiste. Już od półtora roku
przychodzili mi pod dom różni tacy i „życzliwie" doradzali,
bym wszystko sprzedała i się wynosiła z miasta. Zgłaszałam
to na policję, ale nawet palcem nie kiwnęli. Któregoś dnia
samochód takiego bandyty stał u nich na parkingu, a kiedy
poszłam to zgłosić, powiedzieli, że nikogo takiego tam nie
ma. Nie sprawdzili nawet po tablicach, kto jest właścicielem.
Uznali, że baba ma paranoję.

Powinnam była podjąć teraz działania, sprzedać ten pensjonat, ale coś mnie paraliżowało. Czekałam na jakiś cholerny cud.

– A czy wcześniej chciałaś sprzedać pensjonat?
Jakub zapisał już dwie kartki drobnym maczkiem.

– Półtora roku. Wszyscy chętni się wycofywali, tak jakby
wiedzieli, że niedługo będą go mogli dostać za półdarmo na
licytacji. – Lena otarła ostatnią lecącą po policzku łzę i dodała: – Nie ma co się nad tym dłużej rozwodzić.

– Poczekaj, chwila. Ile masz czasu?

– Powiedział, że do czerwca.

– Parę tygodni – mruknął Jakub. – Dzień cię nie zbawi,
prawda, a ja się trochę rozejrzę, bo to jest rzeczywiście trochę dziwne.

– W sensie?

– Ktoś cię nie lubi, Leno.

Zaśmiała się gorzko.

– A ja tak chciałam, żeby mnie wszyscy kochali.

To ciekawe, pomyślał Jakub. Jemu nigdy to nie było potrzebne do szczęścia.

Rozdział XVIII

– W ogóle nie rozumiem, jak mogło do tego dojść. Jednego dnia była zamożna, stać ją było na wszystko, a potem nagle to się zaczęło walić – opowiadała Maryla i potrząsała głową. – To naprawdę wyglądało jak klątwa! Wiem, wiem, pan nie wierzy w takie zabobony. Może jeszcze soku?

Siedzieli w rattanowych fotelach na werandzie domu Maryli i przyglądali się dziewczynkom ćwiczącym fikołki na trawie. Jakub zaszedł tam, by zabrać Ewę, ale gdy Maryla zaproponowała mu napój, natychmiast się zgodził, gdyż uznał, że „rozglądanie się" może rozpocząć od niej.

– Komu mogła nadepnąć na odcisk? – zastanawiał się na głos, popijając sok z czarnych porzeczek.

Maryla wzruszyła ramionami.

– Nie mam pojęcia. Może Kaniowie, ale to tak stara historia. Kaniowa pogodziła się przecież z Elżbietą i nawet zachodziła do niej przed śmiercią. Nikt nie powinien mieć jej nic do zarzucenia. Ile ona zrobiła! Wie pan, ile osób gościło u niej w Marbelli? Niektórzy tkwili tam tygodniami, a ona robiła dla nich wszystko. Nocleg, wyżywienie, szukanie pracy. Jak jakaś agencja. A temu miastu ile dała. Nie wiem, kto mógłby więcej. Kiedy tu wróciła i zobaczyli, ile ma pieniędzy, chodziły do niej całe żebracze pielgrzymki.

A to burmistrz, radni, dyrektorzy szkół. „Pani Leno, taki tylko drobiazg. Chodziła pani do naszej szkoły". Cholerne pijawki. Te konkursy, darmowe poczęstunki, stypendia, a Lena dawała. Zawsze taka była. Pamiętam, jak przysyłała z Niemiec te swoje paczki. Jakie to święto było dla dzieciaków, kiedy dostawały kinder niespodzianki i inne cuda. Ja też dostałam cały zestaw niemowlęcy, gdy się urodziła moja starsza, Natalka. Ona wszystkich obdarowywała. I przyjaciół, i znajomych, a czasem zupełnie obcych. Zawsze miała takie dobre serce.

– Jest pani bardzo dobrą przyjaciółką. Miała dobre serce – powtórzył. – Jak wiele to w sobie kryje.

– To prawda. Tylko kiedy zaczęła mieć problemy, odwrócili się od niej z dnia na dzień. Nagle pieniądze, które od niej dostali, zaczęły im śmierdzieć, że niby skąd je ma. I jej się tak naprawdę nie należą. I kto ona znowu jest, żeby takie pieniądze miała.

– Lepiej się do tego nadają. – Jakub się zaśmiał. Oj, dobrze znał takie myślenie, rodem z innej epoki.

– A wie pan, że jak zachorowała jej matka, Lenka rzuciła wszystko i sprowadziła się do Gniewu, by się nią zająć?

– Coś wspominała.

– A kiedy lekarz powiedział, że jej matka potrzebuje słońca, wsadziła ją do wynajętego wielkiego samochodu i wywiozła do Hiszpanii na wakacje, żeby matka jak najwięcej skorzystała przed śmiercią. Pojechałyśmy wówczas we czwórkę. One dwie, ja i Ilona. Jej matka, Elżbieta, śmiała się każdego dnia, takie jej wspaniałości zgotowała, wyobraża sobie pan taką córkę? Niczego nie żałowała, tyle pieniędzy wydała, że głowa mała.

– To ten krach może jednak z powodu niegospodarności?

235

Maryla stanowczo pokręciła głową.

– W żadnym wypadku. Ona miała głowę na karku, ale brak szczęścia do ludzi. Oni zawiedli.

– A konkretnie kto? – spytał Jakub i się zdziwił, że Maryla nagle się przeżegnała.

– Nie mówi się źle o zmarłych, ale z pewnością Kaśka Krysza to zapoczątkowała, dyrektor spółki, który zarządzał hurtownią, również. Lenka zawsze szczerze mówiła. Ktoś widać podsłuchał, jak opowiada o tych Chinach, i też z tego skorzystał.

– Pewnie sporo osób jej zazdrościło?

Jakub patrzył, jak Ewa pomaga Malwince podnieść się z ziemi, a potem ją starannie otrzepuje z trawy. „Jutro zadzwonię do Zyty", postanowił. Tylko upora się z tą dziwną sprawą, skoro już obiecał. Nie lubił obiecywać, bo zawsze dotrzymywał słowa. A czasami było to bardzo męczące.

– Ja wiem... może niektórzy. Ja na początku, kiedy przyjeżdżała tu z Hiszpanii, chyba też. Tylko że ona była zawsze sama. Nikt jej nigdy nie towarzyszył. Ja miałam kochanego męża, udane dzieci. Pomyślałam sobie, że ona mimo wszystko może się czuć bardzo samotna.

– Renia! Mag... Lena przyszła.

Nawet nie przeszyłam brata wzrokiem, kiedy próbował mnie przywitać jako Magdę, sam się jednak zreflektował. Ale to ja przyszłam po prośbie, nie będę więc używać zbyt skomplikowanych słów, nie będę ironizować, ani nawet krzywo patrzeć. Niemalże dygnęłam na progu tej pretensjonalnej willi, której elewację pokryto plastikowymi panelami według gustu wiadomo kogo.

O wilku mowa. Renata Majowa pojawiła się najpierw u szczytu schodów, zaszczyciła mnie spojrzeniem pełnym wyrzutu, a potem zeszła w dół, głośno stąpając. Zawsze mnie to dziwiło, że w sumie niewielka osoba potrafi wydawać tak donośne dźwięki. Miała gruby, niemal tubalny głos, ciężki słoniowy krok, a poza tym wszystkie przedmioty w zetknięciu z jej rękami hałasowały. Bratowej to nie przeszkadzało. Uważała, że wszystko, co robi, powinno zwracać na nią uwagę. Pewnie prawidłowo kalkulowała ze względu na wzrost. Miała najwyżej metr pięćdziesiąt.

– Co za zaszczyt! – zabuczała Renia. – Wieki całe cię tu nie było, a pomyśleć tylko, że w jednym mieście...

– Trochę byłam zajęta – zdążyłam tylko powiedzieć, kiedy poczułam, jak mokry nos ociera mi się o uda.

Ja i Pinio, labrador o biszkoptowej maści, bardzo się lubiliśmy i w tym momencie poczułam, że ktoś się tu cieszy z mojej obecności. Pogłaskałam mojego ulubieńca za uszami. Mimo wszystko jego właściciele nie mogli być tacy wredni, skoro zajmowali się nim z takim oddaniem. Niestety, wyspecjalizowali się w robieniu złego wrażenia.

– Aha, jeden gość z córką. Tak cię zajął?

Renia rozpuściła język, a Marian krył się po kątach przed moim wzrokiem. Donosiciel jeden. Ilonie też naopowiadał o Carlu. Muszę chyba się bardziej pilnować.

– Macie rację, bijcie mnie. Rzeczywiście jest za co. Na śmierć zapomniałam! – Uderzyłam się teatralnie w czoło. Renia spojrzała na mnie jak na obłąkaną... zresztą zawsze tak patrzyła, więc nie było różnicy... wyraźnie nie rozumiejąc, o co mi chodzi. – Powinnam była już dawno do was przyjść i zapytać.

– O co? – pierwszy nie wytrzymał Marian.

– Jak to o co? O maturę Andżeli. Przecież wasza córka zdawała teraz maturę. I jak jej poszło?

Widziałam wyraźnie, jak policzek Renacie drgnął. Trochę

wredne z mojej strony. Wszyscy wiedzieli, że Andżela jest leniwym osłem, ale przepuszczanym z klasy do klasy ze strachu przed Renią. Trzeba było jednak ustawić się na lepszej pozycji negocjacyjnej.

– Wyniki będą dopiero w lipcu – stwierdziła sucho bratowa.

– A, czyli pogratuluję, jak wrócę od Carla. – Znowu to samo kłamstwo.

Bratanek, Dominik, nie był szczególnie bystrzejszy od siostry, ale dzięki moim pieniądzom udało się go wcisnąć do jakiejś prywatnej wyższej szkoły sprzedającej licencjaty i jakoś mu się w życiu wiodło. Renata chyba nie będzie chciała stracić podobnej możliwości dla młodszej latorośli.

– A na długo się wybierasz? – spytała przyjaźniejszym tonem i podsunęła mi pod nos talerz z zeschniętą drożdżówką.

Mnie, córce piekarza!

– Dwa tygodnie? – Powielam tę samą wersję, którą sprzedałam Marianowi parę dni wcześniej, i marzę o ucieczce stąd jak najdalej, na Florydę.

– Może w końcu namówisz Carla, żeby tu przyjechał?

Marian przycupnął cichutko przy końcu stołu.

– Akurat przyjedzie – prychnęła Renata. – Ty go chociaż widziałeś! – zwróciła się do męża. – Mnie go nigdy nie pokazała. Taki skarb!

– No wiesz, konkurencji się nie przedstawia. – Spojrzałam niewinnym wzrokiem na brata i bratową, ale nawet nie mrugnęli. – W każdym razie rozmawialiśmy też o takiej ewentualności jak przyjazd do Gniewu. – Taa, rozmawialiśmy. Chyba ja sama ze sobą. Myślę sobie, że jeszcze nigdy w życiu tyle nie kłamałam co ostatnio i że jest to bardzo męczące. Chcę jak najszybciej zostawić to wszystko w cholerę i wyjechać. – Reniu, pewnie ci Marian mówił, że potrzebuję trochę forsy na ten wyjazd.

– No tak, mówił – odpowiada bratowa, po czym zaciska usta i ani be, ani me.

Rozumiem więc, że czas rozwinąć moją prośbę, bo przecież przyszłam do mojego brata i bratowej po prośbie właśnie. Odsunęłam się od stołu, bo Pinio postanowił położyć łeb na moich kolanach.

– Wiecie, że konta mam zablokowane przez komornika. – Cisza przerywana tylko pomrukiwaniami, jakie pies wydawał podczas drapania. – Nie chciałabym, żeby Carl od razu się dowiedział, że mam problemy. – Cisza. – Mógłby wycofać zaproszenie. – Cisza. – Muszę się dostać do moich oszczędności w Anglii.

Trzymam kciuki za to, żeby w nie uwierzyli.

– Czy Marian ma przyjmować gości w czasie twojej nieobecności? – odezwała się wreszcie Renata.

– Oczywiście. I co zarobi, to będzie dla was – odpowiedziałam, uśmiechając się od ucha do ucha.

Może przechwycą parę stówek, zanim pensjonat zostanie zlicytowany. Niewykluczone, że mogliby go nawet kupić, gdyby nie to, że karty zostały inaczej rozdane. Mieli sporo pieniędzy, zapłaciłam bratu za jego część po rodzicach, o wiele więcej, niż to było warte, ale i tak przy każdym spotkaniu jęczeli zgodnie, że bieda, tak jakby chcieli nią kłuć mnie – domniemaną bogaczkę – stale w oczy. Pewnie było to bardziej racjonalne postępowanie. Ja robiłam odwrotnie i do czego doszłam. Do tego, by patrzeć z nadzieją na usta Renaty.

– Dobrze, jutro pójdę do banku – padł wyrok.

Labrador Pinio obrócił głowę leżącą na moich kolanach i spojrzał mi głęboko w oczy.

– Dzięki, Renia.

– A nie mogłaś pożyczyć od Ilony? Taka najlepsza przyjaciółka!

– Ale wiesz, kochana, że nie ma to jak rodzina. – Spojrzałam na Renatę wzrokiem niewiniątka.

To prawda, nie pożyczyłam pieniędzy od Ilony. Nawet o tym nie pomyślałam.

Następny poranek Jakub rozpoczął bardzo wcześnie. Chciał się jak najszybciej uporać ze swoją obietnicą. Od razu po śniadaniu odprowadził Ewę do Maryli, a potem pomaszerował w stronę zamku. Nie wspomniał nic Lenie, dokąd ma iść, chcąc uniknąć wypytywania. Musiała mieć go za gbura, gdyż pogrążony w rozmyślaniach niemal wcale się nie odzywał. Zawsze się tak zachowywał, koncentrując się na ważnej sprawie. Ale może przez to umykały mu jeszcze ważniejsze? Trudno, zreformuje się od jutra, obiecał sobie, przekraczając bramę zamkową, w której znajdowało się biuro. Drzwi z napisem: „Medieval Experience" (po angielsku, sic!) znajdowały się od strony zamku. Wszedł na pierwsze piętro, minąwszy się na schodach ze schodzącym pospiesznie mężczyzną. No proszę, nowy znajomy.

– Dzień dobry, panie Kania – odezwał się Jakub, kiedy już wszedł na wyższe stopnie.

– Pocałuj mnie pan w dupę – odezwał się były narzeczony Leny i trzasnął za sobą drzwiami.

To trudna znajomość, uznał Jakub i wszedł do dość niewielkiego, ale gustownie urządzonego biura. Mimo braku dużych okien pomieszczenie było jasne. Ktoś sprytnie pokombinował z oświetleniem, uznał.

Nie zdążył się nawet dobrze rozejrzeć. Ujrzał tylko dwójkę pracowników, kiedy pojawiła się Ilona.

– Jaka niespodzianka! Bardzo się cieszę, że nas pan odwiedził. – Nie mnie, ale nas, powiedziała, czyli pełen profesjonalizm. I tak też wyglądała w kolejnej jasnej garsonce z idealnie ułożonymi włosami i dyskretnym naszyjnikiem z bursztynu w kolorze wiśni. – Zapraszam do mojego biura – powiedziała Pani Perfekcja.

– Nie wiedziałem, że przyjaźni się pani z Kanią – zauważył Jakub, wchodząc do jeszcze mniejszego pomieszczenia, w którym można było wytrzymać jedynie dzięki pracy ogromnego wentylatora.

– Trochę pan przesadza, jak prawdziwy prawnik. – Ilona się uśmiechnęła, ale głos miała lodowaty. – Nie ma tu mowy o przyjaźni. – Założyła nogę na nogę i niczego nie wyjaśniając, spytała: – Napije się pan kawy?

– A z przyjemnością – odparł Jakub.

Miał płonną nadzieję, że może cokolwiek wyprowadzi Ilonę z równowagi, ale ona tylko wstała zza biurka, otworzyła drzwi i poprosiła kogoś po drugiej stronie o przyniesienie napoju.

– Słyszałam, że się panu podoba nasze miasto? – zagadnęła. Nie usiadła ponownie. – Obiecałam panu książki o Gniewie. – Sięgnęła do półki z książkami. – Jak je pan przejrzy, może pan je zostawić u Leny.

Czy naprawdę Ilona uznała, że przyszedł tutaj po książki i broszury promocyjne z jej firmy? Możliwe jednak, że tak było, bo stos znoszonych przez nią materiałów rósł. Po chwili książki zostały przesunięte, a obok niego pojawiła się filiżanka z kawą. Ilona ze spokojną miną piła wodę mineralną.

– Od jesieni nowy właściciel planuje wielkie rewolucje. Już pan pewnie widział, że się powoli zabierają do pracy. Kiedy przyjedzie pan za parę lat, nie pozna pan naszego miasta. Będziemy mieć nawet lądowisko dla helikopterów.

Nie przyszedł tu również na prelekcję.

– Od jak dawna przyjaźni się pani z Leną? – zmienił temat Jakub.

– Od pierwszej klasy podstawówki – odpowiedziała beztrosko. – Ale w jednej ławce zaczęłyśmy siedzieć dopiero w ósmej.

– Dlaczego? – Kawa była wyśmienita.

– Lenka, a wówczas Magda, była taka popularna w klasie, że wszyscy chcieli z nią siedzieć.

– Trzeba było czekać na swoją kolej? Nie wierzę. Jest pani... bardzo atrakcyjną kobietą.

Umiał być uwodzicielski, jak chciał. Zadowolony zauważył lekki rumieniec na twarzy rozmówczyni.

– Nie zawsze tak było. W domu się nie przelewało.

– Takie to czasy, ale teraz, nie chcę być wścibski, wszystko się zmieniło. Słyszałem od Leny, że chciała pani odkupić od niej pensjonat.

Rumieniec spłynął czerwienią w dół dekoltu.

– Zdaje się, że się zaprzyjaźniliście? – spytała.

– Powiedzmy, że miła znajomość. A tak między nami, to wydaje mi się, że Lena żałuje swojej decyzji.

– Ach tak? – Ilona się ożywiła. – To proszę jej powiedzieć, że w każdej chwili może zmienić zdanie.

– Pensjonat to taki dobry biznes? – zapytał i zaczął wertować leżące przed nim książki.

– Jeszcze nie wiem, czy miałby to być pensjonat, czy coś innego. Pomyśleliśmy z mężem, że warto zainwestować pieniądze w coś znajdującego się obok nas. Może przeniosę tam firmę, naprawdę nie mam pojęcia.

– Taka propozycja to szlachetny gest z pani strony. Przecież mogłaby poczekać pani na licytację i dostałaby pani wszystko za półdarmo.

– Czy miał pan prawdziwego przyjaciela, panie Jakubie?

Widzę, że pan się zastanawia. Ja, odpowiadając na takie pytanie, nie miałabym żadnej wątpliwości. To Majowie dali mi drugi dom, gdzie mogłam w spokoju odrabiać lekcje i bawić się, nie musząc wracać po szkole do ojca alkoholika. Lena była też siostrą, której nigdy nie miałam. To właśnie za jej namową założyłam firmę, zaczęłam zarabiać.

– Pomogły też pewnie studia?

– Tak, udało mi się je skończyć dzięki stypendiom.

– Lenie nie.

– No nie, ale ona miała smykałkę do interesów. Pewnie rodzinną. Nie wyobraża pan sobie, jakie tu było bezrobocie od razu po osiemdziesiątym dziewiątym roku. Miasto biedy. – Ilona sięgnęła po stojącą na biurku wodę. – W każdym razie zrobię wszystko, by pomóc Lenie.

– Z kim ona zadarła, nie domyśla się pani? Komu nadepnęła tak mocno na odcisk, że chcą ją zniszczyć? Chyba nie władze miejskie, skoro w tylu sprawach im pomogła.

– Ja wiem, że Lenie tak się wydaje, ale to nie jest prawda. Sama smykałka nie wystarczy, trzeba jeszcze interesu pilnować. Ona niestety była rozdarta pomiędzy Gniewem a Hiszpanią. Takie sprawy nie kończą się nigdy dobrze – dokonała zwięzłego podsumowania.

– To prawda – przytaknął jej Jakub i podniósł się z krzesła.

– A jeśli chodzi o Kanię, to daję mu parę groszy za roznoszenie ulotek.

– Och, doprawdy.

– Niech pan nie będzie taki sarkastyczny. Kania to wrak człowieka. Rodzina się go wyrzekła i nie ma z czego żyć.

Podziękował za kawę i pogawędkę, po czym ruszył z powrotem do pensjonatu. Nie opuszczała go przy tym myśl, że człowiek, którego stać na stołowanie się w zamkowej restauracji, nie należy do najbiedniejszych.

Kozak wpadł do pensjonatu w chwili, kiedy skończyłam rozmawiać z Baśką na Skypie. Myślałam, że coś się stało, bo tak szybko pobiegł do siebie na górę. Kompletnie dziwny facet, którego nie byłam w stanie rozgryźć. Co on kombinował? Czy rzeczywiście zajmował się moją sprawą, tak jak obiecał? Zastanawiałam się przez chwilę, a potem stwierdziłam, że jest mi wszystko jedno, co on robi. I tak decyzja została podjęta. Mam już pieniądze na wyjazd na Florydę. Powinnam teraz zrobić rezerwację lotu i spakować najpotrzebniejsze rzeczy. W ciepłym klimacie wystarczy mi T-shirt i para szortów, pomyślałam. Będę podróżować z jedną walizką. Postanowiłam jeszcze przejrzeć stare dokumenty. Nie chciałam, aby wpadły w ręce Mariana i jego żony. Elżbieta była moją matką, a nie Mariana, więc mogłoby skończyć się tym, że wszystkie pamiątki po niej trafiłyby do kosza.

– Maryla, przechowasz parę moich rzeczy? – spytałam przyjaciółkę, która około trzeciej przyprowadziła Ewę.

– Nie ma problemu. – Najcudowniejsze w Marylce było to, że nigdy nie zadawała niepotrzebnych pytań.

– A gdzie jest Jakub? – spytała dziewczynka po wykonaniu dwóch rund dokoła jadalni.

– Twój tata jest na górze i chyba pracuje. – Spojrzałam niepewnie na Marylę. – Może pójdziemy do ogrodu?

– Jedziemy teraz na zakupy do Tczewa, ale po powrocie Ewunia mogłaby nas ponownie odwiedzić.

– Ja chcę spać u Malwinki – odezwała się Ewa, a jej usta wygięły się w podkówkę.

– Jak tatuś się zgodzi, to oczywiście. – Moja przyjaciółka pójdzie żywcem do nieba, stwierdziłam i powstrzymałam małą przed natychmiastowym sprintem na górę. – Tata teraz jest zajęty. Potem go spytamy.

– Ale mu powiesz?

– Oczywiście, że pow... – Zanim skończyłam, była już w ogrodzie.

Po godzinie uporałyśmy się z pracą. Nie było sensu podlewać, bo właśnie zaczął siąpić deszcz. Z prognozy wynikało, że będzie to koniec „majowego lata". Nie szkodzi, i tak stąd wyjeżdżałam.

Kiedy weszłyśmy na taras zdjąć zabrudzone ziemią buty, pojawił się Jakub. Miał rozbiegane oczy i wyglądał na zdenerwowanego. Jego zachowanie stawało się coraz bardziej dziwne.

– Lena, pożyczysz mi samochód na dwie godziny? Muszę pilnie pojechać do Tczewa. W Pelplinie jeszcze czekają na części i mogę odebrać mercedesa dopiero jutro. I jeszcze Ewa... może z tobą zostać?

Czysty obłęd w oczach. Na szczęście nie chciał nigdzie zabierać córki. Oczywiście, że się zajmę tym porzuconym biedactwem. Teraz wyglądało też jak ostatni kocmołuch. Kiedy on jej ostatni raz mył włosy?

– Tata, tata, mogę dziś spać u Malwinki? – włączyła się Ewa.

– Tak, tak. – Machnął ręką i tyle go było widać.

Założyłabym się, że nawet nie słyszał, co do niego mówi. Nic dziwnego, że ta jego żona dostała kota.

– Ewa? – zagadnęłam ją, kiedy zostałyśmy same. – Przejrzyj się w lustrze – zaproponowałam.

Pobiegła do przedpokoju. Ponieważ nie wracała, poszłam tam za nią. Stała przed lustrem jak zahipnotyzowana. Kiedy się do niej zbliżyłam, drgnęła jakby ze strachu.

– Nie pozwolę ci się myć! – syknęła.

– Nawet nie zamierzam. Nigdy nie myłam żadnych dzieci – odpowiedziałam spokojnie. – Ale proponuję ci prysznic albo kąpiel w mojej wannie. Możesz sama sobie wybrać mydło. I szampon.

– Szampon?

Kiedy po półgodzinie weszłam do łazienki, słyszałam, że Ewa ze sobą rozmawia. Przerwała monolog, kiedy się pojawiłam.

– Tylko mnie nie dotykaj. – Objęła się chudymi ramionkami.

– Przyniosłam ci ręcznik. I parę ciasteczek. – Postawiłam talerzyk obok wanny. – Będę u siebie w pokoju, jakbyś mnie potrzebowała.

– Lena?

– Tak.

– A możesz mi wypłukać włosy?

– Ja?

– Będziesz umiała, to proste – usłyszałam i już po chwili dotykałam pełnych piany kosmyków. – I powiedz mi tylko, kiedy mam otworzyć oczy. – Nie mówiłam jej o tym przez dłuższą chwilę. Nie chciałam, by zobaczyła moje łzy. Nie przypuszczałam nawet, że jej zaufanie mnie tak wzruszy.

– A chcesz coś jeszcze zobaczyć? – udało mi się wykrztusić.

Perkale już widziała, to teraz pokażę jej moje koraliki.

– Dziękuję, że mnie pan tak szybko przyjął. – Jakub potrząsnął ręką tęgawego mężczyzny około sześćdziesiątki, który miał na głowie kask, a oczy zasłaniały mu przeciwsłoneczne ray-bany.

– Skoro nie przeszkadzało panu, żeby wpaść na budowę, to proszę bardzo. W mieście mam ładniejszy gabinet – powiedział Ryszard Mazurek i zdjął okrycie głowy, ukazując rzadkie włosy, które spocone przykleiły mu się do czaszki. – Możemy usiąść w biurze. Nie będzie się przecież pan tu brudził na placu. Niezły wóz – pochwalił volvo Leny.

Jakub dziwnie się czuł w takim czerwonym sportowym aucie. To zupełnie nie był jego styl.

Przeszli około stu metrów do parterowego pawilonu znajdującego się już poza terenem budowy. Ozdabiał go spory szyld z napisem „INBUD: doskonałe lokalizacje, najniższe ceny, maksymalna wygoda mieszkańców".

– To biuro sprzedaży?

– Aha – odpowiedział Mazurek. – Lada dzień je przeniesiemy. Tutaj już wszystko sprzedaliśmy.

– Czyli sukces.

– Nie narzekam. Ludzie się już do nas przyzwyczaili. Wiedzą, że nie zostawimy ich z dziurą w ziemi i że mogą nam zaufać. No i pchają się z zamówieniami.

– Buduje pan nie tylko w Tczewie – zauważył Jakub.

– Wszędzie, gdzie się da.

– Niełatwo chyba uzyskać dobre lokalizacje? – Mazurek spojrzał na niego jak na idiotę, ale Jakub się nie przejął. – Najważniejsza rzecz to dobre kontakty.

– Ba. Mam je od lat – powiedział deweloper i wprowadził Jakuba do biura.

Stał tam elegancki szklany stolik, przy którym siedziała długonoga blondynka. Pośrodku pomieszczenia znajdowała się makieta przyszłego osiedla. Zanim Kozak zdążył się dokładnie wszystkiemu przyjrzeć, Mazurek otworzył następne drzwi do niewielkiego, skąpo umeblowanego zaplecza.

Deweloper pochylił się i zdjął z foteli leżące na nich kartony pełne chorągiewek i baloników, po czym skinął na Jakuba.

– Zapraszam.

– Jakaś impreza? – spytał Kozak, wskazując na baloniki.

– I to huczna. Dwudziestolecie firmy, nie w kij dmuchał.

– Gratulacje! To już długa tradycja – zauważył Jakub. – Chyba musiało być na początku ciężko z kapitałem.

Mazurek spojrzał na niego czujnie i szybko zmienił temat:

– Jestem bardzo ciekawy, czego ode mnie chce londyński prawnik. Wspomniał pan, że mamy wspólnych znajomych.

– Tak, ale o tym za chwilę. Interesuje mnie spółka wykonawcza Beta.

– Beta? – zdziwił się Mazurek.

– Był jej pan współwłaścicielem.

– Ale nie jestem. Sprzedałem udziały mojemu koledze. I to dość dawno, ale to pan zapewne wie, skoro pyta.

– Pewnie nie będzie mi pan chciał powiedzieć dlaczego.

– Ależ skąd. Chętnie odpowiem. Zatrzymuję, drogi panie, tylko to, co rokuje.

– A Beta nie rokowała?

Mazurek rozłożył ręce.

– Ale chyba pański kolega potrafi dobrze zarabiać na sprawach sądowych? Dostanie dużą kasę za spartaczoną robotę.

Deweloper podrapał się po głowie.

– Aaa, coś o tym słyszałem. W Gniewie, prawda?

– Pan przecież zna właścicielkę tej hurtowni, z dawnych lat. Dał jej pan paszport z odwołania – powiedział w końcu Jakub, uważnie przyglądając się twarzy rozmówcy. – To ma być teraz odwet? Za to, że pana kiedyś nie chciała?

W jednej chwili Mazurek zrobił się tak czerwony na twarzy, jakby miał dostać wylewu, a potem walnął z całej siły pięścią w ścianę pawilonu. Mimo wszystko nie udało mu się zrobić dziury.

– Co to za bzdury, do kurwy nędzy! Powiedz pan od razu, żeś jest dziennikarzem. – W jednej chwili zniknął uprzejmy ton.

– Nie jestem. Jestem rzeczywiście prawnikiem z Londynu i chcę się dowiedzieć, komu zależy na tym, żeby obedrzeć ze skóry Lenę Walter, dawniej znaną panu jako Magdalenę Maj.

– Kogo?

– Magdalenę Maj – powtórzył Jakub.

– Maj? Paszport? – Mazurek podrapał się po łysej głowie.

– Była u pana w mieszkaniu na Chełmie i stamtąd uciekła, jak się pan do niej dobierał.

Słychać było tylko hałas wiertarki dobiegający gdzieś z budowy. W końcu Mazurek pokręcił głową.

– I nie jest pan dziennikarzem?

Jakub sięgnął do kieszeni i wyjął brytyjskie prawo jazdy.

– Wie pan, teraz to nikomu nie można zaufać. Bez przerwy tylko prowokacje i jakieś nagrania. Ale skoro pan nie jest pismakiem, to panu powiem. To prawda, wyrwałem w życiu parę panienek na paszport. Człowiek był młody, głupi i miał okazję. Takie czasy. Żadnej jednak w życiu nie zgwałciłem. Co to, to nie! Ale jeśli panu się wydaje, że miałbym się na kimś mścić za to, że nie dostałem chętnej dupy, to pan zupełnie oszalał. – Sięgnął po chusteczkę higieniczną i starł z twarzy krople potu. – Ja zbyt ciężko pracuję, żeby to wszystko miało ręce i nogi. Zemsta po latach? To ta Maj panu nagadała takich głupot?

Jakub pokręcił głową. Reakcja Mazurka wydawała się autentyczna. Samochód Leny też mu nic nie mówił, a powinien, jeśli go interesowała, bo był bardzo charakterystyczny. Poza tym, kiedy już ustalił, że Kozak nie jest dziennikarzem, stał się bardziej rozmowny. Może dlatego, że jego rozmówca nie zadał mu innego istotnego pytania. Na przykład, skąd wziął środki na rozkręcenie firmy deweloperskiej. Ale to była zupełnie inna sprawa i to nie on się powinien nią zająć.

– A mógłby mi pan powiedzieć, skąd zna właściciela Bety? On się nazywa... – Jakub sięgnął do swoich notatek.

– Jan Kowalski i to jest jego prawdziwe nazwisko – odparł Mazurek i zachichotał jak z najlepszego dowcipu.

– Ty skurwielu jeden...

Szybko zamknęłam okno. Przed domem stała nasza miejska dziwaczka, zwana Kaczuchą, może ze względu na kolebiący się chód, i wyzywała przechodnia. Kiedy miała napad, ofiarami jej ostrego języka stawali się przypadkowi przechodnie. Najchętniej wybierała sobie elegancko ubranych ludzi i w dodatku przyjezdnych. Tacy byli podwójnie zażenowani rynsztokowymi wyzwiskami. Miejscowi byli do niej przyzwyczajeni, tym bardziej że nigdy nic złego nikomu nie zrobiła. Ataki zdarzały się tylko parę razy w tygodniu, widać jej choroba psychiczna miała dość łagodny przebieg.

Po chwili pod oknem się uspokoiło. Minęła ósma wieczór i ludzie zaczęli zamykać się w domach, by uprawiać zapewne fascynujące życie rodzinne.

Dwie godziny wcześniej zaprowadziłam Ewę do Maryli, a Jakub wciąż nie wracał. Postanowiłam wcześniej spakować walizkę na wyjazd do Baśki, ale zupełnie nie miałam natchnienia, może dlatego, iż nie udało mi się kupić biletu na Florydę. Akurat gdy zamierzałam nacisnąć przycisk „kupuj", rozłączył się internet. Miałam nadzieję, że tylko na chwilę, bo przecież był zapłacony. Dobra komunikacja pozostała dla mnie priorytetem. Jeśli się nie uda jutro, poproszę Jakuba, żeby mi pożyczył swój laptop, postanowiłam. Widziałam, że ma modem.

Nagle przypomniałam sobie o ostatnim liście, którego wciąż nie rozszyfrowałam. Wyjęłam z szuflady lupę i pożółkłą kartkę i wgłębiłam się w zapiski dziadka. Te były najtrudniejsze, napisane tak drobnym maczkiem, że nawet szkło powiększające nie dawało rady.

Najdroższa Trudi,

nie wiem, kiedy dostaniesz ten list. Za nic nie chciałbym zginąć na sam koniec wojny, ale widzę, co się tu dzieje. Thomasowi się nie udało. Zachorował na dyzenterię w pierwszy dzień nowego roku. Nie dali nam dla niego leków, zbyt zajęci tym, co niedługo miało nastąpić. Na szczęście mój przyjaciel odszedł bardzo szybko. Obiecałem mu, że opowiem o wszystkim jego rodzinie. Niewdzięczne zadanie, ale jednocześnie pragnąłbym, żeby ktoś inny zrobił to samo dla mnie. Nie, nie będę Cię straszył. Oczywiście, że przeżyję. Przyjadę po Ciebie, pobierzemy się i nikt nas nigdy nie rozłączy.

A teraz fakty. 23 stycznia obudzili nas o trzeciej rano i kazali się spakować, i natychmiast wyruszyć. W ten trzydziestostopniowy mróz zamarzało wszystko, nawet nasze klapy na mundurach, ale musieliśmy maszerować aż do zmierzchu. Nie było żadnego obozu, noc musieliśmy spędzać w szczerym polu i bez jedzenia. Na szczęście niektórzy zabrali jakieś zapasy, ale nie wszyscy chcieli się nimi dzielić.

Rankiem okazało się, że jeden z kolegów się nie rusza. Zamarzł bez słowa jak „dziewczynka z zapałkami", o której Ci kiedyś opowiadałem. Kiedy wyruszaliśmy, zabrałem ze sobą dwie walizki i dwa koce. Z każdym dniem pozbywałem się kolejnych rzeczy, najważniejsze były ciepłe ubrania i jedzenie. Oczywiście oprócz Twojej fotografii, którą niosłem na sercu w kieszonce munduru.

Nie rozumiem zupełnie, jak dałem radę podczas tego marszu. Już pierwszego dnia chciałem się położyć na śniegu i zamarznąć, ale kiedy pomyślałem o Tobie, zbierała się we mnie dziwna moc, która pozwalała mi stawiać naprzód przemarz-

nięte stopy. Wydaje mi się, że czasami musiałem zasypiać, idąc. Budziły mnie wówczas niemieckie pokrzykiwania lub strzały, którymi zabijano maruderów. Nie pamiętam więc, jak długo szliśmy.

Pewnego dnia, po uciążliwej burzy śnieżnej, nieco się ocieplło i nagle się obudziłem. Czułem, że jeśli niczego nie zrobię, nie wytrzymam następnej nocy na dworze. Tak bardzo chciałem się napić czegoś ciepłego. Kiedy zaczął zapadać zmrok, a strażnik się na chwilę oddalił, odłączyłem się od kolumny. Nad ranem udało mi się dotrzeć do domu przy lesie, gdzie poprosiłem o ciepłą wodę. Dziwni ludzie tam mieszkali. Nie byli to Niemcy, ale po polsku chyba też nie mówili. Dotykali mojego munduru i klepali po plecach, widziałem, że jednak boją się mnie tam zatrzymać, choć hojnie nakarmili mnie kartoflanką i sprezentowali parę wełnianych skarpet. Nie chciałem ich narażać i ruszyłem dalej.

Szedłem na zachód, nocując gdzie się dało, i każdego dnia znajdowałem jakiś dom, gdzie mogłem się chociaż napić. Aż w końcu trafiłem do Niemców, którzy zaprosili mnie pod swój dach, nakarmili i zaoferowali nocleg. Mogłem się również wykąpać. Wyobrażasz sobie, jak się poczułem! To właśnie u nich piszę do Ciebie te słowa. Nie wiem, co będzie później. Ci ludzie uciekli tu z zachodu przed bombardowaniem aliantów, teraz nie wiedzą, co robić, bo słyszeli o zbliżaniu się Sowietów. Tkwią tu jak w potrzasku. Ja muszę iść dalej, na zachód. Nie mogę już zawrócić, ale kiedy wojna się skończy, przyjadę po Was.

Napisałem ten list w nocy i zostawię go moim gospodarzom. Może uda im się go wysłać do Ciebie. Ufam im. Są porządnymi ludźmi. Na szczęście nie wszyscy zginęli na wojnie. A skoro jeszcze są tacy na tym świecie, to może jest dla nas wszystkich jakaś nadzieja.

Twój D.

Dotarłam do końca zapisanej gęsto kartki, zupełnie skołowana. Gdzie jest ciąg dalszy? Wróciłam do odłożonych listów, ale więcej ich nie było. Tylko koperta. Znaczek był zdarty, ale wyglądało na to, że list został wysłany z Niemiec. Z której strefy okupacyjnej? Nic nie było widać. Aż zęby zacisnęłam z wściekłości. Czy ten kleks w rogu to 1946 czy 1945?

Odłożyłam list, a serce waliło mi jak oszalałe. Babcia była Trudi, Getrurda, ale poza tym nic mi się nie zgadzało. Ani imię, ani ten mundur. Jeśli nosił mundur, był jeńcem wojennym. W naszej okolicy znajdował się stalag. Ale jeśli mój prawdziwy dziadek był jeńcem stalagu, to nie mógł być nim Edward, żołnierz wermachtu. Kim więc był, do licha?

Nagły hałas dochodzący z ulicy przerwał moje rozmyślania. Rzuciłam się do okna. Co się tam mogło stać o dziewiątej wieczór?

Rozdział XIX

Zaczęło siąpić, zanim wyruszył z Tczewa. Kiedy wcześniej oglądał prognozę w internecie, pokazywała zmianę pogody na najbliższe dni. Niż znad Skandynawii. Na szczęście zamierzał opuścić te strony już nazajutrz, jednak coś wciąż nie dawało mu spokoju. Nie mógł zrozumieć dlaczego, bo przecież wyjaśnił sprawę z Mazurkiem. Kiedy jego nazwisko powtórzyło się przy różnych wyciągach z Krajowego Rejestru Sądowego, które sprawdzał, był pewien, że trafił w dziesiątkę. Wydawało mu się, że osoba byłego esbeka doskonale pasuje do jego gniewskiej układanki. Próbował ją poskładać od tygodnia i zachciało mu się szczęśliwego zakończenia, ale wyjaśnienia Mazurka go przekonały. On nie miał z tą sprawą nic wspólnego, choć oczywiście zawsze mogły istnieć różne wątpliwości.

Jakubowi wydawało się jednak, że coś przegapił. Tak jakby coś usłyszał podczas wielu przeprowadzonych rozmów, ale nie mógł połączyć tego w całość. Może to irytacja na siebie samego, że tak bardzo się pomylił, jednakże przeczuwał, iż tej nocy zapewne nie zaśnie. Jego umysł się nie uspokoi, dopóki nie odkryje, co wprowadziło go w stan takiej aktywności. Do tego dochodziły pretensje do siebie. Miał wykorzystać te parę dni na odpoczynek, a co on tu wyprawiał? Dobrze, że choć Ewa była szczęśliwa, jeszcze jej takiej nie widział, i chyba naprawdę polubiła tę małą niepełnosprawną dziewczynkę. Kto by przypuszczał?

Siebie też coraz mniej poznawał i ku swojemu zdumieniu – mimo popełnionego błędu i zmiany planów – czuł jakąś niezwykłą lekkość, tak jakby ubyło mu lat, i przypływ energii. Miał wrażenie, że wszystko jeszcze się może zdarzyć.

Kiedy z lewej strony dostrzegł sylwetkę zamku, odetchnął głębiej. Wracał do domu, wprawdzie tymczasowego, ale przyjaznego. Zbliżała się dziesiąta, ale liczył na to, że Lena jeszcze nie poszła spać. Chciał jej zadać jeszcze parę pytań, tym razem z czystej ciekawości. Jak się skończył jej związek z Carlem? Spędziła z nim tyle lat, nigdy nie wyszła za niego za mąż, nie miała z nim dzieci. Czy na koniec to on ją rzucił i znalazł sobie młodszą, tak jak na samym początku przeczuwała?

Jakub podjechał na miejsce obok willi Historia, gdzie zawsze parkował, ale tym razem było ono zajęte i oczywiście wszystkie inne również. Tak zawsze jest, kiedy człowiek się spieszy. Na dodatek rozpadało się na dobre, i to w dodatku w asyście piorunów. Lena chciała mu dać pilota do bramy, ale zapomniał go wziąć, tak jak parasola. Miał nadzieję, że właścicielka wozu jeszcze nie śpi. Nie można było zostawić takiego drogocennego cacka na dworze, bo należało już do komornika. Okrążył rynek i w końcu udało mu się wcisnąć pomiędzy samochód dostawczy i jakiegoś rzęcha. Było to trudne, bo deszcz zalewał szyby, mimo iż wycieraczki chodziły na najszybszym biegu.

I co teraz? Trzysta metrów do pensjonatu, ale z pewnością nie dobiegnie suchy. Poczekał dziesięć minut w samochodzie, słuchając radia. Program był ponury, muzyka jeszcze bardziej... no cóż, musiał się przyzwyczajać. I prawdę mówięc, zaczął już to robić podczas tego tygodnia, ale to chyba dobrze, skoro zamierzał żyć w tym kraju. Roześmiał się do swoich myśli.

Stopniowo deszcz ustawał. Jakub zamknął samochód i szybkim krokiem ruszył do pensjonatu. Zaklął pod nosem, bo klucza do pokoju i budynku również zapomniał. To byłby prawdziwy pech, żeby Lena już spała. Przypomniała mu się podobna sytuacja sprzed tygodnia. Miał wrażenie, że od tamtego dnia musiały minąć wieki. Trudno, najwyższej wespnie się na piętro, do jej sypialni, i oczywiście sobie poradzi.

Sięgał już do przycisku domofonu, gdy nagle poczuł silne uderzenie w ramię. W pierwszej chwili sądził, że coś spadło z góry, i chciał się cofnąć, ale nie mógł. Jego ramię uwięzione było w stalowym uścisku. I nie tylko jedno ramię, druga ręka również.

– Czego tu naprawdę szukasz, co? – usłyszał ochrypły męski głos.

Nie mógł go rozpoznać.

– O co chodzi? Chyba mnie pan z kimś pomylił? – pospiesznie odpowiedział, zastanawiając się w lekkiej panice, co robić. Próbował się odwrócić, ale napastnik go unieruchomił. Nic nie pomagało siłowanie się i wyrywanie. Ten ktoś był od niego silniejszy.

– Gadaj, kto cię tu nasłał. I to już!

– Paul Hines – odpowiedział Jakub zgodnie z prawdą.

– Jaki tam Hajns, ty ciulu jeden...

Teraz Kozak już wiedział, z kim ma do czynienia.

– A kto ciebie tu przysłał, Kania?

Jakub poczuł, jak zaczyna mu walić serce. Dopiero teraz zrozumiał, że ma się zacząć bać.

– Zamknij się.

– To, co od niego dostaniesz, i tak będzie mniej warte niż pobyt w pudle.

– Stul pysk!

– Chciałeś przecież, żebym ci powiedział?

Pytanie zdezorientowało Kanię i na chwilę zapadła cisza, podczas której Jakub gorączkowo się zastanawiał, co dalej. Słyszał przecież o niekontrolowanej agresji byłego narzeczonego Leny. Ofiary jego pobicia lądowały w szpitalu na długie miesiące. Nie mógł sobie na to pozwolić.

– Daję ci pięć sekund, a potem wyrwę ci ramię z barku. – Nagle zaczął mówić zupełnie normalnie, bez wulgaryzmów. I to było znacznie bardziej złowieszcze.

– Pójdziesz siedzieć.

– Nie pójdę, bo mnie nie widziałeś, a ja mam tym razem bardzo dobre alibi.

– To w takim razie już mówię – zaczął niby spokojnie Jakub, po czym gwałtownie się pochylił i uwolnił z uścisku Kani.

– Ty w mordę!

Kania tego się zupełnie nie spodziewał, ale szybko zacisnął pięści i rzucił się na Kozaka, który choć nie mógł namierzyć przycisku do domofonu, uderzył z całej siły w drzwi od pensjonatu. A potem zahuczało mu w prawym uchu, bo tam Kania umieścił swój pierwszy lewy sierpowy. Kolejnego ciosu udało mu się uniknąć i nawet kopnął napastnika w biodro, ale to było jak zderzenie z czołgiem. Przeciwnik nawet nie stracił równowagi. Och, gdybym miał coś ciężkiego pod ręką, pomyślał Jakub i się ucieszył, bo jego pięść zadała celne uderzenie, od dołu w szczękę. To była w zasadzie ostatnia jego myśl, bo potem nagle przestał padać deszcz i zaświeciły wszystkie gwiazdy. Wszystkie problemy tego świata straciły jakiekolwiek znaczenie.

– Jakub, Kuba? Odezwij się! – Tego głosu też nie rozpoznawał. Może od czegoś ogłuchł. – Wzywam lekarza.

Co? Jeszcze czego! Otworzył oczy i zobaczył nad sobą Lenę.

– Po co lekarz?

– Nie pamiętasz, co się stało?

Jakub dźwignął się do pozycji siedzącej. Wydawało się mu, że miał nadwerężony każdy mięsień. Co on tu robił?

Rozejrzał się dokoła. Siedział obok kałuży sporych rozmiarów, ale padać już przestało. Koło niego klęczała Lena Walter. Na jej twarzy malowało się zaniepokojenie, co mógł zobaczyć w świetle padającym z pensjonatu, którego drzwi były na oścież otwarte. Przy stopach Leny zobaczył szpadel. Czy było na nim widać czerwony kolor? I nagle wszystko mu się przypomniało.

– Gdzie Kania?

– Już go nie ma, ale tobie leci krew z twarzy. Lekarza trzeba.

Najdziwniejsze było to, że siedzieli tak w samym centrum miasta, ale nikt nie wyszedł, żeby sprawdzić, co się dzieje. Jakub dźwignął się do pionu. Wszystko go bolało, ale w tej chwili chciał tylko wejść do pensjonatu i zamknąć za sobą drzwi. Zachwiał się, Lena pochwyciła go w pasie i pomogła mu odzyskać równowagę.

Kiedy weszli do środka, zerknął na swoją twarz w korytarzowym lustrze. Miał rozbity nos, z którego kapała krew.

– Masz jakiś lód? – spytał zupełnie przytomnie, a potem dał się dalej wprowadzić do połączonego z jadalnią saloniku. Bez sensu, za chwilę wszystko pobrudzi. Chciał się wyrwać, ale Lena miała silny uścisk.

– Leż tu.

Pomogła mu się ułożyć na sofie, a sama na chwilę zniknęła.

Kiedy się znów pojawiła, miała w ręku ręczniki, podręczną apteczkę i zamrożoną mieszankę warzywną, którą natychmiast przyłożyła mu do twarzy. Cicho jęknął, ale ulga była ogromna.

– Chyba nie masz złamanego nosa – oceniła fachowo jego gospodyni. – Zadrapania na twarzy i na rękach. – Zaczęła przemywać mu dłonie wodą utlenioną, a kiedy skończyła, stwierdziła: – Jeśli nie chcesz lekarza, to zadzwonię po policję.

Jakub zamamrotał coś w ręcznik.

– Co mówisz?

– Nie dzwoń.

– Dlaczego? To jest niebezpieczny człowiek. Oni powinni go leczyć psychiatrycznie, a nie trzymać w więzieniu. Zresztą co chwila tam trafia. I znowu wychodzi. Następnym razem kogoś zamorduje. Za każdym razem, kiedy robi coś takiego, czuję się podle i mam wyrzuty sumienia. Gdybym zgłosiła wówczas, że na mnie napadł, nie poturbowałby tamtego człowieka ani ciebie.

– Nie przesadzaj. On taki się już urodził. Nic by mu nie pomogło. Ale mu przyłożyłaś, prawda?

Mimo iż ból nosa pulsował mu na całą twarz, Jakub zachichotał i spojrzał uważnie na Lenę.

– Kiedy Kania jest w mieście, zawsze trzymam ten szpadel pod ręką – oświadczyła, podając leki przeciwbólowe. – To jest dość mocny środek, powinno zaraz pomóc. Połknij od razu.

Jakub westchnął i pomyślał, że nie na wiele zdała się ta cała nauka samoobrony, na którą namówił go Paul. Kancelaria jego szefa przyjmowała nie tylko eleganckich ludzi z dobrych dzielnic. Hines pamiętał nadal nędzę z czasów swego dzieciństwa i czuł powinność pomagania tym, których nie stać na pełnomocnika. Każdy z jego prawników prowadził kilka takich trudnych spraw w roku. Musiał być jednak do tego przygotowany – mogli przecież mieć kontakt z mafią, handlarzami narkotyków i inną gangsterką – i dlatego Paul namówił ich na ćwiczenia z samoobrony. Dawno to było i widocznie nie słuchałem dobrze prowadzącego, złościł się w myślach Jakub.

Kobieta, która poradziła sobie z tutejszym oprychem, delikatnie dotykała jego twarzy, szukając obolałych miejsc.

– Nie mam pojęcia, czego on od ciebie chciał. Przedtem nigdy nie zaczepiał moich gości. Na szczęście ignorował mnie od ponad dwudziestu lat.

– Może jest o mnie zazdrosny?

Chyba rzeczywiście musiał nieźle dostać w łeb, gdyż te słowa bezwiednie wyleciały mu z ust. Przyłożył do nich ręcznik z mrożonką, ale było już za późno. Poszły w świat.

– Myślisz? Całkiem możliwe – spokojnie zareagowała Lena. – Nie ma innych gości, jesteś tylko ty z Ewą, kto wie, co takiemu prostakowi może przyjść do głowy.

– Mogę się założyć, że samo nie przyszło – wymamrotał Jakub, a potem coś jeszcze chciał powiedzieć, ale bał się, że Lena przestanie gładzić mu twarz. Trudno w to uwierzyć, jednak ona potrafiła uśmierzać ból. Powie jej o tym później, a najlepiej jutro.

Na dworze zaczęło znów padać, słychać było ciężkie krople uderzające o okno tarasowe. Nagle ból się przytępił, a kiedy Lena przykryła go kocem, szybko zrobiło mu się przyjemnie ciepło i tak miło, że sam nie wiedział, kiedy opadły mu powieki.

Obudziło go bicie zegara. Nie bardzo mógł się doliczyć

uderzeń, sięgnął więc do kieszeni spodni po telefon komórkowy. Patek philippe został przy laptopie. Na szczęście, bo szkiełko iPhone'a było pęknięte. Można było jednak dostrzec godzinę. Trzecia w nocy.

Włoska mieszanka warzywna się rozmroziła, a poduszka, na której leżał, zupełnie przemokła. Uniósł głowę. Pigułki musiały zadziałać, bo nawet nic go nie bolało, no może trochę nos, ale jakoś to przeżyje. Postanowił wstać i przejść do swojego pokoju. Spróbuje znów zasnąć.

Kiedy stawiał pierwsze niepewne kroki, w poświacie z korytarza zauważył, że ktoś siedzi w fotelu, a w zasadzie zwisa z niego w pozycji półleżącej. Jakub zbliżył się i zobaczył tam śpiącą Lenę. Musiało być jej bardzo niewygodnie. Nie powinna spędzić w ten sposób całej nocy, uznał i najdelikatniej, jak umiał, odsunął jej włosy z twarzy. Momentalnie otworzyła oczy.

– Nie mogłam zasnąć, więc postanowiłam poczuwać przy tobie.

– To odprowadzę cię do łóżka. To chyba teraz ja powinienem się tobą zająć. – Jakub objął rozespaną Lenę i poprowadził w stronę jej pokoju. Nacisnął klamkę u drzwi.

Jeśli wcześniej ona chciała przy nim czuwać, to być może teraz powinien się jej odwdzięczyć.

– Lena – zachrypiał lekko.

– Tak?

Obróciła się w jego stronę. Zasłony w pokoju nie były zaciągnięte i od razu można było dostrzec sporych rozmiarów łóżko. Nie bardzo wiedział, co ma teraz zrobić. Czy ma Lenę zostawić na progu, czy podprowadzić dalej. Jedno i drugie wydawało mu się dość głupie, w związku z tym pochylił się nad nią i pocałował w usta. Kiedy po chwili zarzuciła mu ręce na szyję, stwierdził, że był to jedyny dobry wybór. I nagle nic już nie było skomplikowane. Nie wiadomo kiedy znaleźli się w łóżku. Wkrótce przeszła mu przez głowę jeszcze jedna myśl: dlaczego tak późno! A potem zupełnie zapomniał o czymś takim jak myślenie i jak to się mogło stać. Po prostu wszystko potoczyło się swoim własnym torem. Na szczęście.

Rozdział XX

Ale się porobiło, ale się porobiło, to były pierwsze myśli Jakuba, gdy się obudził i spojrzał kątem oka na śpiącą Lenę. I uczucie niezwykłej ulgi, że los wykręcił mu taki numer. Bo to przecież wszystko przez ten los. Gdyby to zależało od niego samego, nigdy by się nie zdecydował na pierwszy ruch.

Lena leżała beztrosko niemal w poprzek łóżka, spychając go w sam kąt, w którym i tak nie mógł wyprostować nóg, jeśli nie chciał jej zbudzić. Na dworze było wciąż ciemno i nadal padał deszcz.

– Nie śpisz? – szepnęła, nie otwierając oczu.

– To byłoby marnotrawstwo czasu – odpowiedział i natychmiast się do niej przytulił. – Już z tym skończyłem.

I po prostu się na nią ponownie rzucił. Kto by pomyślał, kto by pomyślał?

Po kolejnej pobudce ukazał mu się w świetle cały pokój Leny – podobnie jak jadalnia – zawieszony starymi fotografiami. Wypuścił ją z objęć i wstał, aby bezszelestnie zasunąć zasłony. Kiedy się odwrócił, ujrzał przy łóżku zegar. Dochodziła, nie do wiary, dziewiąta! Nic dziwnego, że chciało mu się jeść. Postanowił obudzić Lenę zapachem kawy, włożył więc slipy i koszulkę i cicho stąpając po dębowych deskach, zaczął się skradać do drzwi. Przy samym wejściu rzuciła mu się w oczy fotografia, a na niej cztery dziewczynki w fartuszkach szkolnych z białymi kołnierzykami. Zdjęcie, zapewne ze szkoły podstawowej, podpisano eleganckim pismem: Maryla Wojtasiek, Barbara Neuman, Ilona Kowalska i Magdalena Maj. Było na nim od razu widać, kto tam rządził. Marylka patrzyła nieśmiało w obiektyw, Ilona w kąt, a Barbara podkręcała zalotnie ciemny lok i przytulała się do Leny, która śmiała się od ucha do ucha. Zadowolona z siebie szczęściara, pomyślał i zamknął za sobą drzwi.

Kawa tak kusząco pachniała, że postanowił wypić jedną filiżankę na dole, a potem przynieść następną do pokoju Leny. Ekspres przyjemnie pyrkotał, a Jakub zdecydował się w końcu obejrzeć w lustrze wynik swojej wczorajszej rozmowy z Piotrem Kanią. Ciekawe, jak awanturnik wyglądał tego poranka po spotkaniu ze szpadlem, bo on sam zdecydowanie nie najlepiej. Wprawdzie nie był zbyt opuchnięty, ale nos nabrał dość dziwnego sinego koloru. Na szczęście nic go nie bolało. Lena naprawdę miała jakieś kojące właściwości.

Jakub zanurzył usta w kawie i nagle w ciągu ułamka sekundy jego umysł dokonał jakiegoś niezwykłego połączenia faktów. Zastygł na dłuższą chwilę, a w głowie, trochę uszkodzonej poprzedniej nocy, aż mu huczało od nagle zachodzących na siebie trybików. I już wiedział, a ponieważ tej nocy doszedł do wniosku, że nie należy marnować czasu, postanowił działać natychmiast.

Zostawił filiżanki przy ekspresie i pognał na górę do swojego pokoju, by się przebrać. Po pięciu minutach już go nie było w willi Historia. Po drodze musiał jeszcze wykonać jeden telefon. Dla potwierdzenia. Okazało się, że miał rację.

– To znowu ty!

Wyraz zdziwienia, jakie malowało się na twarzy Ilony, był godny zapamiętania. Aha, i teraz byli już na ty.

– Na to wygląda – odpowiedział Jakub i bez zaproszenia poszedł prostą drogą do pomieszczenia szefowej.

– A co to się stało? – Ilonie nie pozostało nic innego, jak iść za nim. – Mam na myśli twoją twarz.

– Świat jest pełen złych ludzi.

– To prawda.

– Ale chyba najgorsi są tacy, których ma się za najbliższych przyjaciół, tacy, którzy znają najlepiej wszystkie nasze słabostki i potknięcia. Wiedzą, kiedy i jak uderzyć najcelniej.

– Co właściwie masz na myśli?

Rumieniec wędruje po dekolcie, zauważył Jakub. Czy musiał jej to wyjaśniać? Przecież doskonale wiedziała, o co chodzi.

– Taką jedną Kowalską. Kuzynkę tego oszusta z Bety, który doprowadził do ruiny Lenę Walter. Rozmawiałem wczoraj z właścicielem INBUD-u, sprawdzałem KRS-y. Jak na osobę z biednego domu, udało się tej Kowalskiej dużo w życiu osiągnąć. Pozostaje tylko jedno pytanie: czemu zamiast pomnażać swój dorobek, postanowiła oskubać najlepszą przyjaciółkę?

Dobrze to sobie wykombinowała. Jej kuzyn był udziałowcem w Medieval Experience, a matka bez matury – współwłaścicielem Bety. Byłoby proste do uchwycenia, gdyby nie tak popularne nazwisko. I to uśpiło jego czujność.

– Co ty wygadujesz? – Głos Ilony stał się wyższy i piskliwy. – To pomówienia. To ja chciałam kupić pensjonat i pomóc Lenie.

– Oczywiście, wiedząc, że transakcja będzie anulowana.

– Nic o tym nie wiem.

– Dziwne, skoro kontaktowałaś się z komornikiem. Przed chwilą z nim rozmawiałem i może to potwierdzić. Uprzedzał cię przecież, że nie możesz go już kupić. On to zajmuje, no chyba że Lena spłaci dług. Mimo to następnego dnia poszłaś do Leny z tą ofertą. I co? Chciałaś się jeszcze popisać swoją rzekomą dobrocią?

– To są bzdury! – Ilona się nie poddawała. – Wyjdź stąd natychmiast. Nie będziesz mnie obrażać.

– Zaraz stąd wyjdę, nie unoś się tak. Twój obrońca jest dzisiaj trochę poturbowany, więc nie będzie służył jako ochroniarz. Ulotki... akurat! Kania potrzebny ci był do odstraszania potencjalnych klientów na kupno pensjonatu. Ludzie na ogół chcą unikać problemów, więc jak zaczynają za nimi chodzić typy pokroju Kani i ich zastraszać, to z reguły rezygnują. Zgrabny plan sobie wymyśliła Ilona Kowalska, przyjaciółka z jednej ławki Magdaleny Maj, specjalistka od marketingu i miejscowa manipulantka. Dlaczego jej tak nienawidzisz? Może kiedyś miała pieniądze, ale teraz? Przecież nawet jesteś od niej ładniejsza – dodał mimochodem i nawet nie przypuszczał, że ta ostatnia uwaga załamie Ilonę.

Nagle z jej oczu zaczęły lecieć łzy, mocząc garsonkę w kolorze bladego różu. Mimo to wciąż się nie odzywała do niego. Jeśli ktoś teraz wejdzie do jej gabinetu, wyjdzie na potwora, a ona na udręczoną kobietę. Zamierzał się już wycofać – nie mógł jej grozić konsekwencjami prawnymi, bo nie zrobiła nic przeciw prawu – chciał tylko, by wiedziała, że nie może się już ukrywać w cieniu. Wtem Ilona się odezwała. Jej głos wcale nie był zapłakany, tylko zimny i spokojny. Miało się wrażenie, że to przemówienie było przygotowane już od dawna.

– Zawsze miała, co chciała, nie licząc się z kimkolwiek. Rozkapryszona córunia. Wystarczyło, że skinęła palcem, a już ojciec kupował jej samochód. Każdy skakał, jak chciała.

Sterowała tym miastem z zagranicy. Ludzie wyłazili ze skóry, żeby się jej podlizać, a ona udawała taką hojną bogaczkę o złotym sercu.

– A nie jest taka?

Ilona prychnęła.

– Jak się śpi za pieniądze, to można potem odkupywać swoje grzechy na różne sposoby i udawać świętą. Całe życie się popisywała swoim bogactwem. Popytaj ludzi. Przyjechała nagle po latach i zachciało jej się zmieniać to miasto. Tak jakbyśmy sami nie potrafili. Sami wiemy, co dla nas dobre, nie trzeba nam żadnych cudzoziemców, obcych.

– Przecież Lena jest stąd.

Przez chwilę patrzyła na niego zdezorientowana, ale szybko wzięła się w garść. Jej oczy nie były teraz zupełnie zdziwione. Patrzyła na niego z nienawiścią.

– Zawsze potrafiła zimno kalkulować. Robiła to, co najbardziej jej się opłacało. Ja byłam zawsze jej najlepszą i najbardziej oddaną przyjaciółką, ale to głupią Baśkę zaprosiła pierwszą do siebie do Hiszpanii na wakacje. A wiesz dlaczego? Bo ona mieszkała w Londynie. Mogła się jej przydać.

Jakub ledwie opanował śmiech. Nie mógł uwierzyć w to, co słyszy. Ale czy po raz pierwszy? Małostkowość, stare zadry, przez lata pielęgnowane urazy – to przecież filary budowanego przez ludzi piekła, dla samych siebie.

– I postanowiłaś ją ukarać?

– Ja? – Po płaczu Ilony nie pozostał nawet ślad. Znów była pewna siebie. – Ona sama sobie to zrobiła. Gdy się prowadzi biznes, to trzeba go pilnować, a nie podróżować dokoła świata z bogatym kochasiem. Trzeba sprawdzać firmy, którym się zleca wykonawstwo. Nawet sąd uznał naszą rację.

– Czytałem dokumenty. – Jakub pokręcił głową. – To nie był sprawiedliwy wyrok, tylko skandaliczny.

– I kto to mówi! Mogła znaleźć sobie lepszych prawników. Pewnie teraz by tak zrobiła, no nie? – Uśmiechnęła się szyderczo. – Udało się jej przyklepać wasz układ w łóżku, prawda?

– Słucham? – Jakub poczuł obrzydzenie, które niczym pięść uderzyło go w sam splot słoneczny.

– Nie udawaj, że nie wiesz, o czym mówię. Ona tak zawsze robiła. Nie sądzę jednak, że na długo jej wystarczysz. Chociaż kto wie, już nie jest taka młoda.

Kozak uznał, że więcej wiedzy mu nie potrzeba. Nie miał zamiaru dłużej słuchać tej kobiety, która nie mogła przestać i jak karabin maszynowy wypluwała z siebie słowa.

– Poza tym być może tym razem się przeliczyła. Słyszałam, że jakaś firma z Anglii jest zainteresowana przejęciem hurtowni i pensjonatu. Nietrudno się domyślić, że dla nich...

Drzwi od gabinetu wygłuszały jej głos, ale Jakub wciąż je słyszał.

Na szczęście na dworze owionął go rześki wiatr. Miał nadzieję, że wywieje mu z głowy wszystko, co usłyszał od Ilony, jak i duszną atmosferę jej piekielnego gabinetu. W każdym razie nie powinno to nigdy dojść do uszu Leny. Musiał ją jednak ostrzec, lecz nie wiedział jeszcze, co powie jej na temat pani Kowalskiej. Trzeba się było spokojnie zastanowić. Pośpiech zawsze był jego złym doradcą.

Po nocnej ulewie zaświeciło wprawdzie słońce, temperatura jednak wyraźnie się obniżyła. Jak to w połowie maja, pomyślał Jakub, idąc w stronę domu Leny. Przez chwilę rozważał zabranie Ewy od Maryli, ale przypomniał sobie, że babcia Malwinki obiecała oddać ją dopiero o jedenastej, a dochodziła dziesiąta. Lepiej, żeby się dziewczynki wybawiły na zapas, uznał i skręcił do willi Historia.

Coś niezwykłego mi się przydarzyło. Po prostu nie mogę w to uwierzyć. Czuję jeszcze niezwykłą lekkość, kiedy się budzę. I nagle uświadamiam sobie, że to nie był sen.

Nigdy bym nie przypuszczała, że jest to ktoś, z kim chciałabym pójść do łóżka. I nagle stało to się prawdą.

Życie nieustannie mnie zadziwiało. Kiedy człowiek zupełnie tracił nadzieję i wydawało mu się, że nie ma już żadnych perspektyw, zdarzało się coś, od czego chciało się fruwać, coś, co po raz kolejny mówiło, że nie mamy pojęcia, co jest nam pisane. Bo przecież może się zdarzyć wszystko, i to w zupełnie zaskakującym momencie!

Po tej porcji porannej filozofii przeciągnęłam się i nastawiłam uszu. No i gdzie on teraz był, ten mój nowy kochanek? Kochanek? Nie do wiary, myślałam, że już dawno te sprawy stanowią dla mnie zamknięty rozdział. Mogłam przecież doskonale żyć bez seksu.

Pociągnęłam nosem i poczułam zapach świeżo zmielonej kawy. Pewnie był w jadalni.

Pełna werwy wyskoczyłam z łóżka i pobiegłam do łazienki, żeby godnie przywitać ten niezwykły dzień. Maj, miesiąc zakochanych, przypomniałam sobie ten wyświechtany slogan, ale cóż ja pocznę, że tak się właśnie czuję. Stada motyli w brzuchu, zaróżowiona cera i bicie serca. A ludzie mówią, że to tylko przypadłość młodych. Bez doświadczenia są, powiedziałam do siebie, dodając do kąpieli pachnącego olejku.

Nie ukrywam, że trochę czasu zabrała mi ta poranna toaleta, ale tak bardzo chciałam wyglądać dla Jakuba wyjątkowo. Żeby nie żałował! Kiedy zjawiłam się na dole, zobaczyłam opróżnioną filiżankę po kawie.

Wyszedł, stwierdziłam, a moje myśli pogalopowały. Wyszedł sobie, żeby mnie nie widzieć po tym, co zaszło. Pewnie nie mógł się z tym pogodzić. Od początku nie wyglądał na spontanicznego i dlatego tak bardzo zaskoczyła mnie jego pasja. A teraz zmienił zdanie i nie chciał spojrzeć mi w oczy. Poprzedniego wieczoru mówił mi, że wyjeżdża, więc zniknie, jak tylko Maryla przyprowadzi Ewę. I nigdy więcej się nie zobaczymy. Taka przelotna przygoda.

Cały zapał i nadzieja ze mnie wyparowały. Jakie to wszystko złudne. Usiadłam na krześle przy ekspresie i nie byłam nawet w stanie go włączyć. Nagle, nie wiem po jakim czasie, zadzwonił mój telefon stacjonarny. Może to Jakub? Chce mi na przykład powiedzieć, że poszedł do apteki albo po bukiet kwiatów. Boże, jaki banał.

Sięgnęłam po aparat. Ale to nie był on. Byłam tak zawiedziona, że dopiero po chwili zrozumiałam, że dzwoni do mnie Carl.

Przeszliśmy gładko angielskie frazy powitania: *„fine, just fine"*, kiedy padły słowa:

– Lena, słyszałem, że masz problemy.

– Jak to, słyszałeś? – Bo niby skąd.

– Wiesz, świat jest mały.

On nie mógł się dowiedzieć o moich problemach! Momentalnie się usztywniłam.

– To tylko złe języki.

– Ktoś mi powiedział o twoich długach – powiedział, a ja nagle wszystko zrozumiałam.

Od samego początku miałam przecież podejrzenia. Przyjechał nie wiadomo po co, interesował się moimi opowieściami, wypytywał o mnie na mieście. Po co tylko wciągnął w to swoją córkę, którą tak polubiłam, po co... ta wczorajsza noc? Nie wiedziałam tego na pewno, ale to się wszystko składało w logiczny ciąg. Prawnik z Londynu, teraz telefon od Carla, że niby coś wie.

– Ojej, jak już jesteś taki ciekawy, to ci powiem, że zrobiło się trochę długów, ale sobie z tym poradzę. Zawsze dawałam sobie radę, prawda?

– O tak. Jesteś niezłomna.

Śmieję się do telefonu, słysząc taką moją charakterystykę. A potem Carl zaprosił mnie do Londynu. Nie powinnam mieć obiekcji, przecież byliśmy razem przez tyle lat. Brakowało mu naszej przyjaźni, moich zabawnych opowieści i miał nadzieję, że miło spędzimy czas. Jeśli się zgodzę, natychmiast wyśle mi bilet elektroniczny, bo właśnie patrzy na stronę z rezerwacjami. Powiedz tak, Leno, czekam na twoje tak.

Po drodze Jakub napatoczył się na kroczącego dostojnie notariusza Stanisława Mielewczyka. Prowadził na smyczy ciężko dyszącego basseta. Kiedy zobaczył Jakuba, uchylił słomkowego kapelusza i wesoło wykrzyknął, że właśnie o nim myślał.

– Muszę panu pokazać coś ciekawego. Pan się interesuje historią, może mógłby pan z tym coś zrobić. Kiedy pan wyjeżdża?

– Chciałem dzisiaj – przyznał Jakub, choć to w ogóle mu nie pasowało.

– Oj, to koniecznie teraz. Zapraszam na herbatę.

– Ale...

– To bez herbaty. Dosłownie minutka. Wie pan, że mam o krok kancelarię.

I tak minutka zamieniła się w pół godziny, podczas której Jakub starał się wprawdzie koncentrować na tym, co mówi notariusz, ale miał z tym duże kłopoty. Sprawa, o której chciał mu opowiedzieć Mielewczyk, była wprawdzie ciekawa, ale zupełnie niezwiązana z tym, o czym wcześniej rozmawiali.

– Panie Stanisławie, muszę już iść, ale obiecuję panu, że wkrótce tu wrócę.

– O! To miło słyszeć. A no przecież! Musimy sfinalizować naszą niezwykłą historię. A kiedy?

Jakub rozłożył ręce. Nie umiał podać mu dokładnej daty. Teraz planował pojechać do Warszawy na parę dni, umożliwić Ewie spotkanie z matką, potem do Londynu. Miał nadzieję, że nastąpi to w ciągu dwóch tygodni, ale wpierw musiał się upewnić, co z Leną. Nie chciał zostawiać jej samej w takiej trudnej chwili. Komornik wprawdzie powiedział, że nie podejmie żadnych kroków w ciągu dwóch tygodni i że poczeka na jego przyjazd, ale czy można było mu wierzyć?

W końcu udało mu się umknąć z dusznego pomieszczenia i pobiegł za róg, gdzie widział kwiaciarnię. Powitała go zatknięta za szybę karteczka: „Wracam o 12". Jak za dawnych czasów, pomyślał rozczarowany i powrócił do starego kursu na willę Historia. Była już za piętnaście jedenasta, ale miał nadzieję, że Ewa utarguje u Maryli dodatkowy kwadrans.

Wszedł do pensjonatu, tym razem nie zapomniał kluczy, i nie widząc Leny na dole, ruszył do jej sypialni. Zapukał do drzwi, wszedł do środka i słowa powitania zastygły mu na ustach.

Pokój był pusty, a łóżko całe zawalone przeróżnymi sukienkami i bluzkami.

– O! Wróciłeś.

Obrócił się i zobaczył Lenę trzymającą w objęciach kolejną porcję garderoby.

– Musiałem coś załatwić na mieście. – Chciał się nawet uśmiechnąć, ale był zbyt zdziwiony. – Zaczęłaś teraz robić porządki?

– Nie, pakuję się – odpowiedziała, wskazując stojącą pod oknem pokaźną walizkę.

– Jak to? Dokąd się wybierasz? Chyba nie na Florydę?

Lena odłożyła ubrania na łóżko i odwróciła się do Jakuba.

– Dzwonił Carl. Kupił mi bilet na jutrzejszy lot do Londynu.

– Carl?

– No tak, on.

– Ale przecież wy...

– Powiedział, że musimy porozmawiać.

– I to wystarczyło, żeby...

Nie mógł mówić, po prostu go zamurowało. Zupełnie nie przypuszczał, że coś takiego może się zdarzyć. Miało być przecież inaczej. Miał ją obudzić pocałunkami, potem byłaby kawa i rozmowa o tym, kiedy się zobaczą. Poczuł się oszukany. Jak ona mogła lecieć do niego po jednym telefonie? Z tego, co mówiła, wynikało, że nie widzieli się z Carlem od lat. Czyżby chciała od niego wyprosić pieniądze? Oczywiście nie za darmo, nie miał co do tego żadnych złudzeń. „Śpi za pieniądze", miał wrażenie, że słowa Ilony palą go w uszy.

– Ktoś Carlowi powiedział, że mam problemy.

– Aha. – Jakub wytrzymał przenikliwe spojrzenie błękitnych oczu Leny. – No i co z tego?

– Nic. – Żadnego uśmiechu, jakby była zupełnie obcą osobą. Czuł się oszukany i na dodatek wykorzystany. – Też przecież wyjeżdżasz?

– Tak, oczywiście. – Ale go potraktowała. Bolało bardziej niż po spotkaniu z Kanią. – Jak tylko Ewa wróci.

– No właśnie. – Lena odeszła od niego i podniosła z łóżka jakąś ciemną sukienkę. Spojrzała na nią krytycznie i odłożyła na bok. – Ciekawe, czy zdążysz do Londynu przede mną.

– Do Londynu przed tobą? – zdziwił się Jakub. – Nie rozumiem. O co tobie chodzi? – I na dodatek go zdezorientowała. Co się z nią stało w ciągu tych paru godzin?

– Jedziesz przecież dopiąć pewną sprawę, prawda?

Niemożliwe! Hines przecież nie ważyłby się tu dzwonić i z nią rozmawiać.

– Leno, o co ci chodzi? – powiedział to bardzo łagodnym tonem, a mimo to w oczach jego rozmówczyni pojawiły się łzy. Zaczęły kapać po jej twarzy jedna za drugą, kap, kap. Jakub ruszył w jej stronę, żeby ją objąć, gdy nagle na dole rozległ się donośny krzyk.

– Jaaaakub!

To była Ewa. Oboje ruszyli do drzwi. Mała stała na korytarzu zalana łzami.

– Co się stało? – zwrócił się do Maryli, która rozłożyła ręce.

– Ciocia mi mówi, że wyjeżdżamy, a ja nie chcę!

– Ewuniu, przecież tu nie mieszkamy. Lena prowadzi pensjonat, w którym się zatrzymaliśmy – tłumaczył cierpliwie spoconemu i czerwonemu od płaczu dziecku.

– Ja nie chcę nigdzie jechać! Nie chcę. Jedź sobie sam. Zawsze sobie jeździsz.

– Musimy spotkać się przecież z babcią. Miała operację i stęskniła się za wnuczką. – Miał przynajmniej taką nadzieję. – Spotkasz się ze swoją rodziną.

– Ja nie chcę rodziny, nie chcę mieć żadnej rodziny! – wyła Ewa.

A potem, jak zabrakło jej powietrza, rzuciła się na podłogę i wierzgała nogami. Już dawno nie zrobiła przed Jakubem takiego występu. Za każdym razem, kiedy był świadkiem takiej sceny, szczególnie przy udziale publiczności, czuł się absolutnie bezradny i wstydził się za córkę.

– Ja chcę umrzeć. Zabijcie mnie, zabijcie! – krzyczała Ewa, która po chwili przerwy odzyskała głos.

– Chodź! – Nagle na ziemi znalazła się Lena, która pochwyciła chcące ją uderzyć ręce dziecka i przycisnęła do siebie. – Cii... cii... – Trzymała ją tak parę minut, aż mała się uspokoiła i dostała czkawki. Potem zaniosła Ewę do kuchni i dała jej do wypicia szklankę wody. – Odejdźcie na chwilę. Mamy do porozmawiania. – Odegnała Jakuba i Marylę.

– Tak mi przykro. Po prostu spytałam, czy jest już spakowana do wyjazdu, i tak to się zaczęło. Nie przypuszczałam, że tak szybko się zadomowi.

Jakub pokiwał spuszczoną głową. Bezradność i idiotyczny wstyd zamieniły się w żal, że jego córka wolałaby mieszkać z ludźmi, których spotkała zaledwie parę dni wcześniej, niż z własnym ojcem. Wychowywana przez nianie, przerzucana między domami, poparzona środkiem grzybobójczym przez matkę... I nagle nie wytrzymał. Usiadł na schodach, a całym jego ciałem wstrząsnął szloch. Ukrył twarz w dłoniach. Odsunął je dopiero, kiedy poczuł na szyi drobne ramiona.

– Tata! Ja nie chciałam! Proszę!

Odwrócił się i z całych sił przytulił córkę. A potem była z nim cały czas, kiedy przyjechał elektryk z samochodem, kiedy się pakowali i kiedy znosił walizki do samochodu. A na koniec znów pojawiła się Lena z kanapkami.

– Przyjadę za dwa tygodnie, zobaczysz, na pewno wrócę – mówił do niej, niezdarnie ją ściskając, a ona z przylepionym uśmiechem na ustach kiwała tylko głową.

– Ja też! – dodała Ewa i opuściła przyłbicę krzyżackiego hełmu.

Rozdział XXI

Powiedziałam więc „tak" i poleciałam. Patrzyłam teraz na Londyn z okien samolotu. Niby tam był, ale zupełnie niewidzialny zza chmur. Podobnie jak z moim życiem, westchnęłam. Od dłuższego czasu nie mogłam go zupełnie dostrzec. Kiedy tylko mercedes Jakuba zniknął za rogiem, od razu miałam wrażenie, że popełniłam błąd. Dlaczego z nim nie porozmawiałam, dlaczego pozwoliłam mu odjechać? Sądząc po jego zaskoczonej twarzy, chyba nie udawał podczas tamtej nocy. To ja się wystraszyłam. Przede wszystkim tego, że jeśli mu zaufam, a on okaże się kłamcą, stracę moją ostatnią szansę, której upatrywałam w Carlu. Po paru latach zupełnego marazmu wydarzenia z ubiegłego tygodnia potoczyły się zbyt szybko i mnie przerosły. Nie umiałam dać sobie z nimi rady. Ze sobą też nie, bo nie mogłam przestać myśleć o Jakubie. A tak w ogóle to po co mi on? Jeśli uda mi się ponownie uwierzyć, to i tak pewnie za chwilę wszystko się rozleci. Najlepiej zacząć żałobę tu i teraz. Dotkliwe cierpienie przez jakiś czas, a potem pan Kozak dołączy do wspomnień. Gdybym została w Gniewie, czułabym się znacznie gorzej, przygnieciona nieciekawą rzeczywistością. Teraz docierały do mnie przynajmniej lekkie prześwity słynnego światła w tunelu. Musiałam więc sprawdzić, czy to ma sens. A poza tym... poza tym kochałam latać.

Uwielbiałam przemieszczać się między krajami czy kontynentami, obserwować ludzi taszczących bagaże i zastanawiać się, dokąd lecą i po co, podziwiać smukłe, ubrane na kolorowo Afrykanki, drobnych, nierozstających się z laptopami Azjatów, dziwacznych Europejczyków wybierających się w egzotyczne kraje, głośnych Amerykanów opowiadających wszystkim pasażerom o swoim życiu.

Towarzysząc Carlowi, zwykle latałam klasą biznes i mogłam czekać na lot w eleganckim saloniku, sącząc białe wino i pogryzając oliwki. Ale kiedy byłam sama, wymykałam się z tego niechcianego luksusu, wbijałam się w siedzący tłum i podziwiałam go. Niektórzy ludzie byli tak brzydcy i tak piękni – zależy, jak patrzeć – i nigdy nie przestawałam się dziwić, skąd się biorą.

Koła samolotu stuknęły o lotniskowy asfalt i zaczęło się hamowanie, podczas którego zawsze aktywnie pomagałam pilotowi, wciskając stopy w podłogę. Po czterech latach znów byłam w Londynie.

Pamiętałam, kiedy znalazłam się tu po raz pierwszy. Przyleciałam z Marbelli do Baśki, która w końcu zrealizowała swój plan życiowy i prysnęła na Zachód, a kiedy ją odwiedziłam, awansowała właśnie ze zmywaka na pozycję kelnerki. Była z siebie taka dumna, jakby los na loterii wygrała, a ja sączyłam w jej uszy jad, że stać ją na więcej i to ona, jako absolwentka hotelarskiej szkoły pomaturalnej, mogłaby samodzielnie prowadzić tę spelunę. Na szczęście się tym moim zrzędzeniem nie przejmowała i spędziłyśmy niezwykłych pięć dni, podczas których moja przyjaciółka chciała chodzić po knajpach, ja zaś oglądać zabytki. Mój wariant na początku okazał się bardziej ekonomiczny, ale po paru dniach oglądania obrazów w National Gallery – i według Baśki – „starych skorup" w British Museum wybrałyśmy gastronomię i rozrywkę. Ta akurat nie mogła w żaden sposób konkurować z nadmorskimi restauracjami, z których można było oglądać morze i łapać zapach egzotycznych kwiatów. Byłam jednak na wakacjach, więc postanowiłam ani nie porównywać, ani nie marudzić. W końcu nie zawsze musi być tak samo.

W jednym z pubów Baśka zapłaciła za piwo zarośniętemu Amerykaninowi, który przyjechał na roczny pobyt do Europy, a ten z wdzięczności przyczepił się do nas. Nie byłam z tego zadowolona, przyjechałam do przyjaciółki na parę dni, nie żeby matkować temu wiecznie marudzącemu facetowi, który znudził się pracą i wyniósł się z kraju, żeby spróbować w życiu czegoś nowego. I tak spróbował, że się zakochał w Baśce, a po powrocie do Stanów wymyślił niesamowity program komputerowy i nie musiał już w ogóle pracować.

Jonathan zdawał sobie sprawę, komu to wszystko zawdzięcza. Wrócił więc do Anglii, odnalazł Baśkę, która właśnie polubiła pracę barmanki, i zabrał ją ze sobą do Filadelfii już jako żonę. Obecnie ich bliźniaki studiowały medycynę w Minneapolis, a oni sami rozkoszowali się florydzkim słońcem przez większość roku. Jonathan nie przestał jednak marudzić i tym swoim podejściem do życia nieustannie zadziwiał Carla, który jako prosty mężczyzna nie mógł zrozumieć, dlaczego taki farciarz ma wiecznie pretensje do życia. Pewnie dlatego, że zbyt mało w życiu pracował, a sukces przyszedł mu zupełnie niezasłużenie.

Może i tak było, ale to właśnie Jonathan, usłyszawszy od Baśki o moich problemach, postanowił mnie zaprosić, na ile zechcę. Zechcę... Najchętniej wpadłabym jak zwykle, na tydzień, żeby pogadać na żywo z przyjaciółką, napić się dobrego wina, odświeżyć opaleniznę, ale w takich okolicznościach nie było to możliwe.

Zamyślona odebrałam walizkę z lotniskowej karuzeli i ruszyłam w stronę wyjścia. Odruchowo spojrzałam na wyciągnięte przez kierowców kartki. Wiedziałam, że tym razem żaden z nich na mnie nie będzie czekał. Wprawdzie kiedy byłam z Carlem, zdarzało się, że dojeżdżałam do hotelu sama, ale poczułam jakby draśnięcie szpilki, kiedy mi powiedział, żebym wzięła taksówkę. Miał za nią zapłacić, ale wydawało mi się, że po trzech latach niewidzenia się stać go będzie na więcej.

– Lena, podjedź do mojego biura. Recepcjonistka ureguluje należność.

Carl miał już sześćdziesiąt osiem lat, ale od piętnastu lat nie mógł się całkowicie pożegnać z pracą, mimo iż sprzedał większość swoich inwestycji. On to po prostu lubił, nawet jeśli czasem udało mu się przeklinać na żmudne zajęcia. Jednak ten zastrzyk adrenaliny, gdy się okazywało, że zarobił na akcjach grubą kasę, mu to rekompensował.

– Dzieci żyją swoim życiem. Wnuków niemal nie widuję. Jestem bardzo samotny.

Ta samotność to taki haczyk dla mnie, żebym się przejęła, ale tego nie zrobiłam. Po prostu w to nie uwierzyłam. Carl był przez całe życie dość towarzyskim człowiekiem jak na biznesmena i potrafił sobie doskonale radzić zarówno z samotnością, jak i nudą.

Nawet się zbytnio nie rozglądałam za taksówką, po drodze kupiłam tylko tabliczkę cadbury z migdałami i wsiadłam do pierwszego lepszego wozu. Kierowcą był rodak, ale nie chciałam się do niego odzywać po polsku, żeby mnie nie zagadywał. Potrzebowałam dużo ciszy i spokoju... dla zjedzenia czekolady.

Kolejny raz przyjechałam do Londynu już z Carlem. Wynajął czerwonego sportowego jaguara, którym śmigaliśmy po całej okolicy. Były eleganckie hotele, kolacje przy świecach i zakupy w Harrodsie i na Oxford Street. Dziwne, ale więcej nie zapamiętałam z tego pobytu...

Może to z nerwów. Denerwuję się na to spotkanie po trzech latach. Odruchowo sprawdzam swój wygląd w lusterku. Wprawdzie nie rozmazałam makijażu, ale na pierwszy rzut oka widać, że nie inwestowałam w siebie od lat. Och, gdybym mogła w to uwierzyć, że Jakub naprawdę się mną zainteresował!

Podjechaliśmy pod starą kamienicę w Mayfair. Niewielkie pomieszczenie w tej eleganckiej dzielnicy służyło mu za biuro od dziesięciu lat. Zawsze wybierał pośrednie rozwiązania – ani za drogo, ani za biednie. Był bardzo wyważonym człowiekiem. Dopiero teraz doszło do mnie, że nawet wybór mnie na kochankę był konsekwencją tego myślenia.

– Pan von Altenburg oczekuje pani – powiedziała młoda blondynka, zapłaciwszy kierowcy za kurs. – Proszę zostawić walizkę, przyniesie ją portier. Winda jest po prawej stronie.

Już otworzyłam usta, chcąc zauważyć, że doskonale wiem, gdzie jest winda, ale zrezygnowałam. Bo co ją to obchodziło?

Podróż na pierwsze piętro była bardzo krótka, ale zdążyłam umalować usta czerwoną szminką, która jak zbroja miała mi pomóc w konfrontacji z moim dawnym kochankiem.

Miałam na sobie ciemną spódnicę do kolan i turkusową jedwabną tunikę, czółenka na dość niskim obcasie i torebkę Luis Vuittona. Wszystko, oprócz butów, ze starych zbiorów, ale Carl powinien być zadowolony. I był.

– Lena! – Uprzedzony przez recepcjonistkę czekał na mnie w samych drzwiach. – Jak cudownie wyglądasz! Nic się nie zmieniłaś od dawnych czasów. Jak ty to robisz?

Przytuliłam go do siebie. To on nic się nie zmienił.

Pachniał tą samą, robioną na zamówienie we Francji wodą kolońską. Nie doszła mu żadna zmarszczka ani bruzda.

– Jesteś bardzo zmęczona?

Trochę byłam, ale nie tego po mnie oczekiwał. Pokręciłam głową.

– To świetnie. Pójdziemy na lunch. Masz ochotę?

– Cudownie, konam z głodu – oświadczyłam z entuzjazmem i natrafiłam na uśmiech od ucha do ucha. – A dokąd pójdziemy?

Wcale nie byłam głodna, ale miałam nadzieję, że trafimy do mojej ulubionej chińskiej restauracji, nietaniej, ale serwującej tak wspaniałe potrawy, że z pewnością zachce mi się jeść. Bo tak w ogóle chciało mi się tylko pić, najlepiej wino. Liczyłam na to, że ukoi mi nerwy. Jakie to było dziwne takie spotkanie po latach. Kiedyś byliśmy tacy sobie bliscy, a teraz wzdrygałam się na samą myśl, że mógłby mnie pocałować.

– A dokąd byś chciała?

Ale oczywiście najpierw muszę się odświeżyć w obszernej łazience z prysznicem. Nikt inny z pracowników nie mógł z niej korzystać oprócz Carla.

Wypiłam tam szklankę wody i na sedesie poczekałam, aż serce przestanie mi walić. A, raz kozie śmierć!

Dwadzieścia minut później siedziałam już w „chińskiej" i raczyłam się martini z lodem.

– Bardzo się cieszę, że podjęłaś taką szybką decyzję – usłyszałam.

– Chyba nie zmieniłam się pod tym względem, prawda?

Zawsze byłam w gorącej wodzie kąpana i to zarówno wpędzało mnie w tarapaty, jak i przynosiło sukcesy. Teraz jednak powinnam iść bardziej w stronę rozważną niż romantyczną, pomyślałam, bo już mnie nosiło, żeby zadać Carlowi pytanie, kto mnie podkablował. Bałam się jednak usłyszeć odpowiedź, więc plotłam jakieś androny na temat miasteczkowych historii. Zawsze lubił ich słuchać, choć w nie zbytnio nie wierzył. Wydawało mu się nieprawdopodobne, że w małym mieście tyle może się dziać.

Gruchałam więc jak perfekcyjna gejsza, a niewierny Tomasz słuchał, wybuchając śmiechem w odpowiednich momentach. Kiedy poczułam się już lekko zmęczona występem, natychmiast zaproponował, żebyśmy pojechali do jego mieszkania w Belgravii. Nie musiał już wracać do biura, gdyż załatwił wszystkie telefony w godzinach rannych. Przez cały czas ni słowem nie wspomniał o moich problemach finansowych. W związku z tym postanowiłam robić to samo.

Apartament Carla mieścił się w jednej z najbardziej eleganckich dzielnic Londynu i składał się z czterech obszernych sypialni oraz jadalni i salonu. Wszystkie ściany ozdobione były nowoczesnym malarstwem, które może zbytnio nie pasowało do mebli wybranych przez mojego przyjaciela, ale ponieważ otrzymał je wraz z mieszkaniem i były dobrą lokatą pieniężną, wisiały tu przez cały czas.

Nie wiem, ile Carl miał obecnie apartamentów; za moich czasów ich liczba zmniejszyła się z siedmiu do pięciu.

– Zostały mi już tylko dwa – westchnął. – Ale dokupiłem w Szwecji domek w górach. Taka maleńka baza na wypady narciarskie.

Zdziwiłam się, bo ze względów podatkowych Carl nie kupował niczego w Szwecji. Ale widocznie tym razem zrobił to ze względu na dzieci i wnuki. Zdaje się, że jego drugi syn mieszkał w Sztokholmie.

– Może tam ze mną kiedyś pojedziesz?

Jakaś nowość! Jego żona nigdy się nie chciała wyprowadzić ze Szwecji i odmawiała wszelkich podróży, a szczególnie samolotem, tym samym zamężna na ćwierć etatu. Druga ćwiartka przypadła mnie. Resztę zajmowała mu praca. Carl nigdy nie chciał mnie zabrać do Szwecji, tak jakby jego dawni znajomi nie mogli na przykład zobaczyć nas na targach jachtów w San Remo czy w Monte Carlo.

– Czemu nie? – odpowiedziałam na jego pytanie.

Wkrótce mój były kochanek poszedł się zdrzemnąć, uwielbiał popołudniowe drzemki po posiłku i nic go nie obchodziło, że to niezdrowo.

Nie chciało mi się spać, ale tym razem również postanowiłam się trochę wyciągnąć. W mojej dawnej sypialni pomalowano ściany i zmieniono zasłony, natomiast łóżko king size pozostało.

Położyłam się w ubraniu na beżowej narzucie z egipskiej bawełny – wiem, bo sama ją kupiłam – uzmysławiając sobie, jak bardzo przygnębiające wydaje mi się teraz to gustowne mieszkanie. Kiedyś nie myślałam o tym w ten sposób, ale teraz przypomniało mi się, że mój kochanek kupił je za niską cenę od maklera giełdowego, który wpadł w tarapaty. Musiał ratować skórę i zwrócić długi, a nie było czasu na szukanie zamożnych klientów. Carl znalazł się w samą porę i rozwiązał problem.

Jeszcze parę lat temu podziwiałam spryt i żyłkę do interesów von Altenburga, teraz współczułam maklerowi. Po jakimś czasie znalazłam w prasie notatkę o jego tragicznej śmierci. Podobno popełnił samobójstwo, ale były też plotki, że zabito go za długi. Może coś było w tych ścianach. Podniosłam głowę i rozejrzałam się czujnie dokoła. Żeby przegonić lęki, zamknęłam oczy, ale myśli uparcie krążyły. W końcu poddałam im się i zaczęły swobodnie płynąć.

Przez cały nasz związek widywaliśmy się z Carlem mniej więcej co drugi miesiąc. Zostawał ze mną na kilka dni, czasem spędzaliśmy dłuższy czas, szczególnie kiedy towarzyszyłam mu w wyjazdach służbowych. Wówczas starał się jak najbardziej uatrakcyjniać te podróże, jakby chciał zrekompensować mi tak długie czekanie.

Na początku byłam zachwycona. Pomyślałam sobie, że jestem jak kobieta marynarza, który opływa cały świat, a koniec końców ląduje w moich ramionach. Poza tym tyle się działo. Nigdy nie chciałam od Carla pieniędzy, ale on i tak mi je dawał, mogłam więc nimi dowolnie dysponować. Poruszałam się po wcześniej niedostępnych miejscach, z przyjaciółmi chodziłam do ekskluzywnych klubów na tańce i ubierałam się w najdroższych sklepach. Co chwila przyjeżdżali do mnie krewni i znajomi z Gniewu, którym wówczas również mogłam realizować marzenia. Zawsze jednak wyjeżdżali, a ja znowu czekałam.

Jestem szczęśliwa, mój facet za mną szaleje, stać mnie na wszystko, próbowałam sobie tłumaczyć, ale daremnie. Bo w końcu przychodził ten moment, kiedy zamykały się za nim drzwi, gdy wracał do swojego innego życia, a ja zostawałam sama, nie mogąc znaleźć sobie miejsca. Może wszystko przez to, że się w nim zakochałam, próbowałam ganić się w myślach. Wcale tego nie chciałam. Przecież był o dwadzieścia lat starszy, zupełnie nieprzystojny i tak odmienny ode mnie. Mniej więcej po dwóch latach stwierdziłam, że muszę skończyć już z tym niechceniem, bo fakt się dokonał. Kochałam mojego kochanka. Fajnie to brzmi, prawda?

W każdym razie wszystko dobrze szło, dopóki się w nim nie zakochałam. Wtedy poczułam się mocno niepewnie. Bo co będzie, jak on mnie zostawi i znajdzie sobie młodszą? Wkrótce miałam skończyć trzydzieści pięć lat. Co mogłam zrobić, żeby spojrzał na mnie z podziwem?

– Może zapiszesz się na studia? – spytał Carl, widząc

moją smętną minę już na dwadzieścia cztery godziny przed rozstaniem.

– A niby gdzie?

Musielibyśmy sprzedać nasze mieszkanko w Marbelli, a Carl bardzo lubił Costa del Sol.

Wzruszył ramionami.

– Może to dlatego, że nie masz dziecka? Przeze mnie nie możesz zostać matką.

Co on sobie myślał? Że rządzi mną biologia, że słyszę jakieś tykanie zegara? Mówiłam mu już, że nie chcę mieć dzieci, zaczęłam oburzona wykrzykiwać. Pokiwał tylko głową i zakończył temat.

Teraz wiedziałam, że rozumiał mnie wówczas lepiej niż ja siebie. Już zaprzeczając jego słowom, zaczęłam tworzyć nowe koncepcje życiowe. Chciałam czymś zaimponować mojemu kochankowi.

Ukończenie kursów angielskiego i włoskiego z wyróżnieniem nie było czymś niezwykłym. Ludzie, których spotykaliśmy podczas rejsów jachtem, na ogół biegle posługiwali się kilkoma językami. Zatem języki obce były jedynie narzędziem. Powinnam zająć się czymś innym.

I nagle mnie natchnęło, żeby ukończyć kurs gotowania. Chciałam przyrządzać takie potrawy mojemu kochankowi, jak najlepszy szef restauracji. Okazało się, że mam do tego niemały talent, a kiedy ukończyłam naukę i się okazało, że jeden ze znajomych restauratorów szuka wspólnika, natychmiast zdecydowałam się do niego dołączyć.

Carl nie miał zdania na ten temat, ale zgodził się, bym spróbowała, i nawet wpłacił połowę udziałów. Zaczęła się wielka przygoda gastronomiczna, tak ekscytująca, że teraz, kiedy mój kochanek wyjeżdżał, nie mogłam się doczekać powrotu do La Rosa Nera. Szybko się okazało, że Carlowi nie podoba się moje nowe zajęcie. Przyjeżdżał przecież do Marbelli, by spędzać czas ze mną, a nie siedzieć w knajpie i na mnie czekać. Niecały rok później sprzedałam moją część w restauracji, a Carl wspaniałomyślnie odmówił wzięcia pieniędzy z powrotem.

– Wymyśl coś innego – zaproponował.

Jeszcze przez jakiś czas to robiłam. Najlepszym pomysłem była oczywiście willa Historia. Zajęcie dla tatusia emeryta to była tylko przykrywka, ja sama chciałam się w to włączyć. To przecież ja zatrudniałam projektanta, kupowałam wyposażenie i meble, ciesząc się z każdego drobiazgu. A potem zmarł ojciec, a mama zachorowała.

– Ja tego nie rozumiem – powiedział Carl, kiedy usłyszał, że muszę wyjechać, by się nią opiekować. – Przecież ci proponowałem, żeby ją umieścić w tutejszym domu opieki. Byłabyś obok niej.

Dom opieki... zacisnęłam zęby, żeby mu nie powiedzieć czegoś przykrego. No tak, on się na tym doskonale znał. Jego matka znajdowała się właśnie w czymś takim w Sztokholmie.

– Mama nie zna hiszpańskiego. – To było pierwsze, co wpadło mi do głowy, ale o dziwo przekonało Carla.

Po powrocie do Gniewu musiałam się czymś zająć, przecież nie mogłam siedzieć tylko z założonymi rękami i czekać na śmierć matki, wzięłam więc w obroty pensjonat, a potem tak się rozkręciłam, że zainwestowałam oszczędności w budowę hurtowni. Te wszystkie zajęcia potrafiły choć na jakiś czas odgonić ode mnie najczarniejsze myśli. Harowałam jak wół, chcąc odwrócić los. Ale i tak stało się to, co przewidzieli lekarze. Mama zmarła.

– Tak rzadko się ostatnio widywaliśmy – powiedział Carl, kiedy przyjechałam do niego do Londynu miesiąc po pogrzebie. – Mam pomysł. Spędźmy dwa tygodnie w Nowej Zelandii. Jeszcze tam nas nie było.

– Cudowny pomysł – westchnęłam, gorączkowo zastanawiając się, jak się wykręcić z tego wyjazdu. W następnym tygodniu miałam lecieć do Chin. Mówiłam mu wprawdzie, że otworzyłam lokalny biznes, ale nie ujawniłam jego skali. – Obawiam się jednak, że nie będę teraz mogła. Sąd wyznaczył mi sprawę spadkową w przyszłym tygodniu. Tak bardzo bym chciała, żebyś przyjechał do mnie, do Polski. Przecież tam nigdy nie byłeś.

– Ale był mój ojciec. Jako najeźdźca – warknął niemal Carl. – Mówiłem ci, że za nic w świecie tam nie pojadę.

Po wielu miesiącach kręcenia przyznałam się, że zainwestowałam pieniądze w działalność gospodarczą. Rozwija się świetnie i już osiąga rekordowe zyski. Zaczęłam rozmawiać z Carlem jak jego biznesowy partner.

– Zobacz, jaka jestem w tym dobra!

Dopiero wówczas na niego spojrzałam. Miał zaczerwienioną twarz i był zły.

– Nic mi o tym nie powiedziałaś.

– Mówiłam, że to lokalny biznes, ale on się rozrósł. Chciałam, żebyś zobaczył, do czego się nadaję.

– Właśnie widzę do czego. Oszukałaś mnie, a ja ci uwierzyłem.

– Nie oszukałam. Nie dopowiedziałam, to wszystko. Przecież ja to robię dla nas.

– Dla nas?

– Żebyś nie musiał mnie utrzymywać.

– Nagle sobie o tym przypomniałaś! – Carl był bliski furii.

– Nie – odpowiedziałam.

– Czy ja kiedyś ci czegoś odmawiałem?

– Nie. – Pokręciłam głową.

– To dlaczego?

– Przecież sam mi mówiłeś, bym skończyła studia. Chciałam się czymś sensownym zająć.

– To miało być hobby, a nie praca. Czy myślisz, że mi jest do szczęścia potrzebna kobieta biznesu? W każdej chwili mogłem się związać z jakąś szefową spółki, a nawet koncernu, chciałem cię taką, jaką byłaś.

– To co ja mam teraz zrobić?

Zrobiłam bezradną minę, licząc, że wkrótce będzie po sprawie.

– Sprzedaj to i zapomnijmy o sprawie. Zarobisz pewnie mnóstwo pieniędzy i będziesz czuła się jeszcze bardziej zabezpieczona. Jak chcesz więcej, to możesz mi w każdej chwili o tym powiedzieć.

Nigdy nie prosiłam go o nic. Sam zawsze dawał.

– Ale ja nie chcę sprzedawać. Ja... ja to lubię – wyjąkałam.

– To nie dajesz mi wyboru – odparł zimno Carl, wyszedł z pokoju i zamknął się w swoim gabinecie.

Byłam na niego wściekła. Poświęciłam mu tyle lat, chciałam mu pokazać, na co mnie stać, ale on nie chciał widzieć we mnie nic więcej niż utrzymankę. Trochę ta emancypacja za późno przyszła, pomyślałam, bezradnie łkając i żałując gorzko ostatnich piętnastu lat mojego życia.

Następnego dnia Carl zniknął z samego rana, a ja obrażona na niego poleciałam w południe do Polski tanimi liniami bez pożegnania. Byłam przekonana, że utrę mu nosa i się do mnie nazajutrz odezwie. Nie zrobił tego przez trzy lata. Ja również byłam uparta i w sumie to ja zwyciężyłam. A teraz zadawałam sobie pytanie, po co to wszystko.

Jakub jechał taksówką przez zatłoczone londyńskie ulice i kolejny raz żałował, że to zrobił. Normalnie pojechałby metrem, ale w takich okolicznościach nie chciał dodatkowego stresu. Spojrzał na siedzącą obok osowiałą Ewę.

Wizyta u matki była chyba złym wyborem, stwierdził. Miał nadzieję, że uśmierzy ona lęki córki, która podejrzewała, że Zyta zmarła, ale efekt był zupełnie odwrotny. Starał się ją chronić, niewiele to jednak pomogło. Jeszcze zanim Zyta przyszła do ogrodu, napatoczyli się na parę, delikatnie mówiąc, bardzo dziwnych postaci. Sama matka Ewy nie robiła też dobrego wrażenia. Stale uciekała spojrzeniem, drżały jej ręce, a gdy w pewnej chwili chciała dotknąć córkę, Ewa wyrwała się i schowała za Jakubem.

– To jej przejdzie – szepnął Jakub i pocałował w policzek wychudzoną jak szkielet byłą żonę. – Obiecuję ci, że ci we wszystkim pomogę.

Nie była nawet w stanie powiedzieć „dziękuję", ale widział w jej wielkich oczach wzruszenie.

– Ewa zawsze będzie twoją córką, pamiętaj – rzucił jej na pożegnanie.

W drodze powrotnej ze szpitala panowała cisza, a Ewa obgryzała paznokcie. I wówczas Jakub postanowił, że chwilowo nie będzie korzystał z żadnych opiekunek, a Ewa będzie wszędzie z nim chodziła. I zabrał ją do Londynu na spotkanie z Hinesem i jego klientem.

– Długo jeszcze? – Ewa zaczęła się niecierpliwie kręcić na siedzeniu.

– Już dojeżdżamy.

Poklepał ją po ręce. Taksówka rzeczywiście wjeżdżała już w szpaler eleganckich kamienic dzielnicy Mayfair.

Za chwilę wszystko się wyjaśni, poczuł ukłucie serca.

Przez ostatnie dni starał się głównie koncentrować na córce i nie rozmyślać o tym, co się zdarzyło w Gniewie. Ale teraz przyszedł moment, w którym będzie musiał to zrobić.

A kiedy to nastąpi, czy będzie miało wpływ na jego własne życie?

Na szczęście taksówka zatrzymała się, zanim pochłonęły go czarne myśli. Uregulował rachunek i wysiedli. Jakub wziął Ewę za rękę i weszli do recepcji.

– Pierwsze piętro, po prawej winda – objaśniła recepcjonistka, patrząc na wyrywające się nagle dziecko, które postanowiło rzucić się do wyjścia.

Jakub złapał ją już na ulicy.

– Nie pojadę windą. – Wierzgała jak dziki koń, kiedy złapał ją pod pachę.

– Pójdziemy schodami – obiecał jej z rezygnacją w głosie.

Paul Hines stał przy samych drzwiach.

– Uff, już się bałem, że się spóźnicie – przywitał go przyjaciel, a potem zaskoczony spojrzał na zwisającą mu z ramienia małą towarzyszkę. – Dzień dobry, Ewo, nie wiem, czy mnie pamiętasz?

– Pana wujek jest na cmentarzu w Malborku – odpowiedziała córka Jakuba płynnym angielskim.

Hines wytrzeszczył oczy ze zdumienia, a potem kaszlnął:

– Masz całkowitą rację.

– Jakub, a może...

Nie było żadnego może. No, może jedno. Postawił córkę na ziemi.

– Ewa będzie ze mną – odpowiedział krótko Kozak. – I będzie się grzecznie zachowywać, prawda? – Spojrzał córce w oczy i znalazł w nich zrozumienie.

Nagle odkrył, że szantaż i przekupstwo stanowią świetne narzędzia w wychowaniu dzieci. Może niezbyt cenione w pedagogice, ale za to skuteczne. Po tym, jak opluła Jane, która spotkała ich na ulicy i próbowała jej dotknąć, ostro skarciwszy córkę, ofiarował jej marchewkę. Obiecał, że jeśli będzie się odpowiednio zachowywać, to pojedzie za parę dni do swojej nowej przyjaciółki. Miał nadzieję, że zapamiętała ten komunikat.

Hines wprowadził dwójkę gości do biura swojego klienta, który siedział przy biurku i wertował jakieś dokumenty. Jakub widział go po raz drugi w życiu i ponownie się zdumiał jego młodzieńczym wyglądem.

– Witam pana, panie Kozak. – Mężczyzna wstał zza biurka i serdecznie uścisnął Jakubowi dłoń. – I młodą damę oczywiście też. Może usiądźmy sobie wygodnie. – Wskazał na obszerne skórzane fotele.

Na szczęście Ewa usiadła zupełnie normalnie i nie zarzuciła nóg w sandałkach na oparcie. Westchnął więc z ulgą i sięgnął po teczkę.

– Słyszałem, że ma pan dla mnie dobre nowiny. – Twarz mężczyzny była szeroko uśmiechnięta.

– Wszystko na to wskazuje – odpowiedział Jakub i zaczął wyciągać dokumenty i zdjęcia.

– A Lena Walter jest prawym człowiekiem i nie jest zamieszana w żadne brudne sprawy, tak?

– Wszystko się zgadza. – Jakub przełknął ślinę. – Tak właśnie jest. – Znowu szybciej zaczęło mu bić serce.

Kolejne dni w Londynie mijały galopem. Do południa spędzałam czas, włócząc się po mieście, potem przychodziłam do biura Carla, skąd szliśmy na lunch. Wieczorami chodziliśmy do teatrów lub na koncerty. Miałam wrażenie, że mój przyjaciel czekał na mnie z tymi atrakcjami, gdyż nie oglądał żadnych nowości, a być może sam nie miał ochoty gdziekolwiek chodzić. Zachowywaliśmy się jak para starych przyjaciół, śmiejąc się z tych samych dowcipów i szanując się nawzajem. Wydawałoby się, że zyskałam idealny spokój. Nic bardziej mylnego. Każdego ranka postanawiałam opowiedzieć Carlowi o moich problemach finansowych, ale potem przychodził wieczór, a ja cały czas trzymałam język za zębami. Może dlatego, że on również nie pytał. A przecież wiedział o moich kłopotach. Przynajmniej wspomniał o nich przez telefon przed moim przyjazdem. A może chciał mnie w ten sposób wybadać i sprowokować, a tak naprawdę nic nie wiedział? To wszystko było takie dziwne: sprawa z Jakubem, zachowanie Carla, ale w żaden sposób nie mogłam rozwikłać tej zagadki. Uwierało mnie to bardzo. Miałam wrażenie, że sama siebie krzywdzę. Chciałam emocji, wyznań i dramaturgii uczuć, tymczasem milczałam ze wzrokiem wlepionym w ekran telewizyjny. Zawsze oglądaliśmy ulubione programy Carla.

Trzeciego dnia, kręcąc się po mieście, weszłam do punktu usługowego i zrobiłam parę odbitek zdjęć mojego ogrodu. Po powrocie do domu odnalazłam w internecie adres kancelarii Jakuba i je tam wysłałam. Tłumaczyłam się wobec siebie, że to dla Ewy, żeby zapamiętała pobyt w Gniewie, ale to był mocno naciągany argument. Jasne było, dlaczego to robię. Nie musiałam oszukiwać samej siebie.

Dzień przed wyjazdem zadzwoniła przez Skype'a Baśka i od razu zaczęła mnie obsztorcowywać, że jeszcze do niej nie przyjechałam. Na wieść, że jestem w Londynie, od razu się uspokoiła. Zakończyła stwierdzeniem, że trzyma za mnie kciuki.

Nagle zrozumiałam, dlaczego nie może mi przejść przez gardło prośba o pomoc: bo przecież jeśli Carl mi jej udzieli, będę musiała zgodzić się na jego warunki. Może to dlatego nocowałam w sypialni sama. Chciał, abym dobrze dojrzała do decyzji.

Ledwie skończyłam rozmowę z Florydą, pojawił się von Altenburg.

– Wróciłem wcześniej z pracy. – Podszedł do krzesła, na którym siedziałam, rozmawiając na Skypie, i kątem oka rzucił na stojący przede mną laptop.

– Twoja koleżanka – zauważył. Niewiele szczegółów mu umykało.

– Tak – odpowiedziałam, podsuwając mu policzek do pocałunku.

– Wiem, jest jeszcze wcześnie, ale mam ochotę napić się dobrego wina. Jutro już przecież wyjeżdżasz.

– Szybko to minęło – odezwałam się melancholijnym tonem. – Zresztą jak zawsze.

– Zawsze świetnie spędzamy ze sobą czas, prawda?

– A jak by inaczej. – Zaśmiałam się. – To co dzisiaj robimy w ten szczególny dzień? – Niech to będzie jakiś bardzo specjalny „bal na Titanicu", a potem niech się dzieje wola nieba.

– Czego się napijesz? – spytał Carl, kiedy siedziałam już z podwiniętymi nogami na mojej ulubionej sofie.

A potem przyniósł mi kieliszek margarity. I wówczas doszłam do wniosku, że nie powiem mu słowa o moich kłopotach. Nasz związek był przez lata bardzo udany. Nie ma potrzeby psuć go upokorzeniem.

Nagle usłyszałam:

– To ile potrzebujesz pieniędzy?

Zrobiłam się czerwona jak burak i tylko patrzyłam mu prosto w oczy.

– Powiedz.

Potrząsnęłam głową.

– Dużo. To nie ma sensu.

– Myślałem, że zasługuję na trochę więcej zaufania. No nic... – Carl podszedł do biurka i wyjął jakieś dokumenty. – Wcale nie mam zamiaru cię katować tekstami „a nie

293

mówiłem". Wiem, że się starałaś, ale w interesach różnie bywa. Chcę ci za to coś pokazać.

Podsunął mi pod nos dokument, który wyglądał jak umowa kupna.

– San Francisco?

– Kupiliśmy tam mieszkanie, nie pamiętasz? Jako naszą współwłasność. Ostatnio trafił mi się doskonały kupiec i sprzedałem je z trzykrotnym przebiciem. Czy tyle ci wystarczy?

Jego palec wskazujący znalazł się przy całym rządku zer.

Patrzyłam na dokument i nic nie mogłam zrozumieć, gdyż druk stawał się coraz bardziej rozmazany.

Rozdział XXII

– Czy mogłaby pani sprawdzić stan mojego konta jeszcze raz? – spytałam nieśmiało urzędniczkę w banku.

Od dwóch dni nie działał u mnie internet, rzecz jasna opłacony, a moje apele o naprawę do tej pory nic nie dały. Na szczęście filia mojego banku znajdowała się w Gniewie i tam się udałam, żeby zbadać sprawę przesłanych mi przez Carla pieniędzy.

Urzędniczka spojrzała na mnie nieprzyjaźnie.

– A skąd ma być ten przelew?

– Ze Szwajcarii. Powinien już wpłynąć.

– A jakiej kwoty się pani spodziewa?

Kiedy odpowiedziałam, spojrzała na mnie jak na notoryczną oszustkę. Jej palce leniwie poruszyły się po klawiaturze.

– Na koncie jest sto złotych.

Oj, to miałam chociaż na benzynę. Próbowałam być optymistką, ale czarne myśli już się pojawiły. A może Carl świadomie wprowadził mnie w błąd, może chciał mnie ukarać? Niby rozstaliśmy się w bardzo przyjacielskiej atmosferze, ale...

– To ja jeszcze poczekam.

Nic innego mi nie pozostało.

Usiadłam w jedynym fotelu naprzeciwko kasy i zaczęłam

oglądać ulotki o lokatach. Urzędniczka skrzywiła twarz jak po cytrynie. Zdaje się, że nie lubiła towarzystwa.

W banku akurat nie było żadnych klientów, a ja modliłam się w duchu, by się nie natknąć na żadnego znajomego. A zwłaszcza Renatę i Mariana. Spławiłam ich po powrocie dwa dni temu, mówiąc, że wpadnę się rozliczyć. W sumie za co? Podczas mojej nieobecności nie było nawet jednego gościa. Najpierw jednak chciałam uzyskać odpowiedź co do mojej przyszłości. Byłam już zmęczona tym wiecznym kręceniem i obietnicami bez pokrycia. Chciałam wrócić do normalnego życia.

Coś się stało z czasem, stwierdziłam z niepokojem, patrząc na zegar na ścianie. Siedziałam tu od półgodziny, przynajmniej tak mi się wydawało, a wskazówki przesunęły się zaledwie o dwie minuty.

– To pojedziesz ze mną do Nowej Zelandii? – spytał Carl, nim zniknęłam w punkcie odprawy biletowej. Tym razem sam odwiózł mnie na lotnisko.

– Powiem ci uczciwie, że nie wiem. Nie mam pojęcia, jak mi się to ułoży, ale mam nadzieję, że wkrótce się zobaczymy. A nie chciałbyś pojechać ze mną? Oczywiście nie w tej chwili, ale może za parę dni.

– Nie – odpowiedział zdecydowanym tonem. – Przecież ci mówiłem, że nie chcę tam jechać.

To prawda, nie chciał, ale zawsze warto było sprawdzić, czy nie zmienił zdania. Carl był jednak konsekwentny.

– Prześlę ci linki o Nowej Zelandii. Z pewnością ci się tam spodoba. A przed wyjazdem zrobimy jakieś większe zakupy.

Mimo wszystko skinęłam głową.

– A na Florydę wybierzemy się razem – dodał.

Czułam, że się wszystkiego domyślił. Wiedział o moich problemach, zauważył rozmowę z Baśką na Skypie i powiązał wszystko w całość.

– Proszę pani, proszę pani! – Głos urzędniczki wyrwał mnie z medytacji. – Przyszedł do pani przelew! – Jej oczy nagle zrobiły się ogromne ze zdziwienia. – Zaraz wydrukuję wyciąg.

Z tym cennym druczkiem w torebce kroczyłam środkiem Rynku tak dumnie jak jakiś Gary Cooper. We włosach czułam powiew wiatru, a krew pompowała adrenalinę. Tak, byłam dzieckiem szczęścia, przyznawałam rację mojej babci. Wprawdzie zawsze udaje mi się o włos uniknąć katastrofy, ale prę do przodu.

Tym razem parłam do willi Historia i do mojego naprędce zaaranżowanego biura.

Natychmiast po powrocie otworzyłam szufladę, do której do tej pory nie zaglądałam. Były w niej stosy listów i wezwań do płatności. Rozłożyłam je po całej podłodze jadalni i posegregowałam. A potem usiadłam w fotelu, odkrywając, że przy okazji zmiażdżyłam moimi czterema literami jedyną parę okularów do czytania. Taka ze mnie Jagienka. Wszystko się więc opóźniło, bo na gwałtu rety załatwiałam nową parę w Tczewie. Teraz jednak przyszedł czas na akcję!

Przycisnęłam mocniej torebkę i zobaczyłam maszerującą wprost na mnie młodszą Klamannową.

– Pani Lenka! – zaświergotała tak przyjaźnie, jakby miała rentgen w oczach i była w stanie dostrzec druczek w mojej torebce. – Nie było pani przez parę dni. Podróżowało się po świecie, prawda?

– Podróżowało – przyznałam i chciałam już pójść w innym kierunku, ale Klamannowa przytrzymała mnie za rękę.

– A słyszała pani, co się u nas działo?

No skąd! Człowiek ledwie przejdzie przez próg, a tu afera za aferą. Przystanęłam więc, pozwalając ekspedientce ciągnąć mnie za ramię.

– Złapali tego mordercę Kryszów. Na początku ubiegłego tygodnia, wyobraża sobie pani? Jednak ta nasza policja się do czegoś nadaje.

– Był morderca?

Do tej pory byłam święcie przekonana, że Kaśkę zabił jej mąż pijak, którego najpierw ona sama poharatała siekierą. Od lat było wiadomo, że się tłukli do krwi.

– A tak! I mówią, że to koleżka tego Kani z mamra. Kania nagadał mu ponoć o bogatych znajomych, a ten, jak wyszedł, przyjechał od razu tutaj, żeby ich znaleźć. I po Piotrka też przyjechali. Wczoraj. Matka jego wylądowała w szpitalu w Tczewie. Zawał serca przez tego łotra. A zawsze tak go broniła i uważała, że nie jego wina. Jakie szczęście pani miała, pani Lenko, że do pani nie przylazł ten gangster jeden. Toż Kania pani chyba najbardziej nienawidził. Miała pani nosa, żeby go na męża nie brać! – wykrzyknęła, a potem przycisnęła mnie do siebie swym obfitym biustem i wycałowała w oba policzki.

Szłam do domu i nie wiedziałam, czy jestem bardziej zszokowana sprawą morderstwa, czy zachowaniem Klamannowej. Chyba naprawdę miałam życiowy fart.

I nagle, kiedy skręciłam za róg, stanęłam oko w oko z Iloną. Moja przyjaciółka rozejrzała się szybko dokoła, jakby próbując znaleźć inną drogę, ale nie było wyjścia, musiała mnie zauważyć.

– Ach, cześć!

Zatrzymała się parę kroków przede mną. A zawsze się tak serdecznie ściskałyśmy.

Patrzyłam jej prosto w oczy i nie odpowiadałam.

– Już do mnie doszło, że wróciłaś z Londynu. I jak tam z Carlem? – próbowała mnie zagadać i jednocześnie rozciągać usta w uśmiech.

– Dobrze – odpowiedziałam z pewną trudnością, bo zaschło mi w gardle.

Było tych poszlak wiele, myślałam. I to w zasadzie od samego początku. Ktoś, kto opowiedział Piotrowi o wysłaniu zdjęć do gazety, zapamiętane słowa Kaniowej o innej blondynce, z którą się powinien ożenić syn. Takie szczegóły, które po latach zaczęły się składać. Zwłaszcza po naszej ostatniej rozmowie, kiedy proponowała mi odkupienie pensjonatu. Ona, kobieta biznesu, chciała kupić nieruchomość, nie sprawdziwszy u komornika, że nie jest na sprzedaż? Mało prawdopodobne. Zadawałam sobie potem pytanie, po co to robiła. Transakcję przecież by unieważniono, ale kiedy potem kupiłaby pensjonat na licytacji komorniczej, każdy uznałby, że chciała ratować przyjaciółkę. Taki szlachetny gest, mówiłoby o nim całe miasto. Ostatnim elementem układanki było nazwisko właściciela Bety, które rzuciło mi się w oczy, kiedy segregowałam papiery. Drgnęłam, widząc je na wezwaniu do płatności.

Spojrzenie Ilony uciekało na boki.

– Miałam ci powiedzieć, że ten prawnik, który u ciebie mieszkał, to okropnie zły człowiek. Parę dni temu wtargnął do mojego biura i mnie po prostu napadł. Jestem pewna, że jest z tej angielskiej firmy, która chce przejąć twoje nieruchomości. Mówiłam ci o niej, prawda?

– Ilona, znowu wszystko jest tylko moje.

– Aha. – Wyraźnie się wzdrygnęła, słysząc te słowa.

– A ja znam prawdę.

Tym razem już nie odpowiedziała, tylko pobladła.

– Byłaś moją najlepszą przyjaciółką. To tobie najbardziej ufałam.

– Ale, Lena...

– Wróciłam. A to miasto jest za małe dla nas dwóch – powiedziałam, przypominając sobie frazę z filmu.

Zniknęła w okamgnieniu. Stałam przez chwilę, ciężko oddychając, po czym ruszyłam prosto do domu.

Wkroczyłam do jadalni jak jedyny uczciwy szeryf do baru pełnego gangsterów i włączyłam internet. Chyba zrozumiał, że nie może mi podskakiwać, bo natychmiast zaskoczył. Teraz mogłam zabrać się do mojej stajni Augiasza.

Przy komputerze kładłam wezwanie po wezwaniu, wykreślając w zeszycie kolejne zapłacone pozycje. Najmocniej zaciskałam zęby, wysyłając największą kwotę, do oszustów z Bety. Miałam tylko nadzieję, że te pieniądze wyjdą im uszami. Dość płonną, gdyż życie nauczyło mnie, że nie zawsze zło bywa ukarane.

Nie, nie będę o nich rozmyślać, bo szkoda mojego czasu na tym padole. Muszę przede wszystkim zapłacić tym wszystkim porządnym ludziom, którzy pokornie czekali na pieniądze, jak na przykład mój ogrodnik czy stolarz, który przeprowadził renowację mebli. Dodaję im z górką za to, że mi zaufali. Po dwóch godzinach stukania w klawiaturę zaczynają mnie boleć palce, ale wiem, że nie mam czasu na odpoczynek.

Dopiero po trzech dniach udało mi się ze wszystkim uporać. Spojrzałam półprzytomnym wzrokiem na stan konta. Dziesięć tysięcy złotych! Udało się! Dzięki tej kwocie będę nawet mogła pojechać na Florydę, a dom rodzinny został uratowany.

Zdjęłam okulary, wstałam od komputera i zataczając się, powędrowałam do łazienki. Zasłużyłam na kąpiel w pianie i może kieliszek czegoś mocniejszego dla relaksu. Nalałam trochę wiśniówki, którą udało mi się zrobić w poprzednim roku, i postawiłam kieliszek na brzegu wanny.

Byłam wprawdzie zmęczona, ale wciąż podniecona ostatnimi wydarzeniami. Nie śpiąc po nocach, zamartwiałam się tymi długami od tak dawna, że teraz odczułam och, jakże miłą pustkę. Wprawdzie nie zamierzałam jej zapełniać czymś innym, ale jak widać mój organizm zbytnio przyzwyczaił się do zmartwień, gdyż wkrótce pojawiły się złe myśli.

Od dnia wyjazdu z Gniewu Jakub nie zadzwonił do mnie ani razu. Nie dostałam od niego ani maila, ani esemesa. Wszystko to umacniało mnie w przekonaniu, że został wysłany tu przez Carla na przeszpiegi. Pewnie miał mu donieść, czy trzeba mi pomóc. W zasadzie nie powinnam o nim źle myśleć, bo jednak mnie wsparł dobrym słowem, skoro Carl zdecydował się wypłacić pieniądze, ale po głowie chodziła mi jeszcze inna koncepcja. Jakub po prostu wykorzystał okazję, która mu się trafiła. I była to dla niego jednorazowa przygoda. Z samotną kobietą z prowincji.

Dziwne, że się tym wszystkim smuciłam, skoro sama nie byłam może świetlanym przykładem moralności. Obraziłam się na samą siebie i zapominając o wiśniówce, wstałam z wanny.

Kiedy suszyłam włosy, zadzwoniła do mnie Maryla.

– Jesteś wredna – usłyszałam na dzień dobry.

– Chyba tak – przyznałam się bez bicia.

– Lena, jesteś tu od paru dni i nawet się nie odezwiesz. Klamannowa mi dzisiaj powiedziała.

Obie panie K. – starsza i młodsza – zastępowały z powodzeniem wszystkie lokalne gazety.

– Trochę byłam zajęta – odpowiedziałam, patrząc w lustro na moje opuchnięte od zmęczenia powieki.

– Dostałam od ciebie przelew. Zupełnie niepotrzebnie. Dawno zapomniałam o tych pieniądzach.

Dopiero teraz mogłam zapłacić Maryli za ciasta domowej roboty dostarczane do pensjonatu.

– Obiecałam, że ci za nie zapłacę.

Słyszałam po drugiej stronie słuchawki głębokie westchnienie.

– Carl ci pomógł, prawda?

Opowiedziałam jej, co się wydarzyło w Londynie i że jestem już teraz bezpieczna. Chętnie się z nią spotkam, kiedy tylko się wyśpię, bo teraz padam z nóg.

– Ale i tak jesteś wredna, że się od razu nie odezwałaś! – Maryla się zaśmiała. – Obie takie same.

– Jakie obie? – zdziwiłam się.

– No obie. Ty i Ilona. Nic nikomu nie mówicie, a potem trach... niespodzianka.

– A co z Iloną? – Natychmiast się zainteresowałam.

– Też nic nie wiesz? – upewniła się Maryla. – Podobno dostała pracę w Warszawie w jakiejś firmie turystycznej i z dnia na dzień wyjechała. Wyobraź sobie, że nikomu o tym nie powiedziała. Nawet jej mąż jest zaskoczony, bo spotkałam go w aptece. Powiedziała mu, że ma dość wszystkiego i musi zmienić otoczenie. Jest zupełnie oszołomiony, biedaczek. Jak myślisz, co w nią wstąpiło?

– Nie mam bladego pojęcia – mruknęłam.

Najchętniej zapomniałabym o niej w jednej chwili, ale wiedziałam dobrze, że będę pamiętać. Zawsze.

Czułam też przez skórę, że nieprędko się spotkamy.

Niewiele się w życiu nauczyłam, musiałam się przyznać przed sobą. Historia z moją kuzynką Moniką czy Marcusem nie zrobiła ze mnie podejrzliwej osoby. Czy powinnam więc szybko się zmienić i nie myśleć, że Jakub przyjedzie?

Niedoczekanie, pomyślałam i zaczęłam się starannie malować.

Wiara czyni cuda, stwierdziłam, słysząc gong do drzwi. Dobrze choć, że nie wyglądałam już jak zombi. Radośnie ruszyłam w dół schodów.

Najpierw zobaczyłam bukiet czerwonych róż. Był tak wielki, że zasłaniał osobę, która za nim stała. Pachniały również tak upojnie, że nagle usłyszałam donośne kichnięcie, a potem zza kwiatów wyłonił się we własnej osobie ON. Mój komornik.

– Pani Leno, złociutka moja.

Tłumiąc chichot, wpuściłam go do korytarza, a potem poratowałam chusteczką do nosa.

– A nie wierzył mi pan...

– Takie cuda to się już na ziemi nie zdarzają od dwóch tysięcy lat – zamruczał i wręczył mi bukiet. – Wiem, że chciała się pani ze mną o to założyć...

– Tak, że zatańczy pan salsę na rynku.

– Całe szczęście, że tego mi pani nie powiedziała. – Zasłonił oczy z udawanym przerażeniem. – Od razu postanowiłem przyjechać, żeby pani pogratulować.

Od razu, jak dostał ode mnie przelew. Musiał biedaczek doznać wstrząsu. I te róże, chyba pięćdziesiąt sztuk. I tak mu się to opłacało. Zarobił na mnie krocie.

– Zapraszam do domu. – Czym chata bogata, czyli akurat u mnie puste półki w lodówce. – Gdybym wiedziała, że pan przyjedzie, upiekłabym to dobre ciasto. Ale to następnym razem, prawda?

– No nie chcę, droga pani, przeszkadzać.

Otwierałam usta, żeby mu powiedzieć, że już nie ma w czym, kiedy ponownie rozległ się gong. Przeprosiłam komornika i się cofnęłam, żeby otworzyć drzwi. A potem dosłownie osłupiałam, widząc dwóch starszych mężczyzn w eleganckich garniturach.

– Niespodzianka! – usłyszałam i nagle zza ich pleców wyłoniła się jasnowłosa dziewczynka, która rzuciła mi się w ramiona.

Przytuliłam ją mocno, mając niedoparte wrażenie, że już to kiedyś widziałam.

Przez cały lot do Gdańska, a potem podróż samochodem Ewa była tak podniecona, że Jakub się obawiał, że zaraz coś spsoci. Raz po raz zaglądała do kolorowych zdjęć, które przyszły w ubiegłym tygodniu na adres kancelarii Paula.

– Pokażę je mamie, dobrze?

– Oczywiście, pewnie się ucieszy, że się interesujesz kwiatami. Może kiedyś będziesz studiowała biologię?

– Dobrze, będę – zgodziła się i zaczęła opowiadać towarzyszom podróży o przygodach w Gniewie.

Jakub był mocno zaskoczony jej świetnym angielskim. Dopiero teraz się zorientował, że po wyjeździe z Londynu do Polski Zyta cały czas wysyłała córkę na naukę angielskiego. Nie była wcale aż tak zaburzona, żeby nie zwracać na to uwagi. Poza tym szkoła Ewy słynęła ze świetnych wyników nauczania. Jakub sprawdził te informacje w internecie, zanim odbył kolejną rozmowę z panią dyrektor, tym razem telefoniczną. Rozmowa miała zupełnie inny przebieg niż poprzednia, gdyż Jakub nie owijał niczego w bawełnę. Był boleśnie szczery, a z kolei twarda dyrektorka wykazała się współczuciem i uznała, że w takiej sytuacji dla Ewy najważniejszy jest bliski kontakt z ojcem. W szkole może się zjawić nawet tydzień później. Zdąży to jeszcze nadrobić, chociaż tata musi obiecać, że poćwiczy z nią naukę zegara. Ewa musi w końcu zrozumieć pojęcie czasu.

– Jesteś przekonany, że to jest dobry pomysł? – spytał Hines, kiedy podjechali pod pensjonat.

Nie było jednak wolnego miejsca do parkowania, więc Jakub najpierw wysadził pasażerów.

– Myślę, że tak – odparł, a potem wtrąciła się Ewa i zmusiła całe towarzystwo do zrobienia Lenie niespodzianki. Była tak podekscytowana i szczęśliwa, że nie mogli jej niczego odmówić.

Kiedy Jakub dotarł do pensjonatu po zaparkowaniu samochodu, prezentacja gości już się odbyła bez niego.

– Lena! – powiedział, patrząc na osobę, za którą przez ostatnie dni tak bardzo tęsknił.

Nic nie powiedziała, tylko podeszła, a on przytulił ją mocno i gwałtownie, nie zwracając uwagi na trzymany przez nią bukiet róż. Kolce kwiatów wbiły mu się przez koszulę prosto w pierś. I nagle usłyszał stek przekleństw.

– Gnoje jedne pieprzone... – Obrócił się i zobaczył kolebiącą się na nogach starszą kobietę. – Myślicie, że ujdzie wam to na sucho!

Jakub chciał coś powiedzieć, ale Lena dawała mu znaki, żeby był cicho. W tej samej chwili z domu wyszedł obcy mężczyzna. Przez krótką złą chwilę, gdy Jakub miał podejrzenie, że to jest Carl, odezwał się czystą polszczyzną:

– Pani Leno, widzę, że goście zjechali. Nie będę więc przeszkadzał.

– O, tu jesteś, ty skurwysynie!

Natychmiast wyzywająca kobieta znalazła sobie nową ofiarę, która szybko wzięła nogi za pas i pomknęła do samochodu.

– Zadzwonię do pana! – krzyknęła Lena na pożegnanie komornikowi i szybko wpuściła ich do środka. – Uff, to miejscowa atrakcja – wyjaśniła i poprowadziła wszystkich na górę.

– Dostałam od ciebie zdjęcia. – Ewa podskakiwała z radości. – I będę biologiem, bo tak mówi tata. Co ty na to?

– Świetny pomysł. A może nawet botanikiem? – Lena się uśmiechnęła. – Może sprawdzisz, jakie nowe kwiatki wyrosły, kiedy ciebie nie było?

– Tak, tak – ucieszyła się Ewa i straciwszy zupełnie zainteresowanie dorosłymi, rzuciła się do ogrodu. – A Malwinka przyjdzie później! – dodała, ale tego Lena na szczęście nie słyszała.

Goście przeszli do jadalni. Potem stanęli jak słupy, bez słowa wpatrując się we właścicielkę pensjonatu, a ona uśmiechała się do nich. Szczególnie do jednego. Skąd mogła wiedzieć? – pomyślał Jakub. Scena ta trwała tak długo, że w końcu zdecydował się coś powiedzieć. Najpierw jednak odchrząknął, bo ze zdenerwowania zaschło mu w gardle.

– Leno, czy możemy się tu zatrzymać na dwa dni?

– Oczywiście, willa Historia jest przecież otwarta – oznajmiła, ale nadal nie zachowywała się jak gospodyni, tylko wlepiała wzrok w jednego z nich.

– Opowiadałem ci o moim przyjacielu z kancelarii, Paulu Hinesie. – Wskazał jej rosłego mężczyznę, który jak uczniak przestępował z nogi na nogę. Pewnie się denerwował, że nic nie rozumie, ale Jakub chciał o tym wszystkim powiedzieć po polsku. Nie powinno być żadnych wątpliwości i niedomówień. Potem sobie porozmawiają do woli. – Stryjeczny dziadek Paula jest pochowany na cmentarzu Commonwealthu w Malborku. Umarł pod sam koniec wojny w tutejszym stalagu. Znasz ten cmentarz?

Patrzył na twarz Leny, która nagle poczerwieniała, potem pobladła. Widać było, że miała ochotę coś powiedzieć, ale urwała w pół słowa i tylko kiwnęła głową.

– Tom Hines miał w stalagu najlepszego przyjaciela, Daniela. On z kolei został ojcem Nicholasa Wooda. – Jakub uśmiechnął się do starszego mężczyzny z ciemną hiszpańską bródką, która w tym momencie podejrzanie drgała. – Wiem, że to, co teraz powiem, wyda ci się nieprawdopodobne, ale Nicholas jest twoim wujem.

I nagle Lena obróciła się na pięcie i bez słowa wyjaśnienia zniknęła z jadalni. Paul i Nick, jak pociągnięci za sznurki, zaczęli naraz mówić. Że Jakub ma od razu tłumaczyć na angielski, oni nie wiedzą, co się dzieje, a pewnie obraził tę kobietę i co teraz będzie. Jakub próbował ich uspokajać, sam nie rozumiejąc, co się stało. Chciał już pójść za Leną, gdy nagle zdyszana pojawiła się w drzwiach. Ściskała w ręku jakiś drobny przedmiot.

– Proszę – odezwała się po angielsku i podała Nicholasowi niewielką fotografię. – Jest pan łudząco podobny do ojca.

Jakub ledwie się docisnął do zdjęcia, gdyż Paul rosłym ciałem zasłonił mu cały widok.

Fotografia była nieco większa od legitymacyjnej i trochę pognieciona, ale i tak można było zobaczyć podobny wykrój oczu i identyczny, lekko spiczasty nos.

Hiszpańska bródka Nicholasa trzęsła się jak w spazmie, a lecące z oczu łzy kapały na trzymaną w objęciach Lenę.

– Skąd to masz, kochana?

– To ze starych rodzinnych szpargałów – tłumaczyła im biegłą angielszczyzną. – Myślałam, że to jest zdjęcie mojego dziadka, tego, który ożenił się w czterdziestym piątym z babcią. Nigdy go nie widziałam, bo młodo umarł.

– I to jest twój prawdziwy dziadek.

Jakub spojrzał na Hinesa i obaj odwrócili się od pozostałych, próbując jakoś sobie poradzić z napływającymi do oczu łzami.

Pamiętał doskonale ten dzień, kiedy Paul poprosił go

o pomoc. Stary przyjaciel rodziny długo z tym zwlekał. Przez długie lata było tyle ważnych spraw do zrobienia. Praca, zagraniczne wyjazdy – Nicholas był właścicielem renomowanej firmy jubilerskiej – zawsze stanowiły przeszkodę w babraniu się w przeszłości. A przecież od dziecka znał opowieść ojca o jego męczeńskiej wędrówce przez Europę, żeby na koniec znaleźć ratunek u Amerykanów. Na skutek licznych odmrożeń musiano amputować mu prawą nogę. Długi czas spędził w szpitalach już po przewiezieniu do Anglii, a potem ożenił się z pielęgniarką, która nie pozwoliła mu się psychicznie załamać, kiedy list z Polski, na który czekał, nie przyszedł. Tak, w domu wszyscy wiedzieli o wielkiej miłości ojca, ale dopiero umierając dziesięć lat temu, wyznał, że jego ukochana była w ciąży.

– Ja mam jeszcze jego trzy listy do babci, zaraz je wam pokażę – przyznała się Lena. – Tylko że one są po niemiecku. Nie wiem, co się stało potem i dlaczego kilka miesięcy później wyszła za innego.

– Nie było wtedy internetu – odezwał się Paul i wszyscy się roześmiali.

– Takie wojenne czasy – skwitował Nicholas.

Jakub jednak myślał, że nie potrzeba wojny, by zerwać relacje między ludźmi. Bez specjalnego wysiłku zdarza się to również w pełnym dobrobycie i w bezpiecznych warunkach.

– To może szampana? – zaproponował.

Tym razem był dobrze przygotowany na spotkanie z Leną i sięgnął po teczkę.

Gospodyni błyskawicznie postarała się o kieliszki, a potem zawołała z dworu Ewę i wręczyła jej kieliszek z sokiem malinowym.

– Musimy wszyscy uczcić to święto! – Wzięła na ręce córkę Jakuba i stuknęła się z nimi kieliszkami.

– Nie rozumiem tylko jednego – powiedziała po dłuższej chwili, kiedy bąbelki szampana zaczęły zmieniać atmosferę z sentymentalnej na bardziej zabawową.

– Nie pytaj mnie, ja coraz mniej rozumiem. – Jakub pokręcił głową.

– Dlaczego tyle zachodu. Te wszystkie metryki, zdjęcia... Wystarczyło przecież zabrać parę moich włosów do badania genetycznego.

Mężczyźni szybko wymienili się spojrzeniami, a potem zwrócili wzrok na Jakuba. On miał mówić. No pewnie, jak trudno, to jego kolej. Za to mi jednak płacą, i to całkiem dobrze, pomyślał i zaczął opowiadać.

Nicholasowi chodziło również o to, by się zorientować, jakim człowiekiem jest jego siostrzenica, i to dlatego takie gierki. Chyba Lena nie może się na to obrażać, tym bardziej że zamierzał po śmierci przekazać jej swój majątek.

– Ale ja, ale... – Przyszła spadkobierczyni chciała mu się wtrącić w słowo, lecz jej nie pozwolił.

– O tym nie będziemy rozmawiać, bo to pieśń przyszłości. Natomiast jest jeszcze coś...

Dziadek Leny, Daniel, mimo swego kalectwa został inżynierem w fabryce samochodów. Miał smykałkę do wymyślania różnych dziwnych urządzeń, które z czasem opatentowywał. Jeden z jego wynalazków okazał się prawdziwym hitem i zrobił z niego zamożnego człowieka. Dzięki tym pieniądzom Nicholas mógł rozwinąć firmę jubilerską. Teraz zaś uznał, że choć trochę powinien przekazać Lenie. Była tu mowa o... Jakub zrobił teatralną pauzę... stu tysiącach funtów.

Wszyscy już spali smacznie w pokojach, nawet Ewa, która do późnego wieczora bawiła się z Malwinką. Tylko

Jakub z Leną wciąż rozmawiali na tarasie. Była wyjątkowo ciepła noc, a daleko przed nimi w blasku księżyca skrzyła się Wisła.

– Myślałem, że będę twoim rycerzem wybawcą, ale ty już zostałaś wybawiona przez Carla – stwierdził z żalem Jakub.

– Nie przypuszczałam nawet, że się tak zachowa.

– Ale do niego pojechałaś.

– Bo chciałam coś sprawdzić.

– Co takiego?

– Czy kiedyś podjęłam słuszną decyzję. – Westchnęła.

Nagle cały spokój opuścił Jakuba.

– I co stwierdziłaś? Wrócisz do niego?

– Nie. – Potrząsnęła głową. – Nie wrócę. Powiedziałam mu o tym przed samym odlotem. Między nami skończyło się już trzy lata temu, kiedy po raz kolejny próbowałam podjąć samodzielną decyzję.

– A co on na to?

– Spytał, czy się będziemy przyjaźnić. Poczuł chyba nadchodzącą starość. Stać go na młode kobiety, ale do mnie się przyzwyczaił i chyba pokochał, jak rodzinny stary mebel.

– Mebel, ha. – Jakub pokręcił głową. – Powiedz lepiej, co zamierzasz robić. Masz teraz pieniądze. Dokąd chciałabyś wyjechać? Do Marbelli?

– Do Marbelli? Teraz to ukochane miejsce gangsterów. Wyjechać? Ja?

No skąd? Za nic jej się z miasta nie pozbędą. Będzie im zawsze solą w oku. I czymś się zajmie. Tym pensjonatem, bo tu sama mieszka, myślała też o tym, by sprzedawać hiszpańskie torebki. Taki drobny bezpieczny biznes i żadnych kredytów. W młodości się wybawiła, a teraz czas na pracę.

Ona przecież nie zamierzała nigdzie wyjeżdżać. Nigdy nie chciała, tylko tak po prostu wyszło.

– Może jednak wyjedziesz na chwilę. Pomogłabyś mi w kupieniu mieszkania w Warszawie? – Jakub sięgnął po rękę kobiety i zaczął się bawić jej palcami. – I nie tylko. Lena, wiesz, że ja nie potrafię tego powiedzieć... – Zawsze takie słowa wydawały mu się idiotyczne, ale teraz chciał je za wszelką cenę wypowiedzieć.

– No cóż... – Lena wstała już z fotela, ale on mocno trzymał ją za rękę. Nie dał jej uciec, tylko sam się podniósł.

– Ale spróbuję. – Patrzyła na niego szeroko otwartymi oczami, kiedy lekko pocałował ją w usta. – Zdaje mi się, że się w tobie zakochałem i za nic nie chcę się z tobą rozstać. – Nagle się zaniepokoił, gdy poczuł, że się usztywniła. – Ja wiem, jakie jest twoje nastawienie, nie chcesz się angażować w żadne związki, nie dla ciebie zabawy w dom. Ale będzie, jak chcesz.

– Naprawdę? – Patrzyła mu teraz prosto w twarz. – Tylko kochanka?

KONIEC

Gdańsk, 12 sierpnia 2016, godz. 11.15

Podziękowania

Przede wszystkim dla Krystyny, która zgodziła się poświęcić mi czas, by opowiedzieć o swoim życiu. Zaczerpnęłam z niego wiele epizodów, które po swojemu rozwinęłam. Bardzo mi zależało, żeby Lena Walter stała się tak barwną postacią jak jej „matka chrzestna".

Pani Elżbiecie, dyrektor pewnej biblioteki, dziękuję serdecznie za podpowiedzenie mi tematu. Powiedziała mi wówczas, że powinnam napisać o Krystynie, bo ona jest jak bohaterka żywcem wyjęta z mojej książki. Początkowo nie chciałam wierzyć, ale wszystko się zgadza. Ona taka jest.

W powieści akcję książki umieściłam w zupełnie innym mieście. Zawsze fascynował mnie Gniew, może po tym, jak na zamkowym dziedzińcu ukazał nam się duch (mnie i czterdziestoosobowej grupie skautów duńskich w wieku od 14 do 70). Poza tym miasto na wiele sposobów przypomina to miejsce, z którego pochodzi Krystyna. Jest stare, piękne i ma niezwykły klimat. Mam nadzieję, że gniewianie mi wybaczą, że zechciałam dla moich pomysłów wypożyczyć od nich tak piękną scenerię.

Jak zwykle dziękuję bliskim osobom, które zechciały przeczytać książkę jeszcze w maszynopisie: mojej siostrze Dagmarze Larsen i Ewie Radeckiej-Mundiger.

Grupie siedleckiej (pisarkom: Ani Fryczkowskiej, Lucynie Olejniczak, Joasi Jodełce, Marioli Zaczyńskiej, Ani Zgie-run-Łacinie, Małgosi Wardzie, Magdzie Zimniak, Agnieszce Gil i Manulce Kalickiej) dziękuję – jak zawsze – za stałą inspirację i zszargane nerwy. I tak Was kocham.

Janinie Kanthak-Smarż i Helenie Kanthak dziękuję za po-morskie opowieści rodzinne.

Robertowi Ostaszewskiemu, pisarzowi kryminałów i kry-tykowi, książka zawdzięcza tytuł, jak i ostateczny kształt. Dobrze mi się pisało, wiedząc, że ktoś mądry czuwa nad fabułą.

Jak zawsze ogromne podziękowania należą się Adamowi Wolańskiemu, który jako mój agent pilnuje całości. I się ze mną jeszcze przyjaźni. I jak mam nadzieję, do końca świata.

Hanna Cygler – z urodzenia i zamiłowania gdańszczanka. Zawodowo zajmuje się tłumaczeniem ze szwedzkiego i angielskiego, a dla przyjemności – czytelników i swojej – pisze powieści obyczajowe, których akcja rozgrywa się zarówno współcześnie, jak i w minionych dekadach. Przez dziennikarzy i krytyków literackich okrzyknięta polskim Jeffreyem Archerem w spódnicy. Cygler jest autorką ciekawą świata i ludzi, chętnie wykorzystującą historie z życia wzięte (jak w przypadku powieści *Tylko kochanka*), które podrasowuje fabularnie, umiejętnie posługując się schematami prozy gatunkowej (romansu, kryminału czy sensacji).

Łączny nakład jej książek wydanych przez REBIS wynosi prawie 150 000 egzemplarzy.

Jedna z najchętniej czytanych polskich pisarek. Od lat jej książki cieszą się niesłabnącą popularnością, o czym świadczą chociażby liczone w setkach tysięcy wypożyczenia jej książek w bibliotekach i dziesiątki zaproszeń na spotkania autorskie rocznie. Książki Cygler znajdują się w czołówkach rankingów czytelniczych zarówno krajowych, jak i regionalnych (w przygotowanym przez Wojewódzką i Miejską Bibliotekę Publiczną w Gdańsku w 2016 r. zestawieniu najpoczytniejszych powieści pierwsze miejsce zajęły *Złodziejki czasu*, a trzecie *Grecka mozaika*).

Dom Wydawniczy REBIS opublikował dotąd 18 książek autorki: *Odmiana przez przypadki, Dobre geny, Bratnie dusze, Tryb warunkowy, Deklinacja męska/żeńska, Przyszły niedokonany, W cudzym domu, Kolor bursztynu, Grecka mozaika, Głowa anioła, Dwie głowy anioła, Czas zamknięty, Pokonani, Złodziejki czasu, Za cudze grzechy, Przekład dowolny, 3 razy R, Tylko kochanka.*

Wszystkie książki Cygler zostały wydane również jako audiobooki i e-booki.

Autorka chętnie angażuje się w działalność charytatywną i społeczną. Przez lata pracowała jako wolontariusz w Domu Dziecka im. J. Korczaka w Gdańsku, aktywnie wspiera akcje związane z przeciwdziałaniem przemocy wobec kobiet.

REBIS

polecamy

Hanna Cygler

3 RAZY R

Sensacja, miłość, zdrada – na tle polskich realiów lat transformacji

Lata dziewięćdziesiąte. Trzy młode kobiety prowadzące wspólny biznes, szukając w życiu szczęścia, dokonują ważnych wyborów. Olga musi zwalczyć bolesne wspomnienia fatalnego małżeństwa i uważniej przyjrzeć się teraźniejszości, Klaudia próbuje zapanować nad swoim temperamentem, który zbyt często rzuca ją w ramiona nieodpowiednich mężczyzn, Lidkę zaś dręczy zazdrość o męża. Czy ich przyjaźń przetrwa niespodziewany obrót wydarzeń?

Losy bohaterek wciągają, bawią i wzruszają. Pojawiają się tu już postaci, które będą głównymi bohaterami późniejszych książek, jak choćby Zosia Reinert.

REBIS

polecamy

Hanna Cygler

PRZEKŁAD DOWOLNY

Początek lat dziewięćdziesiątych ubiegłego wieku. Młodzi ludzie szukają swojego miejsca w życiu, wikłając się w uczuciowe perypetie i sensacyjną intrygę. A wszystko dzieje się w szarej strefie świata biznesu, który nazbyt chętnie wchodzi w niebezpieczne związki z polityką.

Iza po czterech latach małżeństwa ucieka od psychopatycznego męża do Polski. Na promie spotyka Maćka, który pomaga jej stanąć na nogi. Załatwia jej mieszkanie, pracę, wprowadza w swój krąg przyjaciół. I jest nią zainteresowany. Iza jednak nie pragnie miłości, tylko bezpieczeństwa i pieniędzy. Wkrótce na horyzoncie pojawia się interesujący kandydat, potentat w branży komputerowej...